GREEN MIRROR

V. C. HERZ

1. Auflage

Lektorat, Korrektorat: R. Rottenfußer

© 2024 V. C. Herz

Verlag: BoD · Books on Demand GmbH, Überseering 33,

22297 Hamburg, bod@bod.de

Druck: Libri Plureos GmbH, Friedensallee 273, 22763 Hamburg

ISBN: 978-3-7693-0800-6

Kontakt für Feedback, Kritik oder Anregungen:

green.mirror.project@gmail.com

Nichts wird so leicht für Übertreibung gehalten, wie die Schilderung der nackten Wahrheit.

Joseph Conrad (1857 – 1924)
Englischer Erzähler

Zur besseren Lesbarkeit wurde in diesem Buch auf die gleichzeitige Verwendung männlicher und weiblicher Sprachformen verzichtet. Alle Personenbezeichnungen gelten gleichwohl für alle Geschlechter.

Ich distanziere mich von jeglicher Form von Diskriminierung und wünsche mir eine Welt, in der Jeder respektiert und anerkannt wird – unabhängig von Geschlecht, Nationalität, Rasse, Religion, Weltanschauung, Alter, Behinderung oder sonstiger Merkmale.

VORWORT

Dieses Buch ist anders als herkömmliche Bücher, die Handlungen sind ungewohnt im Vergleich zu üblichen Geschichten. Es ist nicht ein langer Roman mit klarer Struktur und rotem Faden, wie man es aus so vielen Bestsellern kennt. Dennoch erzählt dieses Buch seine ganz eigene, besondere Geschichte - in vielen einzelnen Kapiteln. Diese mögen zwar erst eher unabhängig voneinander erscheinen, fügen sich aber letztlich in ein großes Gesamtbild zusammen.

Achtung, dieses Buch ist nichts für schwache Nerven. Während einige Geschichten amüsant anmuten, sind andere erschreckend. Einige Geschichten sind bewusst überspitzt, während andere sehr wohl im Rahmen des Möglichen liegen.

In diesem Buch ist nichts, wie es scheint. Lassen Sie sich überraschen, lassen Sie sich mitreißen, und tauchen Sie in eine verrückte Welt ein, voller bizarren Wendungen, die so unreal wirkt, dass sie womöglich wahrer nicht sein könnte.

Viel Freude mit dieser Lektüre!

WÜSTE

„Bald kann ich nicht mehr, meine Kräfte schwinden", schreibe ich in mein Notizbuch. Ich habe doch so lange durchgehalten. Das kann noch nicht das Ende sein. Das darf nicht das Ende sein. Ich muss weiter gehen, ich darf nicht aufgeben.

Ich kenne alles nur noch aus Erzählungen, alles was man mir erzählt hat, habe ich in mein Notizheft geschrieben. In meinem Buch ist alles festgehalten. Früher hat man sich nicht sehr um unsere Umwelt gekümmert, was das Klima schließlich zum Kippen brachte. Es ging alles ganz langsam, Jahr für Jahr wurden die Hitzerekorde gebrochen. Die reichen Menschen versuchten einen Zufluchtsort für sich zu finden. Viele kauften sich abgelegene Inseln, auf die sie sich zurückziehen konnten. Die Umweltverschmutzung und die Klimaschädigungen gingen derweil ungezügelt weiter.

Früher soll hier alles grün gewesen sein. Aber das ist schon hunderte von Jahren her. Gerne schaue ich in mein Buch, in dem ich auch gefundene Fotos sammle. Ich habe sie nicht selber gemacht. Aber es sind wunderschöne Bilder. Aufnahmen von grünen Wiesen, von Bäumen und Tieren, von Blumen und Flüssen. Manchmal träume ich davon, in dieser Welt zu sein. Dann wache ich nachts auf und muss wegen des vielen Sands in meinen Lungen husten. Wie gern hätte ich in dieser gesegneten Zeit gelebt.

Meine Großmutter hat mir oft davon erzählt, was ihr von ihren Eltern berichtet wurde. Damals gab es Flugzeuge, mit denen man um die Welt fliegen konnte. Sicher, schnell und bequem. Jeder hatte ein Auto. Ich habe auch schon viele Autos gesehen, man kann darin super schlafen. Aber viel mehr kann man damit auch nicht anfangen. Als die Infrastruktur zusammengebrochen ist, gab es kein Erdöl mehr. Und ohne Erdöl keine funktionierenden Autos. Die wenigen Elektroautos funktionierten ebenso nicht mehr, nachdem das Stromnetz zusammengebrochen war. So hat es mir zumindest meine Großmutter immer wieder erzählt.

Mein Magen beginnt zu knurren. Mein Mund ist ganz trocken. Ich nehme einen kleinen Schluck aus meiner Trinkflasche. Ich habe noch etwa einen halben Liter Wasser, mein letzter Vorrat.

Als der Meeresspiegel stieg, sind die Menschen geflüchtet. Am wenigsten zu lachen hatten damals die Reichen auf ihren Inseln, die sind einfach untergegangen. Die Menschen, die in der Nähe der Küste gelebt hatten, sind tief ins Landesinnere geflohen, in der Hoffnung, ein neues Zuhause zu finden. Doch dort wollte sie niemand aufnehmen. Die Menschen im Landesinneren hatten mittlerweile ihre eigenen Probleme: gigantische Ernteausfälle, einen schwindenden Grundwasserspiegel und kein Geld. Mit Geld konnte man früher alles lösen, heute gibt es keines mehr. Geld kann man schließlich nicht essen. Entsprechend hat es seinen Wert in der heutigen Welt vollständig verloren. Meine Oma hat mir erzählt, sie habe einmal so viel Geld verbrannt, davon hätte man früher ein ganzes Haus bauen können. Aber ihr war kalt, deshalb hat sie es angezündet. Zumindest dazu war es noch nützlich. Kalt war mir seit Monaten nicht mehr. Selbst nachts wird es nicht mehr richtig kühl.

Die Böden wurden immer trockener und trockener, die Ernteerträge kleiner und kleiner. Damals versuchte man noch über Jahrzehnte, mit allen Mitteln den Wandel zu stoppen. Die Menschen hatten eingesehen, dass sie so nicht weiter machen konnten, dass sie dabei waren, ihren eigenen Planeten zu zerstören. Aber es war zu spät, der Klimawandel war bereits nicht mehr aufzuhalten. Alle Anstrengungen waren umsonst.

Nachdem niemand den Flüchtlingen helfen wollte, begannen diese zu plündern. Sie waren schließlich am Verhungern. Die Situation eskalierte weltweit, es gab unzählige Tote. Millionen von Flüchtlingen sollen auf Befehl der Regierungen erschossen worden sein, so hat es zumindest meine Oma erzählt. Die Weltwirtschaft brach zusammen, niemand lieferte mehr Lebensmittel an andere, jeder behielt das, was er noch hatte und versuchte irgendwie zu überleben. Es gab kein Heizöl mehr, und das Essen ging aus. Im ersten Winter sind unzählige Menschen erfroren und verhungert. Meine Oma hat mir erzählt, dass es früher eine so genannte Polizei gab. Die hat aufgepasst, dass sich die Menschen nicht gegenseitig erschlugen. Aber auch die konnte damals nicht mehr viel ausrichten, es gab einfach zu viele Menschen und zu viele Probleme. Als das Essen zur Neige ging, sind die Menschen durchgedreht. Sie haben ihre Hunde gegessen und ihre Nachbarn erschlagen, um an deren Dosenvorräte zu kommen. Manche sollen auch andere Menschen gegessen haben. Plünderer sind durch die Länder gezogen, haben Schwächere hingerichtet und sich von ihnen alles genommen, was sie brauchten.

Ich sehe in der Ferne ein Haus. Das letzte, in dem ich Unterschlupf gesucht hatte, wurde vor einigen Tagen durch einen Sturm verwüstet. Seitdem bin ich verzweifelt auf der Suche nach einer neuen Bleibe. Und ich werde auch bald etwas finden müssen, sonst war es das für mich. Ich beschleunige mein Schritttempo.

Ich schlage mein Notizbuch auf und sehe die Zeichnungen an, die ich von meiner Frau und meiner kleinen Tochter angefertigt hatte. Sie waren meine große Liebe gewesen. Meine Hoffnung, dass doch noch alles gut wird. Beide sind vor einigen Monaten auf der Suche nach etwas Essbarem in einem Sandsturm umgekommen. Das war das letzte Mal gewesen, dass ich einen Menschen sah. Ob es noch mehr Menschen gibt? Ich weiß es nicht. Vielleicht irgendwo. Es gab immer Gerüchte über Schiffe, die über das Meer fahren. Auf denen soll es noch Menschen geben, die sich von Fischen ernähren. Aber es sind nur Gerüchte. Vielleicht bin ich auch der letzte Mensch auf dieser Welt.

Ich erreiche das Haus, die Tür steht offen. Die Wahrscheinlichkeit, hier etwas zu essen zu finden, ist gering. Aber es wird dunkel. Ich muss mir einen Unterschlupf suchen, in dem ich sicher schlafen kann. Ich nehme den letzten Tropfen Wasser aus meiner Trinkflasche und beginne das Haus – oder das, was von ihm übrig ist – zu durchsuchen.

Der größte Witz an meiner Situation ist ja, dass ich sie gar nicht selbst verschuldet habe. Ich kann nichts dafür, dass diese Welt so ist, wie sie ist. Dass so gut wie nichts mehr wächst. Dass überall nur noch Sand ist und unerträgliche Hitze herrscht. Die Menschen, die daran schuld sind, starben lange vor meiner Zeit. Sie konnten nie genug bekommen und haben es sich auf meine Kosten gut gehen lassen. Auf Kosten meiner Frau und meiner Tochter. Die Rache der Erde zögert sich eine Weile hinaus, dann aber kommt sie mit ganzer Macht. Dieser geschundene Planet lässt seine ganze Wut jetzt an uns aus, während die eigentlich Schuldigen bis ins hohe Alter unsere Ressourcen verschwendet haben. Meine kleine Tochter hat den Preis dafür bezahlt.

Im Keller finde ich einen verschlossenen Raum. Ich trete die Türe ein, die fast ohne Widerstand in sich zusammenbricht. Hinter der Tür finde ich einen Vorratsraum. Dosen über Dosen. Ich schleppe mich mit letzter Kraft in den Raum, hole meinen Dosenöffner heraus. Es sind lauter abgelaufene Fleischkonserven. Ich habe keine Wahl. Lieber esse ich dieses Fleisch, als dass ich verhungere. Auch wenn es mich davor ekelt. Ich mache eine Dose auf, doch mir kommt ein unerträglicher Gestank entgegen. Ich mache Dose um Dose auf, doch alle sind verdorben. Sonst gibt es hier nichts mehr. „Soll das wirklich das Ende sein?", schreibe ich mit letzter Kraft in mein Notizbuch.

Das ist der Anfang vom Ende.

William Shakespeare (1564 – 1616)
Englischer Dichter

AUF NIMMERWIEDERSEHEN

Wie die Zeit verfliegt, es sind tatsächlich schon wieder zehn Minuten vorbei. Time to say goodbye! Auch wenn ich nicht weiß, wen es erwischt hat, halte ich eine stille Gedenkminute ab. Wie alle zehn Minuten. Das mache ich bereits seit Jahren.

Wer weiß, ob es diesmal ein Fisch, ein Hai, ein Frosch, ein Insekt oder ein Vogel war. Es geht jedenfalls rasend schnell. Ich sehe gerade, es sind schon wieder zehn Minuten vergangen. Ich halte kurz inne.

In den letzten 540 Millionen Jahren ist es bereits fünfmal passiert. Große Artensterben treten also im Schnitt nur alle 100 Millionen Jahre auf. Vor 66 Millionen Jahren ist es zum letzten Mal passiert – damals verabschiedeten sich über die Hälfte aller Tierarten, darunter die Dinosaurier. Man geht aktuell davon aus, dass dies durch den Einschlag eines Meteoriten verursacht wurde. Wobei man hier vorsichtig sein muss – nur weil 50% der Tierarten das große Sterben überlebt haben, bedeutet das nicht, dass sie völlig ungeschoren davonkamen. Es kam nur nicht zur vollständigen Ausrottung. Eine Katastrophe war es definitiv für alle Arten.

Schon wieder sind zehn Minuten vorbei. Ich gedenke der nächsten, gerade eben ausgestorbenen Art.

Artensterben bleibt nicht folgenlos. Stirbt eine Art aus, tritt in Ökosystemen, in denen sie zuhause war, oft ein Ungleichgewicht ein. Die Art kann dann ihre Aufgabe für das große Ganze nicht mehr erfüllen. Was das bedeuten kann, sehen wir bereits an vielen Orten der Welt am Beispiel der Biene. In China müssen Bäume teilweise per Hand bestäubt werden. Menschen klettern auf Leitern die Bäume hoch und bestäuben die Apfelbäume – extrem umständlich, aber alternativlos, wenn man auch weiterhin Essen haben möchte. Die Biene ist natürlich noch nicht ausgestorben, aber die weltweite

Population geht zurück. Mit diesen Konsequenzen haben wir schon jetzt zu kämpfen. Wie sagte Albert Einstein so schön?

„Wenn die Biene einmal von der Erde verschwindet, hat der Mensch nur noch vier Jahre zu leben. Keine Bienen mehr, keine Bestäubung mehr, keine Pflanzen mehr, keine Tiere mehr, kein Mensch mehr."

Aber nicht nur Bienen erfüllen einen wichtigen Zweck im System, viele andere Tierarten sind ebenfalls sehr wichtig, beispielsweise weil sie anderen Lebewesen als Nahrung dienen.

Und gerade ist die nächste Art ausgestorben, die nächste Gedenkminute beginnt.

Es gibt mittlerweile weniger als 2.000 Pandas auf der Erde. Von 100.000 Tigern, die im Jahr 1920 noch die Erde bewohnten, sind keine 4.000 mehr übrig. Mehrere Nashorn-Arten sind vom Aussterben bedroht. Auch Menschenaffen, Löwen, Elefanten, Seeadler, Wale und Bären sind gefährdet – neben unzähligen anderen weniger spektakulären Arten. Die größten Bestände großer, gefährdeter Säugetiere gibt es noch in Zoos und Nationalparks; in freier Wildbahn gibt es weniger und weniger von ihnen. Eines Tages wird man sich die Tiere, wenn überhaupt, nur noch im Zoo anschauen können. Oder sie sterben einfach komplett aus.

Die nächste Art hat uns eben verlassen, es sind schon wieder zehn Minuten vergangen.

58.000 Arten verschwinden jährlich von unserem Planeten. Das sind alle 17 Jahre eine Million Arten. Sie sterben aus – für immer. Der Prozess ist unumkehrbar. Stirbt der letzte Panda, wird es nie wieder Pandas geben. Wir leben in der Epoche des sechsten großen Artensterbens. Die natürliche Aussterberate hat sich drastisch erhöht. Nicht ein bisschen, sondern um das 1.000- bis 10.000-fache der normalen Rate. Von 1970 bis 2010 sind auf der Welt die Hälfte aller Säugetier-, Vogel-, Reptilien- und Fischarten ausgestorben. Es werden weniger und weniger. Ich halte meine nächste Gedenkminute ab.

Zweifel an den Gründen für das Artensterben gibt es keine – es ist die Schuld einer einzigen Art. Einer Spezies, die auf zwei Beinen durch die Welt läuft und sich für die intelligenteste von allen hält, dabei aber eine gigantische Spur der Zerstörung hinterlässt. In den letzten 100 Jahren sind 50% aller Wälder weltweit gerodet worden. Die Meere sind voller Müll und werden gleichzeitig massiv überfischt. Der Klimawandel macht den Tieren weiter zu schaffen; hinzu kommen die extrem negativen Auswirkungen von Monokulturen und der gezielte Einsatz von giftigen Pflanzenschutzmitteln. Der massive Gebrauch von Gülle verpestet die Umwelt weiter. Ganz nebenbei gibt es natürlich auch noch die Jagd, die meist damit begründet wird, dass es Spaß macht, Elefanten zu erschießen oder lukrativ ist, Elfenbein zu verkaufen.

Die nächste Art hat uns eben verlassen, auf Nimmerwiedersehen.

Aber warum roden wir eigentlich Wälder? Warum Fischen wir die Meere leer? Ich zünde eine Kerze an für die nächste ausgerottete Art. Leb wohl!

Es gibt aber auch Arten, die sich prächtig entwickeln, trotz Artensterbens und Klimawandel. Knapp eine Milliarde Schweine gibt es auf der Welt. Dazu mehr als 1,5 Milliarden Rinder mit einer Gesamtmasse, die das doppelte des Gewichts aller Menschen der Welt ausmacht. Von 1970 bis 2010, in der Zeit, in der die Hälfte aller Tierarten auf diesem Planeten ausgestorben sind, hat sich der Bestand an Hühnern weltweit vervierfacht – von fünf Milliarden auf zwanzig Milliarden Tiere.

Zumindest geht es nicht allen Arten schlecht, denke ich mir, während ich die nächste Gedenkminute einlege. Wenn wir so weiter machen, werden wir irgendwann wirklich nur noch durch Teleskope blicken können, auf der Suche nach anderen Lebensformen. Wir sind nicht allein im Universum, es gibt unzählige fremde Spezies um uns herum – jedoch nicht auf entfernten Planeten, sondern hier auf der Erde. Wenn wir so weiter machen, sind wir aber schon bald allein – oder ebenfalls ausgestorben.

Wenn Tiere lachen könnten, besäßen sie vielleicht eine vollendete Kritik unserer Zivilisation. Aber sie hätten sich vielleicht schon bis zum Aussterben totgelacht.

Carl Ludwig Schleich (1859 – 1922)
Deutscher Arzt

IMMER WEITER

Genüsslich schlürfe ich den Milchschaum von meinem Latte Macchiato, packe mir etwas von dem Rührei sowie zwei Scheiben Bacon auf meinen Toast und schlage die Zeitung auf. Flüchtlinge an der Grenze, Welthunger, Wirtschaftskrise. Immer dieselben Nachrichten.

Ich gehe raus und eile zu meinem Auto. Es ist angenehm warm, ich setze meine Cap auf, damit die Sonne nicht so stark blendet. Mit meinem Truck fahre ich zum Einkaufen ins Dorf. Als ich den Bahnübergang passiere, sehe ich einen Regionalexpress im Feld schwimmen, wo sich ein riesiger See gebildet hat. Das passiert jetzt immer häufiger. Wenn die Flut kommt, dann kommt sie mit Macht. Die Wellen haben teilweise so eine Kraft, dass sie selbst Züge von den Schienen heben.

Letzten Monat ist der Meeresspiegel schon wieder um 10 Zentimeter gestiegen. Wir können nicht jedes Jahr neue Bahnstrecken oder Autobahnen bauen. Also leben wir damit, dass halt ab und an ein Zug von den Gleisen gerissen wird. Für diesen Fall gibt es jetzt unter jedem Sitz eine Schwimmweste.

Im Dorf angekommen, sticht mir der große Weihnachtsbaum auf dem Marktplatz ins Auge. Er ist bunt beleuchtet. Stimmt, dieses Wochenende ist wieder erster Advent. Daran denkt man bei 28 °C im November nicht wirklich. Aber zumindest kann man mal wieder raus. Den Sommer überlebt man irgendwie nur noch mit Hilfe von Klimaanlagen. Ohne diese würde man wohl elendig in der Hitze eingehen.

Laut Wissenschaftlern dürfte dieses Jahr das heißeste seit Beginn der Wetteraufzeichnungen werden. Ich lache laut. Das sagen die doch jedes Jahr – um dann im nächsten festzustellen, dass der Rekord wieder mal gebrochen wurde. Den Quatsch glaube ich schon lange nicht mehr. Es gibt sogar Leute, die behaupten, der Klimawandel wäre durch den Menschen verursacht. Das kann ich nicht glauben. Temperaturschwankungen gab es in der Geschichte der Erde schon immer.

Im Supermarkt kaufe ich ein paar Karotten und Tomaten. Eigentlich esse ich liebend gerne Bananen und Orangen. Durch die enorme Hitze und die daraus resultierenden Dürren kam es allerdings weltweit zu massiven Ernteausfällen. Meine letzte Banane habe ich im Mai gegessen.

An der Fleischtheke hole ich mir ein paar saftige Steaks aus Argentinien. Ich liebe Rindfleisch, einfach köstlich. Fleisch gibt es zum Glück noch jede Menge – die Tiere essen schließlich alles, was man ihnen zerkleinert in den Futternapf wirft. Ein paar Tierschützer haben letztens in der Zeitung behauptet, dass durch Fleischkonsum Menschen hungern müssen. Von den 6 Milliarden Menschen, die noch auf unserem Planeten leben, hungern immerhin 1,2 Milliarden Menschen. Aber solange wir unsere Autos mit Rapsöl fahren, sehe ich hier keinen Handlungsbedarf. Soll erstmal jemand etwas erfinden, damit man sein Auto ohne Öl fahren kann, günstig und mit ordentlicher Reichweite, also nicht so einen Elektroschrott. Dann reden wir wieder über den Welthunger.

Glücklich und zufrieden steige ich in mein Auto und fahre wieder heim. Der Zug wird gerade mit einem Kran wieder auf die Gleise gehoben. Also alles halb so wild gewesen.

Beim blutigen Rindersteak erzählt mir mein Sohn, was er heute in Mathe gelernt hat. Wenn die Menschheit weitermacht wie bisher, dann steht unser Haus angeblich in 20 Jahren komplett unter Wasser. Ich lache. „Wenn man so weiter macht wie bisher …". Wenn ich so zunehme, wie bisher, dann platze ich in 10 Jahren. Deshalb werde ich wohl nicht weiterhin so zunehmen. Und auch uns Menschen wird bis dahin schon noch etwas Schlaues einfallen. Ganz bestimmt.

Kein Wissen scheint schwerer zu erwerben als die Erkenntnis, wann man aufhören muss.

Jonathan Swift (1667 - 1745)
Irischer Erzähler

DAS GUTE GEWISSEN

Ich sitze am Tresen meiner Stammkneipe und trinke genüsslich ein Bier. Es ist mein zweites heute Abend, und vermutlich mein letztes. Plötzlich sehe ich, wie ein Kollege hereinkommt. Ich winke ihm, und er kommt zu mir.

„Wie geht es dir Ali? Lange nicht gesehen!", frage ich ihn.

Er nickt freundlich. „Ja, wie lange ist das jetzt schon her? Ich glaube, es sind zwei Jahre vergangen, seit wir unsere Abschlussprüfung zusammen gemacht haben. Mir geht es gut, ich wollte noch ein Bier trinken, morgen ist mein großer Tag!"

„Wow, was für ein Zufall. Bei mir ist es morgen auch so weit. Und dann treffen wir uns hier am Vorabend in derselben Bar!"

Ali lacht. „Unfassbar. Aber schön, dass wir uns noch sehen."

„Ali, erzähl, wie machst du es morgen?", frage ich ihn.

Er holt aus: „Also, ich habe mein Auto schon voll beladen. Damit werde ich morgen nach Kabul ins Zentrum fahren, dort gibt es einen kleinen Bauernmarkt. Dort sprenge ich den Wagen in die Luft. Die Menschen, die das Ganze überlebt haben, werden in die andere Richtung fliehen. Dort warte ich mit einem Maschinengewehr und knalle sie alle ab. Falls ich von der Polizei überwältigt werde, kommt natürlich noch den Klassiker zum Einsatz – ein Gürtel voller Sprengstoff. Damit gebe ich ihnen dann den Rest."

Ich schaue Ali entsetzt an. „Aber die Bauern, das sind doch lauter arme Menschen. Denen geht es doch eh schon schlecht genug. Und dann sprengst du sie auch noch in die Luft!?"

„Ach, weißt du, tot ist tot. Ob das Bauern sind oder Millionäre – um an die Jungfrauen im Himmel heranzukommen zählt nur, dass ich

Terror verbreitet habe. Und das mache ich, ganz gewiss, mein Freund!"

„Aber Ali, du musst doch nicht so brutal vorgehen. Ich fliege morgen zum Beispiel nach Deutschland. Wenn ich in Berlin am Flughafen angekommen bin, fahre ich mit dem Taxi in mein Hotel. Dort liegen alle meine Waffen schon bereit. So ausgerüstet, werde ich dann in ein vornehmes Einkaufszentrum fahren und dort wild um mich schießen, wie sich das gehört. Für die Menschen ist das dann auch nicht so schlimm, die hatten schließlich alle ein schönes und glückliches Leben. Dann ist es nicht so schlimm, zu sterben", argumentiere ich.

Ali lacht auf. „Ja, aber glückliche Menschen in die Luft zu jagen ist viel teurer als unglückliche. Denk doch daran was der Flug kostet und die Waffen, die man dort kaufen muss. Und man muss alles viel besser vorbereiten, die Sicherheitsvorkehrungen sind viel strenger in Europa. Das kann und will ich mir beim besten Willen nicht leisten. Dann würde für meine Familie ja kaum Geld übrig bleiben nach meinem Tod."

„Aber Ali, ich bitte dich. Wenn schon Menschen dafür sterben müssen, dass du Jungfrauen im Himmel bekommst, dann soll es ihnen doch vor ihrem Tod möglichst gut gegangen sein, oder? Das ist doch das mindeste, was du diesen Menschen schuldig bist. Ein wenig Mitgefühl solltest du schon haben. Ich werde mich gezielt vor ein teures Luxusgeschäft stellen. Die Menschen, die dort rein gehen, hatten alle ein fantastisches Leben in Reichtum. Da ist es dann auch vertretbar, wenn man sie in die Luft sprengt. Aber immer nur den billigsten Weg zu den Jungfrauen wählen – das könnte ich nicht. Da hätte ich ein schlechtes Gewissen."

Ali schaut mich etwas nachdenklich an. „Weißt du was, ich glaube du hast Recht. Die paar Dollar mehr kann ich mir schon irgendwie leisten. Ich werde morgen auch einen Flug nach Europa buchen und es dort tun. Ich hatte vorher nicht so darüber nachgedacht, aber wahrscheinlich ist es tatsächlich besser wenn man achtsamer auswählt, wen man umbringt. Danke für dieses tolle Gespräch in letzter Minute!"

Wir trinken noch einen Schnaps, packen unsere Sachen zusammen, wünschen uns für den morgigen Tag viel Erfolg und machen uns auf den Weg nach Hause. Beide müssen wir morgen schließlich früh raus. Ich freue mich schon darauf, Ali im Himmel wieder zu sehen, und ich bin froh, dass er seine Entscheidung noch einmal überdacht hat. Die Menschen werden ihm dafür sehr dankbar sein.

> # Maßlose Übertreibung erleichtert das Verständnis.
>
> *Wladimir Iljitsch Lenin (1870 – 1924)*
> *Russischer Revolutionär*

DAS DSCHUNGELCAMP

Drei Monate Urlaub! Darauf habe ich die letzten vier Jahre gespart. Ich verlasse voller Freude das Büro, die Kollegen sind ganz neidisch. Die nächsten drei Monate werde ich sie nicht sehen. Ich kann es noch gar nicht fassen, aber endlich ist es so weit. Morgen geht mein Flieger nach Brasilien. Ich fühle mich als Entdecker. Ich kann es kaum erwarten, den Urwald zu erkunden. Meine Freundin Sabine wollte nicht mit, sie mag lieber den gemütlichen Strandurlaub. Aber ich kann einfach nicht still sitzen, ich brauche Action im Urlaub.

Nachmittags bin ich bei meinen Eltern zu Kaffee und Kuchen. Meine Mutter hat eine Torte gebacken, köstlich! Mein Vater drückt mir 200 Euro in die Hand – Taschengeld für den Urlaub. Eigentlich brauche ich das Geld nicht, ich verdiene schließlich mittlerweile mein eigenes. Aber es wäre unhöflich, das Geld nicht anzunehmen, also stecke ich es ein. Meine Mutter ist außer sich vor Sorge. Was ist, wenn ich von einer Mücke gestochen werde? Habe ich wirklich alle notwendigen Impfungen erhalten? Und was, wenn man mich entführt? In so einem fremden Land! So was hört man ja immer wieder im Fernsehen. Und erst kürzlich hat sie in einer Fernsehshow gesehen, dass immer wieder Touristen spurlos verschwinden. Ob ich nicht lieber daheim bleiben möchte, hier ist es schließlich sicher. Meine Mutter! Eigentlich weiß sie, dass sie es mir nicht ausreden kann. Aber sie versucht es immer wieder. Ich verspreche ihr, auf mich aufzupassen und mindestens einmal wöchentlich anzurufen, damit sie sich keine Sorgen machen muss. Nach einer langen Umarmung darf ich heim.

Sabine kommt erst in einer Stunde von der Arbeit zurück, also genug Zeit für mich, noch ein schönes Essen zu bereiten. Sabine wird mir fehlen. So lange waren wir noch nie voneinander getrennt. Ich mache Hähnchenbrust, gefüllt mit einem Bärlauch-Pesto. Dazu gibt es Reis und etwas Gemüse. Und natürlich eine Flasche Wein. Pünktlich wie ein Schweizer Uhrwerk kommt Sabine nach einer Stunde heim. Sie ist total aufgebracht. In der Arbeit hat ihr ein Kollege etwas über die Zustände in der Massentierhaltung erzählt, und sie wusste nicht, was sie sagen sollte. Schließlich hatte sie gerade ein großes Schnitzel aus der Kantine auf dem Teller. Auweh. Ich beruhige sie und erzähle ihr, dass unsere Vorfahren auch alle Fleisch gegessen haben. Die Menschen haben generell schon immer Fleisch gegessen. Wir sind nur deshalb so intelligent, weil wir in der Steinzeit schon so viel tierische Nahrung zu uns genommen haben. Fleisch essen ist schließlich etwas absolut Natürliches. Und was die Natur erfindet, kann gar nicht falsch sein. Sabine ist erleichtert. Wir genießen den Abend, trinken Wein, essen Hähnchenbrust, lachen herzhaft, gehen mit unserem Hund eine Runde um den Block. Aber der Abend neigt sich dem Ende zu.

Um 11 Uhr stehe ich am Flughafen. Mein Flug AR7793 nach Brasilien startet in 30 Minuten. Ich habe drei Kilo zu viel eingepackt und muss 50 Euro extra zahlen. Im Flugzeug sitze ich neben einem Studenten, Anfang 20. Christoph ist sein Name. Er ist für zwei Wochen Standurlaub in Brasilien. Zwölf Stunden später landet unser Flugzeug endlich. Ich kann es kaum erwarten, aus dem Flieger raus zu kommen und mir die Beine zu vertreten. Aber endlich bin ich da – Brasilien!

Am Flughafen leihe ich mir ein Auto. Damit fahre ich los, ab in Richtung Wildnis. Nach mehreren Stunden Fahrt komme ich an den Rand des Urwalds. Ich parke mein Auto auf einem Rastplatz, esse noch ein Brötchen und drehe meinen Stuhl zurück. Ich finde es unnötig, für eine Nacht im Hotel 100 Euro auszugeben. Das Auto ist zwar nicht ganz so bequem um zu schlafen, aber es ist deutlich günstiger.

Am nächsten Morgen packe ich meinen Rucksack – die Tour kann beginnen. Ich habe für meine Kamera extra vier Ersatzakkus dabei.

Eine Steckdose werde ich im Dschungel schließlich kaum finden. Ich ziehe los. Die ersten Stunden bin ich noch auf richtigen Wegen unterwegs, gegen Abend sind es höchstens noch Trampelpfade. Ich baue mein Lager, bestehend aus einem ziemlich kleinen Zelt und einem Schlafsack, auf. Meine Beine schmerzen furchtbar. Ich bin schließlich den ganzen Tag gewandert. Ich habe ein paar Fotos gemacht, aber die richtig guten Bilder werde ich ab morgen schießen: in der unberührten Natur. Etwas Schöneres gibt es schließlich nicht. Zum Einschlafen höre ich noch etwas Musik auf meinem MP3-Player.

Am nächsten Morgen wache ich auf. Ich springe in den nahe gelegenen Fluss. Das Wasser ist angenehm warm, ich fühle mich wie im Paradies. Dann gehe ich mit meiner Kamera auf Erkundungstour. Ich liebe es, Details zu fotografieren: nur Teile eines Baumstamms, ein Blatt, eine Blüte, einen Käfer. Solche Details machen das Leben aus. Und viele dieser Details ergeben das wundervolle Ganze. Ich marschiere weiter und fotografiere, esse Knäckebrot, genieße den Frieden.

Nach einigen Tagen, ich bin mitten in den Tiefen des Urwalds, sehe ich abends ein Licht in der Ferne. Ich hätte nicht mit auch nur einer Menschenseele gerechnet, hier draußen, irgendwo im Nirgendwo. Aber da ist ein Licht, und ich folge ihm. Nach ein paar Minuten wird das Licht heller. Ich höre Geräusche. Es hört sich an wie ein lautes Trommeln und Gesang. Ich bin fasziniert und schleiche mich weiter voran. Ich will erst einmal vorsichtig die Lage erkunden. Ich komme dem Licht immer näher und verstecke mich in einem Busch. Durch das Gestrüpp hindurch kann ich etwas erkennen: ein großes Feuer. Um das Feuer herum tanzen Frauen. Sie sind alle nackt. Auch die Männer, die um das Feuer herum stehen, sind nackt. Ich bin scheinbar auf ein unentdecktes Naturvolk gestoßen. Unfassbar! Ich traue meinen Augen kaum. Ich vergewissere mich, dass der Blitz aus ist und schieße Fotos, so viele ich nur kann. Eine solche Entdeckung hatte ich mir in meinen kühnsten Träumen nicht vorgestellt. Aber hier bin ich, und direkt vor mir das Naturvolk. Es ist Vollmond, merke ich. Scheinbar gibt es für diese Menschen etwas zu feiern. Sie strecken im Tanz immer wieder ihre Hände in Richtung Himmel. Ich drehe einen Film mit meiner Kamera. Unweit von mir kann ich ein paar Knochenreste am Boden erkennen. Ich muss an meine Unterhaltung mit Sabine denken und mich überkommt ein leichtes Grinsen. Naturvölker essen auch Fleisch! Wie ich es gesagt habe.

Das Naturvolk tanzt und vollführt merkwürdige Bewegungen, möglicherweise Gebete. Nach einer halben Stunde kommen plötzlich zwei weitere Bewohner, sie ziehen etwas hinter sich her. Es ist ein Mann, ein zivilisierter Mensch wie ich, er trägt Klamotten. Um seinen Hals hängt eine Digitalkamera. Über seine Stirn rinnt Blut. Ich bin kurz davor, aufzuspringen und ihm zur Hilfe zu eilen, schließlich habe ich Erste Hilfe gelernt. Da sehe ich wie einer der Männer – ich vermute der Häuptling, seinem Kopfschmuck nach zu urteilen – zu dem Verletzten eilt. Aber anstatt dem Mann zu helfen, ergreift er dessen Rucksack, reißt ihn ihm vom Rücken und wirft ihn in das große Feuer. Die Kamera fliegt direkt hinterher. Die Frauen reißen ihm seine Klamotten vom Leib und werfen diese ebenso ins Feuer. Der Mann scheint zu erwachen, er ruft um Hilfe. Da zückt der Häuptling ein Messer. Scheinbar voller Freude schneidet er dem Mann einen Finger ab. Dieser schreit vor Schmerzen. Die Frauen beginnen lauter zu singen. Der Häuptling hebt den Finger nach oben, lässt ihn von den Frauen begutachten, spricht ein Gebet, nimmt den Finger anschließend in seinen Mund und beginnt darauf zu kauen. Er isst den Finger, während der Mann schreiend am Boden liegt.

Wo bin ich hier nur gelandet? In einem Kannibalendorf? Mir wird schlecht.

Der Häuptling zückt wieder sein Messer, diesmal sticht er dem Mann tief in die Brust. Ein letzter lauter Schrei. Dann verstummt er. Der Häuptling öffnet den Brustkorb und reißt das blutige Herz heraus.

Dieses gibt er einer der Frauen. Diese hebt das Herz ebenfalls in Richtung Himmel, spricht ein Gebet und beißt dann herzhaft hinein. Sie schmatzt dabei laut, und dabei lächelt und strahlt sie. Es scheint ihr zu schmecken. Die restlichen Frauen singen lauter. Die Frau gibt das Herz weiter, jede der Frauen nimmt einen Bissen. Dann stürzt sich nach und nach einer nach dem anderen auf den toten Körper und schneidet sich ein Stück heraus. Ich filme alles. Die blutverschmierten Gesichter der Ureinwohner. Die Überreste des Mannes. Das Tanzen.

Dann wird mir plötzlich klar, dass ich hier verschwinden sollte und zwar schleunigst. Ich mache die Kamera aus und krieche wieder aus dem Gebüsch hervor. Dabei aber trete ich auf einen Ast, welcher lautstark zerbricht. Der Gesang wird schlagartig leiser. Gefolgt von einem wilden Geschrei. Scheiße! Ich beginne zu laufen. Aber es ist dunkel, ich sehe kaum etwas. Ich laufe in Richtung meines Camps. Ich höre die Rufe hinter mir. Ich laufe zu schnell - ich stolpere. Mein Fuß tut furchtbar weh, ich bin umgeknickt. Ich humple weiter. Mein Herz rast wie verrückt. Jeder Schritt ist eine Qual. Ich muss weiter. Plötzlich spüre ich einen höllischen Schmerz in meiner Schulter. Ich merke, wie meine Beine mich nicht mehr tragen und ich zu Boden gehe. Ich schaue an mir herunter. Aus meiner Schulter ragt eine Sperrspitze. Etwas Stumpfes trifft mich von hinten. Ich werde ohnmächtig.

Als ich wieder aufwache, liege ich am Boden des Lagers. Neben mir die Reste des Mannes. Die Frauen werfen gerade die Gedärme und die verbliebenen Knochen in das große Feuer. Von ihm wird es wohl kaum eine Spur mehr geben.

Der Häuptling kommt auf mich zu. Er strahlt förmlich. In seinen Augen liegt etwas Fanatisches. Während die Frauen mir die Klamotten vom Körper reißen, spricht der Häuptling wieder ein Gebet. Ich kann mich nicht bewegen. Meine Hände sind gefesselt. Der Häuptling zückt wieder sein Messer. Dieses ist noch blutverschmiert. Dann greift er meine Hand. Ich habe in meinem Leben noch nie solche Schmerzen verspürt. Ich muss mit ansehen, wie der Häuptling meinen kleinen Finger in Richtung Himmel hält, ein Gebet spricht und sie dann an einen weiteren Mann weiter gibt. Dieser strahlt förmlich. Ich sehe zu wie mein Finger zerkaut wird. Jetzt werden meine Kamera und mein Zelt in das Feuer geworfen. Dann beugt sich der Häuptling ein letztes Mal über mich. Sein Mund ist blutverschmiert. Er grinst mich an, spricht ein Gebet und sticht zu.

Kannibale:

Ein Gastronom alter Schule, der sich den einfachen Geschmack bewahrt hat und an der natürlichen Diät der Vor- Schweinefleischzeit festhält.

Ambrose Gwinnett Bierce (1842 – 1914)
Amerikanischer Schriftsteller

ANSTÄNDIG ESSEN

Mein Tacho zeigt 140 km/h, es ist 18:17 Uhr an einem dunklen Dezemberabend. Ich sehe etwas im Scheinwerferlicht – ich trete aufs Gas. Es ertönt ein dumpfer Schlag. Ich grinse, fahre rechts ran. Auf der Straße liegt ein Fuchs. Er zuckt noch. Aus dem Kofferraum hole ich meinen Baseballschläger. Der Fuchs versucht sich noch krampfhaft in das Feld zu retten. Nur irgendwie runter von der Straße. Man sieht ihm seine Schmerzen wahrlich an. Seine Hinterbeine sind komplett zermatscht, er schiebt sich mit den Vorderbeinen langsam vorwärts. Ich hole weit aus – und schlage zu. Ein kurzes, lautes Heulen, dann ist der Fuchs von seinen Leiden erlöst.

Ich packe den leblosen Körper an den Hinterbeinen, so weit von diesen noch etwas übrig geblieben ist, und ziehe ihn zu meinem Pick-Up. Dort angekommen, werfe ich den Fuchs auf die Ladefläche. Vorsichtig wende ich und fahre mit meinem Fahrzeug heimwärts. Ich drehe das Radio auf. Es läuft eine Talk-Show, es geht um die Tierhaltung in Deutschland. Einer der Gäste kritisiert die Haltungsbedingungen der Tiere. Ein anderer beteuert, dass er nur Fleisch von glücklichen Tieren isst. Ich lache laut auf und schüttle meinen Kopf. Ein Tier, das in Gefangenschaft aufwächst, kann doch nicht glücklich sein.

Ich biege in die Einfahrt meines Hauses. Meine Frau kommt aus dem Haus, sie hat bereits einen weißen Kittel um. Ich fahre mit dem Pick-Up vor die Garage. „Da bist du ja endlich, ich habe mir schon Sorgen gemacht!" raunzt sie mich an. „Ich war zumindest erfolgreich" erwidere ich und gebe ihr einen Kuss auf die Backe. Ich schleife den Fuchs in die Garage. Meine Frau hat dort bereits alles vorbereitet. Erst lasse ich den Fuchs noch richtig ausbluten. Anschließend ziehen wir ihm behutsam das Fell ab. Fuchsfell lässt sich ganz gut verkaufen, die Leute lieben das Zeug. Früher hat man daraus noch Mäntel gemacht, heute ist es mehr zur Deko. Bommel auf der Mütze und so ein Zeug. Aber mir ist das gleich, wenn ich noch ein paar Euro dafür bekomme, bin ich zufrieden. Ganz gleich was die Leute danach damit machen.

Wir zerlegen den Fuchs Stück für Stück. Die Innereien kommen in eine extra Schüssel. Den Rest schneidet meine Frau fleißig in Tagesportionen. Bei uns bleibt nichts übrig. Selbst aus dem zermatschten Beinen kratzen wir noch das Fleisch heraus. Den Darm waschen wir sorgfältig aus und pressen anschließend die weniger schönen Fleischstücke des Fuchses hinein. Fuchswurst. Ich liebe Fuchswurst.

Die Knochen werfe ich in meinen Mixer. Nach einer Minute auf Turbo-Stufe kippe ich Zucker und ein paar Früchte hinzu. Noch einmal Turbo-Stufe. Die fertige Masse kippe ich in die bereitgestellten Formen: Gummibärchen in Fuchsform. Die Vorlage habe ich mit meinem 3D-Drucker selbst ausgedruckt.

Meine Frau und ich, wir sind gegen Tierquälerei, möchten aber auch nicht auf Fleisch verzichten. Auch der nette Biobauer um die Ecke hält seine Tiere schließlich in Gefangenschaft. Das wollen wir nicht. Selbst die Jäger machen sich einen Spaß aus der Jagd, und die Bleikugeln möchte ich nicht mitessen. Außerdem, seit ein guter Freund vor ein paar Jahren von einem Jäger angeschossen wurde, möchte ich dieses Geschäft nicht mehr unterstützen. Zum Glück hat er den Vorfall überlebt. Die Jagd ist einfach viel zu gefährlich. Also habe ich mich für eine neue Art des McDrive entschieden – was mir unter die Räder kommt wird gegessen. Die Tiere lebten in Freiheit, hatten somit das bestmögliche Leben. Sterben muss schließlich jeder irgendwann.

Meine Frau hängt einen Teil des Fleisches zum Räuchern auf, der Großteil landet in unserer großen Gefriertruhe. Die Innereien nimmt sie mit ins Haus. Als erstes werfen wir die blutverschmierten Kittel in die Waschmaschine. Dann gehen wir in die Küche. Aus der Gefriertruhe habe ich noch ein wenig Katzenfleisch von letzter Woche mitgenommen. Der schwarz-weiße Kater ist mir vors Auto gelaufen – Pech gehabt. Ich schneide die Katzensteaks in feine Streifen. Meine Frau mariniert die Innereien, während sie etwas Reis kocht. Ich schneide etwas Gemüse und werfe es zusammen mit den Katzenstreifen in den Wok. Die Innereien brät meine Frau separat in einer Pfanne scharf an.

„Kinder, Essen ist fertig!" rufe ich nach oben. Carolin und Frederick kommen die Treppe runter gelaufen. „Na meine Lieben, wie war es heute im Kindergarten?". Die beiden beginnen zu erzählen, was sie heute alles erlebt haben.

Meine Frau bringt das Essen an den Tisch. Die Kinder greifen nach den Innereien. Carolin weint, weil Frederick schneller nach dem Fuchsherz gegriffen hat. Wir erklären Frederick, dass teilen etwas sehr wichtiges ist, und Frederick sieht letztendlich ein, dass er das Herz nicht für sich allein haben kann. Er halbiert es in der Mitte und gibt Carolin die andere Hälfte.

Später schauen wir noch etwas fern, die Kinder essen ein paar Gummibärchen. Ich mische die Gummibärchen immer schön durch, so ist von allen etwas dabei: Fuchs, Reh, Igel, Hase, Katze und Hund. Alle in unterschiedlichen Farben und Geschmacksrichtungen. Lecker – und nur von Tieren, die ein glückliches Leben in Freiheit genießen durften.

In Freiheit leben heißt erst leben.

Karl Wilhelm Ramler (1725 – 1798)
Deutscher Schriftsteller

DIE ERKÄLTUNG

„Hatschi!". Meine Nase läuft schon seit ein paar Tagen. Auch sonst geht es mir nicht gut. Ich fühle mich schwach, bin müde und habe Kopfschmerzen. „Gesundheit!", sagt eine junge Dame im Wartezimmer. Ein dankender Blick, verbunden mit einem kurzen Lächeln, dann geht es schon wieder los. „Hatschi!".

Nach 20 Minuten bin ich an der Reihe. Mein Arzt untersucht mich, er hat Handschuhe und eine Atemschutzmaske an. Er horcht meine Lunge ab, schaut mir in den Hals, misst den Blutdruck. Dann druckt er mir ein Rezept aus, beim Blick darauf muss ich schmunzeln: „Bettruhe, Tee und Schlaf?", frage ich ungläubig.

Der Arzt schaut mich mit ernstem Blick an. „Ja, damit dürften ihre Chancen zu überleben bei ungefähr 50/50 stehen. Aber bleiben sie unbedingt ruhig und machen sie nichts Unnötiges!"

„Aber können Sie mir nicht einfach Tabletten verschreiben, und dann wird es wieder?"

Der Arzt schaut mich bestürzt an. „Tabletten? Wann haben Sie das letzte Mal Nachrichten gesehen? Seit mittlerweile 10 Jahren sind unsere Antibiotika komplett wirkungslos. Ich habe nichts, das ich Ihnen verschreiben kann. Abgesehen von Schmerzmitteln."

„Wirkungslos? Aber wie denn das?"

Der Arzt schüttelt den Kopf. „Na, davor haben wir euch doch über Jahre hinweg gewarnt. Wenn das mit der Massentierhaltung nicht aufhört, werden unsere Antibiotika wirkungslos. Aber es hat ja niemanden interessiert, leckeres, günstiges Fleisch war allen lieber. Den Preis dafür zahlen jetzt Sie – möglicherweise mit Ihrem Leben. Wegen einer lächerlichen Infektion."

Ich stehe auf, der Arzt begleitet mich zur Tür. Er wünscht gute Besserung und sagt, wenn es nicht besser werde, solle ich auf keinen Fall noch mal kommen. Die Ansteckungsgefahr für andere Patienten sei zu hoch. Unglaublich. An einer Infektion sterben?

Als es nach einigen Tagen nicht besser wird und ich immer schwächer werde, beginne ich mit meinem Leben abzuschließen. Ich denke zurück an die schönen Momente. Ein Schweineschnitzel zieht vor meinem inneren Auge an mir vorbei. Dann ein Steak und eine Curry-Wurst. „Das war es wert!", denke ich mir, während ich langsam das Bewusstsein verliere.

Denn Trost fürs Herz ist die halbe Heilung.

Johann Friedrich Fischart (1546 – 1590)
Deutscher Schriftsteller

DIE STRASSENSPERRE

Die Sirene ertönt – Großeinsatz. Ich eile mit meiner Kollegin zum Streifenwagen. Per Funk bekommen wir genaue Instruktionen: Wir sollen die B15 stadtauswärts komplett sperren und jedes einzelne Fahrzeug kontrollieren. Bankräuber haben die Hauptfiliale der Stadtsparkasse überfallen und schätzungsweise 200.000 Euro erbeutet. Der Überfall geschah vor 15 Minuten, und die Täter sind auf der Flucht, deshalb wird die komplette Stadt abgeriegelt. Als wir wenige Minuten später die Bundesstraße erreichen, ist sie bereits blockiert. Unsere Kollegen waren schon vor uns da und haben die Straße dicht gemacht. Wir fahren am Seitenstreifen bis zur Straßensperre vor und halten neben dem Streifenwagen der Kollegen.

Das erste Fahrzeug, das wir kontrollieren, ist ein roter VW Polo. Wir bitten den Fahrer, einen gut gebauten Mann im mittleren Alter, den Kofferraum zu öffnen. Als er das tut, zücke ich unwillkürlich meine Dienstwaffe. Der Mann lacht auf. „Keine Panik, ich bin Metzger!". Im Kofferraum befinden sich ein blutverschmierter Kittel und mehrere blutige Messer. Ich lache. „Und ich dachte schon, Sie wären ein gefährlicher Massenmörder!".

Das nächste Fahrzeug ist ein großer LKW, voller kleiner Ferkel. Der Fahrer erzählt auf Englisch, dass er die Ladung in Dänemark abgeholt habe und nach Italien unterwegs sei. Wir werfen einen Blick in den LKW – die Ferkel dort stehen dichtgedrängt, es stinkt, ein paar liegen regungslos am Boden. Wir wünschen dem Fahrer eine gute Weiterfahrt.

Der nächste Wagen ist ein kleiner Transporter. Darin acht Osteuropäer. Skeptisch durchsuchen wir den Wagen. Es sind Rumänen, wie sich nach der Ausweiskontrolle herausstellte. Ich frage sie, was sie hier machen. „Für Firma in Schlachthaus Schweine geschuftet", sagt einer der Rumänen in gebrochenem Deutsch. „Ach so!" erwidere ich und lasse den Transporter passieren.

Es folgt ein kleiner Sprinter. Auch diesen lassen wir vom Fahrer, einem alten Mann, öffnen. Aus dem Sprinter kommt ein furchtbarer Gestank. Er ist voller toter und verwesender Hühner. Der Mann erzählt, dass die Tiere in seinem Hühnerstall nicht durchgekommen seien und er die Kadaver jetzt vorschriftsgemäß zur Tierkörperverwertung fahre. Ein vorbildliches Verhalten – ich wünsche dem Mann noch einen schönen Tag.

Nun fährt ein kleiner Kühlwagen vor. Als wir von dem österreichischen Fahrer die Ladefläche öffnen lassen, erschrecke ich. Er ist bis oben hin gefüllt mit Schweineköpfen. Der Österreicher lacht und erzählt uns, dass er in seinem Restaurant gefüllte Schweineköpfe serviere und hier im Schlachthaus ein Sonderangebot erhalten habe, weshalb er die Köpfe nun nach Österreich transportiere. Wir lachen, lassen uns eine Visitenkarte von dem Restaurant geben und wünschen eine gute Rückreise nach Österreich.

Als nächstes ist ein kleines Elektroauto an der Reihe. Ein junger Mann sitzt am Steuer. Auch dieses Fahrzeug durchsuchen wir. Im Kofferraum finden wir schließlich in einer Sporttasche zwei Gramm Cannabis. Der junge Mann versucht sich rauszureden, er wüsste nicht woher diese Pflanzen seien. Aber aus der Nummer kommt er nicht raus. Während ich die Personalien erfasse, legt meine Kollegin dem jungen Mann Handschellen an und verfrachtet ihn auf die Rückbank unseres Streifenwagens.

Per Funk kommt im selben Moment die Information durch, dass die flüchtigen Bankräuber wohl entkommen sind. Sämtliche Straßensperren sollen wieder aufgelöst werden. Zwar haben wir die Räuber nicht erwischt, dafür ist uns ein anderer Schwerkrimineller ins Netz gegangen. Ein erfolgreicher Tag also für mich und meine Kollegin.

> Das Gesetz macht den Menschen,
> nicht der Mensch das Gesetz.
>
> *Johann Wolfgang von Goethe (1749 − 1832)*
> *Deutscher Dichter*

DER GOTTESDIENST

Sonntag, 8:30 Uhr. Wir sind spät dran, irgendwie haben wir beim Frühstück die Zeit vergessen. Also eilen wir zum Auto und fahren los. Um 9 Uhr beginnt schließlich der Gottesdienst, und wir möchten nicht zu spät dort sein.

Während der Autofahrt läuft das Radio, dort kommt eine Talksendung. Es geht um den Islam. Es läuft mir kalt den Rücken runter. Meine Frau meint, sie habe Angst vor diesen Extremisten. Die Sendung verweist darauf, wie brutal der Koran sei, und dass dieser zum Mord an Ungläubigen aufrufe. Der Islam, so die Sendung, wird immer mehr zu einer ernsten Bedrohung für die westliche Zivilisation.

Wir halten an der Kirche, wir sind spät dran. Nur noch wenige stehen vor der Eingangspforte, die meisten haben das Gotteshaus bereits betreten. Aber zum Glück sind wir noch nicht zu spät dran. Wir nehmen auf einer der Kirchenbänke Platz, und wenige Minuten später beginnt der Gottesdienst.

Der Pfarrer tritt durch eine Seitentür ein, gefolgt von seinen Ministranten. Im Hintergrund läuft wundervolle Orgelmusik. Die Kirche ist voll, und der Pfarrer beginnt mit seiner Ansprache.

„Meine lieben Gläubigen, gestern habe ich abends im Fernsehen eine Sendung über Tiere gesehen. Einige Leute haben gefordert, dass man keine Tiere töten solle, dies sei unnötig. Ich aber sage euch: Lasst euch nicht beeinflussen von solchen Geschichten. Wie heißt es so schön in der Bibel? ‚Macht euch die Welt untertan!'. So hat es Gott schließlich für uns bestimmt!"

Ein lautes Amen geht durch den Saal.

„Und wie sagte bereits Moses? ‚Jedes sich regende Tier, das am Leben ist, möge euch zur Speise dienen'. So sieht es die Heilige Schrift vor. Lassen wir uns nicht blenden von den Medien. Wie lauten schließlich die Worte unseres Herrn? ‚Ich setze euch über die Fische im Meer, die Vögel in der Luft und alle Tiere, die auf der Erde leben'. Gott hat uns an die erste Stelle unter allen Lebewesen gestellt, und die Tiere sollen uns dienen"

Wieder ein lautes Amen.

„Ihr kennt gewiss die Geschichte von Kain und Abel, die unserem Herrn ein Opfer bringen sollten. Kain brachte viele Früchte herbei, während Abel ihm ein Lamm opferte. Im Buch Moses heißt es: ‚Und der Herr roch den lieblichen Geruch'. Gemeint war allerdings nicht der Geruch der Früchte – Kains Opfer nahm der Schöpfer nicht in Gnade an. Nur das Opfer Abels fand Gefallen vor dem Herrn."

„Dank sei Gott dem Herrn!", schallt es durch das Gotteshaus.

„Und wie sagte bereits Paulus? ‚Alles, was auf dem Fleischmarkt verkauft wird, das esst, und forscht nicht nach, damit ihr das Gewissen nicht beschwert'. Macht euch keine Gedanken darüber, wo euer täglich Fleisch herkommt. Paulus hat uns aufgetragen, unser Gewissen damit nicht zu belasten. Und wie heißt es doch so schön im Buch Moses? ‚Ich will Fleisch essen ... weil es dich gelüstet, Fleisch zu essen, so iss Fleisch ganz nach Herzenslust ... so schlachte von deinen Rindern oder Schafen, die dir der Herr gegeben hat'. Genießt das Leben, genießt das Fleisch, so wie der liebe Gott es euch aufgetragen hat!".

„Amen!". Laute Orgelmusik ertönt, der Chor singt ein Lied über Engel und Gottes unendliche Barmherzigkeit.

Anschließend führt ein Messdiener ein kleines Lamm in den Kirchensaal. An der Kanzel angekommen, übergibt er es dem Pfarrer.

„Lasset uns Beten!"

Während alle das Vaterunser beten, holt der Priester ein Messer hervor und stößt es dem kleinen Lamm in den Hals. Das Blut spritzt über den Altar – ein lieblicher Geruch für den Herrn, wie es im Buch Mose beschrieben ist.

Abschließend erzählt der Pfarrer noch vom Buch Jesaja und zitiert aus diesem: „Des Herrn Schwert ist voll Blut und trieft von Fett, vom Blut der Lämmer und Böcke, vom Nierenfett der Widder."

Zum Abschluss des Gottesdienstes erzählt der Priester noch von Nächstenliebe und der nie versiegenden Gnade Gottes und bittet den Herrn um Vergebung für unsere Sünden. Der Kirchenchor stimmt noch zwei weitere Lobgesänge an. Mit „gehet hin in Frieden" verabschiedet uns der Priester.

Auf dem Platz vor der Kirche unterhalte ich mich mit ein paar anderen Kirchenmitgliedern über die Predigt. Auch sie zeigen sich beeindruckt, selten haben wir einen so guten Gottesdienst erlebt. Plötzlich rieche ich den göttlichen Duft in meiner Nase. Mit meiner Frau eile ich in den Kirchengarten, dort steht der große Grill, und viele saftige Steaks und knackige Würstchen liegen schon darauf. Dazu ein riesiges Salatbuffet, soweit das Auge reicht.

Nachdem wir alle bei Fleisch und Würsten kräftig zugelangt haben, ruft der Pfarrer alle Gemeindemitglieder wieder zusammen. Wir gehen gemeinsam zu dem kleinen Weiher nahe der Kirche. Dort betritt der Pfarrer den Steg, vom Ufer aus sehen wir ihm zu.

„Liebe Gläubige im Herrn, mir wurde von unserem geschätzten Gemeindemitglied Herbert zugetragen, dass ihn ein Nachbar erst kürzlich heftig geärgert habe. Dieser habe durch lautes Fernsehen Herberts Nachtruhe gestört und außerdem bis in die späte Nacht Freunde bewirtet, die sich grölend unterhielten." Wir blicken uns alle entsetzt an. „Wie kann man so was nur tun?", höre ich von hinten.

Jetzt schubsen die Messdiener einen Mann auf den Steg, sein Kopf ist mit einem Sack bedeckt. „Hier ist der Sünder, meine Freunde." Buh-Rufe ertönen aus der Menge. „Du blödes Arschloch!", brüllt der Mann neben mir.

Mühsam schleifen die Messdiener einen schweren Stein, der an einer Kette befestigt ist, auf den Steg. Der Pfarrer legt die Kette um den Hals des Sünders. „Wie sagte Jesus schließlich? ‚Wer einen einfachen Gläubigen ärgert, sollte mit einem Mühlstein am Hals im tiefsten Meer ersäuft werden.‘ Im Namen des Vaters, des Sohnes und des Heiligen Geistes!"

Ein lautes „Amen!" erhebt sich aus der Menge, während der Pfarrer Herberts Nachbarn in den Weiher stößt.

Anschließend bringen die Messdiener einen weiteren Mann nach vorne, welcher vergangene Woche aus der Kirche ausgetreten ist. Seine Hände sind gefesselt. Die Messdiener zwingen den Mann, sich auf dem Steg hinzuknien. Der Pfarrer hebt an: „Wie sagte einst Jesus? ‚Doch jene meine Feinde, die nicht wollten, dass ich über sie herrsche, bringt her und erwürgt sie vor mir!'"

„Dank sei Gott dem Herrn", ertönt es aus der Menge, während der Pfarrer den Ungläubigen erwürgt und ebenfalls in den Weiher wirft. Anschließend gehen wir wieder zurück zur Kirche und essen noch ein Stückchen Kuchen.

Am Nebentisch springt ein kleiner Junge auf. „Ich will aber aufstehen, ich will nicht warten, bis ihr fertig gegessen habt, du doofe Kuh!", brüllt der Junge seine Mutter an.

Die Messdiener eilen herbei, packen den Jungen und bringen ihn zum Pfarrer. Dieser zitiert das Wort Gottes: „Jeder, der über seine Eltern flucht, muss getötet werden." Darauf sticht er dem Jungen mit einem geweihten Messer in die Brust.

Ein lautes „Amen!" geht durch die Menge.

So, genug für heute. Ich ziehe meine Frau an der Kette hinter mir her zum Auto. Wie heißt es schließlich so schön in der Bibel? „Eine Frau ist dem Manne untertan, solange er lebt, dies verlangt das göttliche Gesetz."

> # Die Freiheit ist eine neue Religion, die Religion unserer Zeit.

> *Heinrich Heine (1797 – 1856)*
> *Deutscher Dichter*

DIE DEBATTE

Wunder geschehen immer wieder – man mag es kaum glauben, aber mein Zug ist tatsächlich nach fünf Stunden Fahrtzeit pünktlich am Zielort angekommen. Die letzten Meter zum Hotel lege ich zu Fuß zurück. Nach einem zehnminütigen Spaziergang hole ich mir an der Rezeption meinen Schlüssel und begebe mich auf mein Zimmer.

Nachdem ich mich frisch gemacht habe, begebe ich mich in das Hotel-Restaurant. Schnell treffe ich auf mehrere meiner Kollegen, welche ebenfalls bereits angekommen sind. Während der nächsten zwei Tage sind wir hier auf Fortbildung, und meine Arbeitskollegen sind aus ganz Deutschland angereist.

Ich setze mich mit an den Tisch und bestelle mir ein Bier, nachdem ich alle begrüßt habe. Als ich die Speisekarte studiere, stelle ich enttäuscht fest, dass es keine veganen Optionen gibt. Ich spreche die Kellnerin, als sie mir das Bier bringt, auf mein Dilemma an. Nach kurzer Rückfrage in der Küche kann sie mir einen großen, bunt gemischten Salat, eine Gemüsepfanne oder Spaghetti Arrabiata anbieten, sowie eine Erbsensuppe als Vorspeise. Ich bedanke mich und entscheide mich für die Suppe sowie die Gemüsepfanne. Meine Kollegen bestellen Bolognese, Lasagne, Schnitzel, Steak und Fisch.

Ich frage, ob alle gut angekommen sind. Björn, ein Kollege aus Berlin, nickt zufrieden, er ist mit dem Mietwagen gut durch den Verkehr gekommen, Sven aus Dortmund beschwert sich über eine Baustelle auf einer der Autobahnen, aber insgesamt ist auch bei ihm alles glatt gegangen.

„Und Du bist auch gut hergekommen?" fragt mich Björn.

„Jupp, mein Zug war überpünktlich, hat alles super geklappt!", erwidere ich.

Plötzlich wird es ganz still am Tisch. „Du bist mit dem Zug gekommen? Sonst bist du doch auch immer mit dem Auto gefahren. Warum fährst du jetzt plötzlich mit dem Zug?", fragt mich mein Kollege Sven irritiert.

„Nun ja, ich habe letztens einen Fernsehbericht über den Klimawandel gesehen, und dort wurde empfohlen, öfter mit dem Zug zu fahren, um das Klima zu schonen. Ich habe mich dann weiter informiert, und eigentlich habe ich auch eine ganz gute Zuganbindung zur Arbeit. Deshalb habe ich mein Auto verkauft und fahre jetzt nur noch mit der Bahn zur Arbeit", erwidere ich, während die Bedienung das Essen bringt.

„Also ich könnte das ja nicht …", meint Tanja, eine Kollegin aus Hamburg, während sie von ihrem Steak abbeißt.

„Aber das ist doch total umständlich. Ich habe gehört, dass es extrem kompliziert ist, mit der Bahn zu fahren. Man muss ewig auf den Automaten rumtippen, bis man ein passendes Ticket findet. Außerdem ist das doch furchtbar teuer", meint Björn.

„Ach, so schlimm ist das gar nicht. Wenn man das erste Mal vor einem Fahrkartenautomaten steht, muss man schon etwas suchen; aber wenn man weiß, wie es geht und wo man drücken muss, ist es eigentlich kinderleicht. Je früher man seine Fahrt plant, desto günstiger wird es. Wenn man natürlich immer nur fünf Minuten vor der Abfahrt ein Ticket kauft, kann es tatsächlich relativ teuer werden. Aber es gibt auch Angebote für Vielfahrer wie eine Bahncard oder Sparangebote – dann kommt man relativ günstig weg. Würden mehr Menschen mit dem Zug fahren, würde es auch günstiger werden, da sich dann die Fixkosten wie beispielsweise Instandhaltung des Schienennetzes, Verwaltung und Personalkosten je Fahrgast deutlich reduzieren würden. Aber ganz unabhängig davon bietet das Zugfahren noch einen weiteren Vorteil: Man kann in der Zeit auch etwas anderes machen, beispielsweise Schlafen, Zeitung lesen oder Arbeiten."

Sven schüttelt den Kopf. „Ich höre im Auto immer Hörbücher, das mit den Beschäftigungsmöglichkeiten ist also gar kein Argument! Ich persönlich muss sagen, dass ich es liebe, Auto zu fahren, und ich denke, jeder sollte selbst entscheiden, ob er mit dem Auto oder mit dem Zug fährt. Das ist eine persönliche Entscheidung, dafür sollte sich auch niemand rechtfertigen müssen. Außerdem habe ich letztens in der Zeitung gelesen, dass jemand in einem Zug angegriffen wurde. Also mir wäre das zu unsicher. Und die permanenten Verspätungen wären mir zu blöd, da kommt man ja nie an."

„Unterm Strich ist Zugfahren extrem sicher, im Straßenverkehr sterben bedeutend mehr Menschen bei Unfällen. Dass man in unserer Gesellschaft nie 100%ig sicher sein kann, ist leider wahr; aber genauso gut kann man auch in einem Supermarkt oder in einer Tankstelle angegriffen werden. Das mit den Verspätungen ist übrigens ein hartnäckiges Gerücht: 95% aller Züge kommen mit maximal fünf Minuten Verspätung am Ziel an, nur 1% hat mehr als 15 Minuten Verspätung. Es ist doch auch nicht so, dass man mit dem Auto unter Garantie pünktlich irgendwo ankommt. Man plant schließlich nicht, um 17:38 Uhr da zu sein und regt sich anschließend darüber auf, wenn es 17:45 Uhr geworden ist. Beim Autofahren beachtet man Verspätungen überhaupt nicht, aber wehe, wenn der Zug fünf Minuten zu spät ankommt!"

„Weißt du", holt Björn aus, „man kann es auch echt übertreiben. Man muss doch nicht immer gleich alles so extrem machen. Ich versuche ja auch, weniger Auto zu fahren, weil ich weiß, dass das für die Umwelt nicht gut ist – aber ich mag Extreme überhaupt nicht."

„Fahren und fahren lassen!", meint Sven.

Tanja schaut mich vorwurfsvoll an: „Dein T-Shirt ist doch bestimmt auch nicht aus Öko-Fairtrade-Baumwolle und unter fairen Arbeitsbedingungen hergestellt worden. Und weißt du, was deine Bank alles unterstützt? Niemand ist perfekt, und ich lasse mir mein Auto von dir ganz bestimmt nicht schlecht reden. Du bist kein besserer Mensch, nur weil du Zug fährst."

„Woran erkennt man eigentlich einen Zugfahrer?", fragt Björn in die Runde. Alle blicken ahnungslos. „Keine Angst – er wird es einem sagen!" Tobendes Gelächter am ganzen Tisch.

„Du kannst ja von mir aus machen, was du willst, aber ich finde es nicht in Ordnung, dass du versuchst, uns hier zu missionieren und uns ein schlechtes Gewissen einzureden. Du heizt dein Haus doch auch im Winter, also verursachst du auch CO_2. Dann kannst du uns auch keinen Vorwurf machen, wenn wir auch CO_2 verbrauchen", argumentiert Tanja.

„Ja, leider lässt es sich nicht 100%ig vermeiden, CO_2 zu verursachen. Aber ich versuche halt, es überall dort so weit wie möglich zu reduzieren, wo es nicht zwingend erforderlich ist. Autofahren ist da so ein Beispiel".

„Also bist du auch nicht perfekt, sagte ich doch. Dann brauchst du uns auch nicht mit deinem komischen Zug belästigen. Außerdem verstehe ich nicht, warum du überhaupt reisen musst, wenn das angeblich so schädlich ist. Wenn du ein Problem mit dem CO_2 hast, dann bleib halt einfach daheim. So einfach ist das. Aber dann mit einem Zug eine Autoreise nachahmen – nee, also wirklich nicht. Ein Bekannter ist neulich mal mit einem Zug gefahren, als sein Auto kaputt war und an dem Tag kein Mietwagen verfügbar war. Er hat gemeint, dass das nicht so komfortabel ist wie mit einem Auto. Die Sitze waren nicht ganz so bequem" erklärt Tanja.

„Aber er ist dort angekommen, wo er hinwollte, oder? Natürlich ist es erst einmal ungewohnt, nicht mehr selbst zu fahren, aber es bietet auch viele Vorteile – vor allem für die Umwelt, und man gewöhnt sich schnell daran", erwidere ich.

„Boah, und jetzt fängst du wieder an mit dem Missionieren – kannst du das Thema jetzt vielleicht endlich sein lassen? Das ist deine Meinung, wir haben eine andere Meinung, basta. Tu nicht so, als wärst du uns jetzt moralisch überlegen, nur weil du Zug fährst." Björn ist mittlerweile sichtlich genervt.

Ich wechsle das Thema, wir reden übers Essen, allen schmeckt es. Tanja probiert einen Bissen von meiner Gemüsepfanne und ist begeistert über den Geschmack. So was will sie sich künftig zu Hause jetzt auch öfter machen. Nach einem weiteren Bier und ein paar Gesprächen über die Arbeit löst sich die Runde auf. Wir müssen schließlich morgen alle wieder früh raus.

Als ich die Tür meines Hotelzimmers von innen zumache, atme ich tief durch. Unfassbar, wie die Menschen ausrasten, wenn man erwähnt, dass man mit dem Zug fährt. Meine Eltern, meine Geschwister, meine Freunde, meine Arbeitskollegen – alle sind entsetzt, zeigen null Verständnis und versuchen wie verrückt, das Zugfahren schlecht zu reden. Keine Ahnung warum, aber scheinbar sitzt irgendwo tief in ihnen ein schlechtes Gewissen wegen des CO_2-Ausstoßes ihrer Autos. Vielleicht erzähle ich nächstes Mal lieber, dass mein Auto kaputt ist und ich deshalb mit dem Zug anreisen musste. Dann würde ich mir diese lästigen Diskussion ersparen. Es will ja eh niemand etwas über die Vorteile des Bahnfahrens hören, und alle fühlen sich gleich persönlich angegriffen …

Es ist dem Menschen unmöglich, die hohen Geschwindigkeiten der Eisenbahn zu ertragen. Sein Atmungssystem wird zusammenbrechen; Tod durch Lungenbluten wird die Regel sein.

Prof. Dr. Dionysys Lardner (1793 – 1859)
Englischer Arzt

ANDERE LÄNDER

Man mag es kaum für wahr halten, was sich in anderen Ländern abspielt. Und es ist erschreckend, dass darüber so gut wie nicht gesprochen wird. Es geht um das unbeschreibliche Leid von Katzen.

In einem fernen Land werden Katzen nämlich von Jägern gezielt gejagt. Mehr als 600.000 Katzen fallen dort jedes Jahr den Jägern zum Opfer, das sind gute 1.500 Katzen jeden Tag. Häufig sitzt der erste Schuss der Jäger nicht richtig, bis zu 70% der Katzen sterben entsprechend nicht sofort und flüchten mit zerschossenen Knochen und teils heraushängenden Innereien in den Wald. Werden die verletzten Tiere nicht vom Jäger gefunden, dauert der qualvolle Todeskampf mitunter tagelang.

Viel grausamere Bilder spielen sich allerdings nicht in den dortigen Wäldern, sondern in der industriellen Katzenzucht ab. Viele Konsumenten dort lieben nämlich den Geschmack von Katzenfleisch und die Erträge aus der Jagd reichen nicht aus, um den Fleischhunger der dortigen Bevölkerung zu stillen. Entsprechend ist eine riesige Industrie entstanden, die nur einen Zweck zu erfüllen versucht: Günstiges Katzenfleisch für alle.

Seit langer Zeit züchtet man dort bereits Katzen, um sie den Bedürfnissen der Menschen anzupassen. So genannte Mastkatzen sind deutlich schwerer und wachsen schneller als ihre Artgenossen in Freiheit. Die Mutterkatzen sind darauf hin gezüchtet worden möglichst viele Katzen je Wurf zur Welt zu bringen.

Mittlerweile bringt eine Katze mehr Katzenbabys zur Welt als sie versorgen kann. Mitarbeiter in Katzenzuchtbetrieben sortieren dann die schwächsten Tiere aus. Die kleinen Katzen, meist erst einige Stunden oder Tage alt, werden dann an den Hinterbeinen gepackt und mit voller Wucht mit dem Kopf gegen den Boden geschleudert. Die Kadaver werden dann einfach in den Müll geworfen. Pro Jahr sterben schätzungsweise zehn Millionen Katzen noch bevor sie den Maststall erreicht haben.

Da es immer wieder vorkam, dass die Mutterkatzen sich versehentlich auf Katzenbabys gelegt haben, haben sich die Katzenzüchter hier etwas ganz Besonderes einfallen lassen: Die Mutterkatzen werden nach dem Wurf in einer Vorrichtung eingesperrt, in der sie sich weder bewegen, noch aufstehen können. Feste Metallstangen verhindern, dass sich die Katzen drehen können. So liegen sie wochenlang regungslos am Boden, während die kleinen Katzenbabys ihre Milch trinken.

Aufgrund der grausamen Tierhaltung kommt es immer wieder vor, dass sich Katzen gegenseitig in die Schwänze beißen. Die meisten Katzenhaltungsbetriebe schneiden den Katzen deshalb bereits vorsorglich die Schwänze wenige Tage nach der Geburt ab. Ohne Beisein eines Tierarztes, ohne Betäubung. Männlichen Katzen werden zusätzlich die Hoden ohne Betäubung herausgeschnitten. Ansonsten entwickelt das Katzenfleisch später einen Eigengeschmack, welcher von den Konsumenten nicht gewünscht wird.

Die kleinen Katzenbabys dürfen auch nicht lange bei ihren Müttern verbleiben, schon bald geht es weiter in enge Ställe. Während Katzen eigentlich verspielte Tiere sind und sich in Freiheit viel bewegen, sind die Haltungsbedingungen in der Katzenhaltung alles andere als artgerecht. Die meisten Katzen leben in Ställen zusammen mit tausenden anderen Katzen. Es gibt kein Tageslicht, der Kot fällt durch Spalten im Boden nach unten. Die einzige Beschäftigungsmöglichkeit, die man den Katzen meist eingesteht, ist etwas Stroh. Regelmäßig wird in den Ställen Antibiotika eingesetzt. Schätzungsweise zwei Millionen Katzen überleben die Aufzucht im Stall nicht.

Nach 6 Monaten endet das Leben der Mastkatzen schließlich. Die Katzen werden in LKWs geführt, dicht aneinander gedrängt beginnt dann die letzte Reise der hilflosen Tiere. Oft dauert die Fahrt zum Schlachthof mehrere Stunden.

Hier endet die Reise für schätzungsweise 60 Millionen Katzen in besagtem Land, jedes Jahr. Sie werden am Schlachthof entladen und zur Schlachtung gebracht. Entweder die Tiere werden mit Kohlenstoffdioxid erstickt, oder mit Stromschlägen betäubt, bevor man ihnen ein Messer in den Hals rammt. Nachdem die Katzen durch den Stich durch die Halsschlagader ausgeblutet sind, geht es weiter in ein brühend heißes Bad – dort werden die Tiere gesäubert und Haare entfernt. Untersuchungen zeigen, dass jährlich circa 500.000 Katzen vor dem Brühbad nicht richtig getötet wurden und qualvoll in dem brühend heißen Wasser ertrinken.

Vereinzelt entscheiden sich Konsumenten dazu Fleisch aus Bio-Katzenhaltung zu kaufen. Dort erhalten die Tiere etwas mehr Platz und einige besonders tierquälerische Praktiken sind verboten. Die Tierhaltung für Katzen in Biohaltung ist zwar besser als in der konventionellen Haltung, aber immer noch grausam und nicht tiergerecht. Bio-Katzenfleisch hat einen Marktanteil von etwa einem Prozent. 99% der Konsumenten greift entsprechend lieber zum günstigen Katzenfleisch aus Massentierhaltung.

Vereinzelte Menschen halten Katzen dort aber auch als Haustiere und versuchen darauf aufmerksam zu machen, dass Katzen liebevolle Wesen sind, ähnlich wie andere Haustiere. Wohl wissend um das Leid der Mastkatzen weigern sich die meisten Menschen allerdings auf Katzenfleisch zu verzichten. Man esse schließlich schon seit jeher Fleisch.

> # Schon die kleinste Katze ist ein Meisterwerk.
>
> *Leonardo da Vinci (1452 - 1519)*
> *Italienischer Maler und Forscher*

DAS PORTAL

8 Uhr, Samstagmorgen. Draußen scheint die Sonne. Heute möchte ich einiges erledigen. Ich stehe auf, rasiere mich, dusche mich, ziehe mir etwas an und gehe in die Küche.

Wie eingefroren bleibe ich stehen. Mir bleibt die Luft weg. Das – das ist unmöglich! Am Küchentisch sitze ich bereits und trinke einen Kaffee. Ich reibe mir die Augen, schaue noch mal genau hin. Aber es besteht kein Zweifel: da sitze ich und trinke meinen Kaffee.

Ich weiß nicht, was ich jetzt machen soll und bleibe wie erstarrt stehen. Auf einmal bemerkt mich mein zweites Ich, blickt vom Kaffeetisch auf und begrüße mich mit einem Lächeln: „Hallo, wie geht's?"

Wir trinken gemeinsam einen Kaffee, und er erzählt mir alles. Er kommt aus einem Paralleluniversum und hat dort einen Dimensionswechsler erfunden. Damit kann man andere Paralleluniversen aufsuchen. Er würde gerne mal für ein paar Tage mit mir die Rollen tauschen, wenn ich auch Lust dazu hätte.

Ich brauche nicht lange zu überlegen. Das hört sich nach einem fantastischen Abenteuer an, und wer weiß, wie oft man in seinem Leben eine solche Chance erhält. Ich erkläre meinem Gegenüber alles, was er wissen muss. Wo es etwas zu kaufen gibt, wer meine besten Freunde sind und welche Termine er in den nächsten Tagen nicht verpassen darf.

Dann drückt er mir ein kleines Gerät in die Hand. An der Seite befindet sich ein Rad zum Einstellen der Frequenz, an dem soll ich auf keinen Fall herumdrehen. Mit dem großen roten Knopf geht es dann los. Ich muss einfach nur drauf drücken, und schon beginnt es. Er holt mich dann in vier Tagen ab, und dann tauschen wir wieder. Ich drücke auf den Knopf, plötzlich beginnt sich alles furchtbar schnell zu drehen.

Ich wache in meiner Küche auf und habe furchtbare Kopfschmerzen. Aber davor hatte mich mein anderes Ich gewarnt. In der Küche sieht alles wie gewohnt aus. Ich lasse mir erst mal einen Kaffee raus. Im Kühlschrank finde ich allerdings keine Milch. Nur ein widerliches Sojagetränk. Aber was soll's, bevor ich den Kaffee schwarz trinke, kippe ich mir einen Schuss der Bohnenscheiße in meinen Becher. Wie erwartet schmeckt es abscheulich.

Ich werfe einen weiteren Blick in den Kühlschrank. Ich finde weder Wurst noch Käse für mein Frühstück, nur merkwürdige Aufstriche. Hier stimmt etwas ganz und gar nicht. Ich eile in mein Arbeitszimmer und starte meinen Computer. Auf Google gebe ich „Fleisch" ein.

Ich lande bei einem Wikipedia-Artikel. „Fleisch ist einer der Hauptbestandteile eines jeden Lebewesens." Ich durchforste den Artikel. Unter „Geschichte" finde ich einen Eintrag: „Man geht davon aus, dass unsere Vorfahren in Notsituationen dazu gezwungen waren, das Fleisch anderer Lebewesen zu essen." Wo bin ich denn hier gelandet? Ich suche nach „Schweinshaxe" – keine Treffer.

Mir läuft Angstschweiß die Stirn herab. Wie um alles in der Welt soll ich mich vier Tage lang ohne Fleisch ernähren? Das wird die schlimmste Zeit meines Lebens, worauf habe ich mich hier nur eingelassen?

Irgendwie überlebe ich überraschenderweise die nächsten Tage. Ich habe mich mit meinen Freunden getroffen, ich war einkaufen, und auch sonst war alles wie immer. Nur das Essen war eben beschissen. Am vierten Tag habe ich meinen Wecker ganz früh gestellt. Ich will hier weg, so schnell wie nur irgend möglich. Mit einem Kaffee in der Hand laufe ich den Küchenflur auf und ab. Aber von meinem zweiten Ich keine Spur. Ich werde nervös, irgendetwas ist hier faul.

Plötzlich erleuchtet ein greller Blitz den Raum. „Na endlich!", rufe ich laut aus. Doch nicht mein anderes Ich ist auf dem Küchenboden aufgetaucht, sondern nur ein Stück Papier. Ich greife nach dem Fetzen und beginne zu lesen:

„Was soll ich sagen? Es hat mir bei euch so gut gefallen, ich werde nicht mehr zurückkommen. Euer Essen ist einfach fantastisch, ich kann nicht mehr zurück. Ich habe noch nie zuvor Rinderhoden gegessen, aber es war definitiv das Beste, das ich je gegessen habe. Darauf kann ich nicht mehr verzichten. Das mit dem Welthunger bei euch ist etwas traurig, so was gab es bei uns nicht. Aber solange man im richtigen Land lebt, ist das ja zum Glück unproblematisch. Viel Glück in meiner alten Heimat!"

Was? Ich schlage wahllos auf Kücheneinrichtungen ein. Das kann doch einfach nicht wahr sein. Ich will zurück, ich brauche mein Fleisch. Scheiß doch auf Friede-Freude-Eiersatzkuchen! Wen interessiert schon, ob alle Menschen auf dem Planeten satt werden? Ich will heim, wo ich mein Steakhaus habe. Ich will einfach nur zurück.

Dann kommt mir eine Idee. Ich schnappe mir den Dimensionswechsler. Wenn mein anderes Ich nicht zurück will, gehe ich es halt holen. Notfalls wende ich Gewalt an. So leicht lasse ich ihm das nicht durchgehen, niemand zwingt mir diesen veganen Scheiß auf.

Auf dem Dimensionswechsler blinkt eine rote Leuchte. Daneben ein Batterie-Zeichen. Es gibt allerdings nichts, womit sich das Gerät wieder aufladen lassen würde. Kein Stecker, kein Batteriefach. Ich beeile mich lieber. Nachdem ich mir das Gerät etwas genauer angeschaut habe, sinkt meine Hoffnung allerdings. Man kann aus mehreren tausend vorprogrammierten Dimensionen auswählen, und ich habe keine Ahnung, welche meine ist.

Was soll's, ich gebe mein Geburtsdatum als Zahl ein und merke mir meine aktuellen Dimensionskoordinaten. Es beginnt sich wieder alles zu drehen, und plötzlich liege ich wieder auf meinem Küchenboden. Ich blicke schnell in den Kühlschrank, es sieht auf den ersten Blick alles normal aus. Vielleicht habe ich ja tatsächlich meine alte Heimat wiedergefunden? Nein, am Küchenboden ist ein Fressnapf für einen Hund. Plötzlich öffnet sich die Haustür, und ich sehe mich, zusammen mit einem Schwein an der Leine. Mein anderes Ich kippt vor Schreck fast um.

Nachdem ich ihm erklärt habe, dass ich aus einem Paralleluniversum bin und gerne für ein paar Tage mit ihm die Rollen tauschen möchte, beruhigt er sich wieder. Er macht exakt denselben Fehler wie ich und lässt sich auf den Rollentausch ein. Ich drücke ihm den Dimensionswechsler in die Hand, auf dem das vegane Paralleluniversum vorprogrammiert ist, und wünsche ihm ein paar schöne Tage. Er bedankt sich und winkt zum Abschied.

Geschafft. Der kommt bestimmt nicht mehr zurück, die Batterie müsste jetzt endgültig leer sein. Auch hat er keine Ahnung von den Dimensionskoordinaten. Ich streichle das Schweinchen und lasse mir einen Kaffee aus der Maschine. Als ich mir aber die Milch aus dem Kühlschrank hole, stockt mir der Atem: Dort sind lauter Mäuse abgebildet. „Feinste Mäusemilch, 3.5% Fett", steht darauf. Ich werfe einen Blick auf die restlichen Sachen im Kühlschrank: Pinguineier, Hundefleisch und Katzenwurst. Naja, aber was soll's? Besser als der vegane Scheiß ist es allemal!

Ich stehe nicht dafür ein, eine bestimmte Neigung zu haben, aber ich habe sehr sichere Abneigungen.

Jules Renard (1864 – 1910)
Französischer Schriftsteller

51

GUTE-NACHT-GESCHICHTE

Saftige, weite Wiesen. Gras, grüner als grün. Der Himmel himmelblau. Die Sonne strahlend warm. Hier lebt das Schweinchen Babe. Babe ist ein glückliches Schweinchen, hat es doch genug Zeit um über die Wiesen zu laufen, in der Sonne zu liegen und mit seinen Freunden zu spielen. Da wäre z.B. der liebe Osterhase, ein kleiner Witzbold, der immer für jeden Spaß zu haben ist. Ein guter Freund. Auch spielt Babe gerne mit seinem Freund Shaun. Shaun ist ein Schaf mit schneeweißer, warmer flauschiger Wolle. Der letzte im Bunde ist der kleine Hirsch Bambi. Bambi liebt es zu spielen, auch wenn er schnell beleidigt ist, wenn er mal verliert.

So tollen die vier liebend gern über die saftigen Wiesen und lassen es sich gut gehen. Während Babe faul in der Sonne liegt, kommt plötzlich ein Vogel angeflogen. Dieser ist völlig außer Atem. „Babe! Babe!" ruft er. „Was ist denn passiert? Geht es dir gut?" fragt Babe. „Babe! Ich habe etwas Furchtbares gesehen. Ich habe meine übliche Runde gedreht, als ich ein Grunzen hörte. Ich dachte erst, du wärst das, aber dem war nicht so. Es war ein anderes Schwein und das war eingesperrt in einer engen kleinen Bucht. Ich bin hingeflogen, und es hat mir alles erzählt. Es wäre schon immer dort, sagt es, und es komme nicht raus. Babe! Dieses Schwein braucht unsere Hilfe!".

Babe springt auf. Ein Artgenosse in Not! Babe ruft seine Freunde zusammen, und alle sind sich einig. Sie werden losziehen, um das Schwein zu retten. Der Osterhase packt Verpflegung für den Weg ein, Shaun das Schaf besorgt etwas zu trinken, und Bambi sucht sämtliche Hilfsmittel zusammen, die er finden kann. Irgendwie werden sie das Schwein retten müssen.

Nach einer Stunde sind alle Tiere wieder auf der großen Wiese versammelt und bereit zum Aufbruch. Es geht auf große Mission – schließlich gilt es, ein Schwein zu retten. Entsprechend marschieren die Tiere los, genau den Weg entlang, den der Vogel ihnen beschrieben hatte. Bereits am Abend müssten sie ihr Ziel erreicht haben.

Nach einigen Stunden kommen die Tiere an einem Brunnen vorbei. Erschöpft entscheiden sie sich, eine Pause einzulegen. Der Osterhase springt gleich in den Wald hinein, die anderen sitzen um den Brunnen herum und trinken einen Schluck daraus. Da kommt ein alter Druide mit langen, grauen Haaren und ebenso langem Bart vorbei und grüßt die Tiere. In seinen Händen hat er ein großes Büschel Wildkräuter.

Der Osterhase kommt aus dem Wald zurück gehoppelt. „Seht, was ich gefunden habe!" ruft er den anderen Tieren zu. Beeren, Pilze und Kräuter hat er eingesammelt. Babe stürzt sich sofort auf die Beeren, während Shaun gemütlich ein paar Pilze isst. Bambi hingegen kaut lieber etwas an der Rinde eins Baums in der Nähe. „Jedem das seine", meint der Osterhase und beißt in ein paar Kräuter. Nachdem alle durchgeschnauft haben, geht die Reise weiter. Sie wollen schließlich noch vor Anbruch der Dunkelheit bei dem hilflosen Schwein ankommen.

Es wird langsam dunkel, als sie an der alten Scheune ankommen, von der ihnen der Vogel erzählt hatte. Bereits aus der Ferne hören sie die Rufe des Schweins. „Wir haben es gleich geschafft, kommt schon!" treibt Bambi die Truppe an.

Und tatsächlich, in einer kleinen Bucht außen an der Scheune steht das Schwein. „Hilfe!" ruft es und springt auf und ab. Der Osterhase rennt als erstes hin. „Was ist hier passiert? Wie bist du da rein gekommen?". „Ich war schon immer hier drin. Ich war noch nie draußen. Seit ich denken kann, bin ich hier. Zweimal am Tag kommt ein Mensch und wirft mir seine Essensreste hin. Ich will hier raus. Bitte, könnt ihr mir helfen?"

Der Osterhase schnappt sich einen Stein und versucht, damit das Schloss aufzuschlagen. Vergeblich. Es ist einfach zu stabil. „Ihr müsst aufpassen, falls der Mensch kommt, ihr müsst aufpassen, falls der Mensch kommt", wiederholt das Schwein sichtlich panisch.

Peng. Ein lauter Knall geht durch die Luft. „Was war das?" ruft Shaun das Schaf. Alle schauen wild umher, bis sie es sehen. Der Osterhase hält sich die Brust. Seine Hände sind rot. Sein Fell ist rot. Er beginnt zu schwanken. „Mir geht's nicht so gut", meint der Osterhase während er taumelnd zu Boden geht. Peng. Ein zweiter Knall. Bambi beginnt zu rennen. Babe hat es das linke Ohr weggefetzt. „Halt! Hören sie auf! Hören sie auf!" brüllt Shaun. „Auf den Menschen aufpassen müsst ihr. Hab ich euch doch gesagt", brummelt das Schwein im Hintergrund. Peng. Bambi fällt um. Peng. Der Kopf von Shaun dem Schaf explodiert, und die Einzelteile seines Kopfes fliegen in alle Richtungen. Der Rest des Körpers geht leblos zu Boden. Babe versucht zu fliehen. Peng. Vorbei. Babe beginnt im Slalom zu laufen. Peng. Wieder vorbei. Fast geschafft. Nur noch ein paar Meter bis in den schützenden Wald. Peng. Peng. Peng. Es hilft nichts. Auch Babe geht blutend und erschöpft zu Boden.

Nicht weit davon entfernt steht eine kleine Hütte im Wald. Diese Hütte bekommt heute ganz besonderen Besuch. Denn die kleine Gruppe des Waldkindergartens ist heute beim Jäger zu Besuch, und der tischt ihnen ein ganz besonderes Mittagessen auf. Es gibt heute, frisch vom Jäger, Wildschweinbraten, Schafsrippen, Hasenbraten und Rehragout. Heute ist schließlich Weihnachten. Da gibt es ein besonderes Festmahl für die kleinen Kinder, die sich vor Vorfreude auf das Essen gar nicht mehr einkriegen können. Während der Jäger ein paar Weihnachtsgeschichten vorliest, lassen es sich die Kinder schmecken.

Alle Geschöpfe der Erde fühlen wie wir,
alle Geschöpfe streben nach Glück wie wir.
Alle Geschöpfe der Erde lieben, leiden und
sterben wie wir, also sind sie uns gleichge-
stellte Werke des allmächtigen Schöpfers:
Unsere Brüder.

Franz von Assisi (1181 – 1226)
Ordensgründer, Heiliger

TIERLIEBE

9 Uhr. Mein Wecker klingelt. Die Sonne scheint durch mein Schlafzimmerfenster. Wir haben Mitte Juli, Wochenende, und das Wetter ist wunderschön. Was will man mehr im Leben? Ich stehe auf, springe unter die Dusche. Als ich aus der Dusche komme höre ich schon das Miauen. Meine Katze hat Hunger. Also ziehe ich mir schnell etwas über und eile in die Küche. Meine Katze springt in der Küche bereits auf und ab. Es ist alles voller Blut und Blutspuren. Hinter dem Mülleimer finde ich die Überreste einer Maus. Ihre Gedärme sind in der ganzen Küche verteilt. Ich werfe die Überreste in den Müll und wische den Boden. Warum muss meine Katze immer so grausam sein? Ich schimpfe sie, auch wenn ich weiß, dass sie es nicht verstehen wird. Dann hole ich ihr Katzenfutter aus dem Schrank. Thunfisch, das hat sie am liebsten. Sie schnurrt zufrieden und frisst die komplette Packung.

Ich werfe meinen Kaffeevollautomaten an und lasse mir einen Cappuccino raus. Dazu gibt es ein köstliches Buttercroissant mit Nutella, ein Spiegelei, ein Brötchen mit Weichkäse sowie ein Wurstbrötchen. Frisch gestärkt kann ich in den Tag starten.

Heute steht einiges auf dem Programm. Da meine Katze sich seit einigen Tagen ungewöhnlich verhält, fahre ich mit ihr zum Tierarzt. Ich packe sie in ihre kleine Transportbox, die sie leider überhaupt nicht leiden kann, und verfrachte sie in mein Auto. Als ich losfahre leuchtet eine Kontrolllampe auf. Also halte ich an der nächsten Werkstatt. Ein Marderschaden. Diese blöden Viecher! Ich fahre mit einem Leihwagen weiter und lade meine Katze mit um.

Beim Tierarzt angekommen, muss ich kurz im Wartezimmer Platz nehmen. Ein kleiner Junge mit seinem Hamster und ein Mädchen mit einer kleinen Maus sind vor mir dran. Während ich im Wartezimmer sitze, kommt eine Frau mit einem verletzten Vogel in der Hand ins Wartezimmer. Den hat sie so in ihrem Garten gefunden, erzählt sie. Vermutlich ist der Flügel gebrochen. Sie darf als nächstes zum Arzt. Es handelt sich schließlich um einen Notfall.

Nach 20 Minuten bin ich an der Reihe. Diagnose: Wurmbefall. Jetzt darf ich meiner Katze wieder Medikamente unters Futter mischen. Aber zum Glück ist es mir rechtzeitig aufgefallen. Die Rechnung über 250 Euro begleiche ich direkt in bar. So viel Geld für sein Haustier auszugeben tut weh, schließlich verdiene ich nicht sonderlich viel. Aber meine Katze gehört schließlich zur Familie. Und für die Familie dürfen keine Kosten gescheut werden.

Ich steige wieder in den Leihwagen und bringe meine Katze nach Hause. Ich muss zwar noch einkaufen, aber so lange möchte ich sie nicht alleine im Auto lassen. Auf dem Rückweg springen gerade Frösche über die Straße. Ich trete auf die Bremse, fahre rechts ran und helfe ihnen über die Straße. Einige andere Autofahrer bremsen nicht einmal ab. Etliche Frösche werden dabei überfahren. Wie kann man nur so herzlos sein? Kurz zu bremsen ist doch echt nicht zu viel verlangt.

In der Stadt angekommen, stelle ich den Wagen im Parkhaus ab. Ich muss ganz hoch aufs Parkdach fahren, alle anderen Plätze sind belegt. Ich schlendere durch die Altstadt. An einem Schuhgeschäft mache ich halt. Diese Schuhe muss ich haben! Ich springe in den Laden und probiere sie an. Ein Traum. Perfekter Tragekomfort. Aus echtem Wildleder. Für nur 49 Euro. Ich schlage zu. Freudestrahlend verlasse ich das Geschäft. Der Tag ist gerettet. Anschließend kaufe ich mir ein neues Kissen. Mein altes ist etwas durchgelegen und auch schon ziemlich in die Jahre gekommen. Für 39 Euro finde ich ein bequemes Daunenkissen.

Langsam beginnt mein Magen zu knurren. Wie der Zufall es will, laufe ich gerade an einem McDonald's vorbei. Ich bestelle mir einen Big Mac, Pommes mit Majo und einen Erdbeer-Milchshake. Köstlich. Gestärkt verlasse ich die Fastfood-Kette und mache mich auf den Weg zu meinem Auto. Auf dem Parkdach löse ich mein Parkticket und gehe Richtung Auto. Auf dem Weg fällt mir ein nagelneuer 3er BMW auf. Es ist mittlerweile 15 Uhr und es dürfte so an die 30 °C haben. In dem Auto sehe ich einen Hund auf der Rückbank liegen. Alle Fenster sind geschlossen. Ich klopfe gegen die Scheibe. Der Hund regt sich kaum noch. Das weiß doch jedes Kind, dass man keinen Hund bei solchen Temperaturen im Auto lassen darf. Und dann sind auch noch alle Fenster geschlossen. Ich schlage mit einem Stein die Scheibe ein. Aus dem Auto kommt mir ein Hitzeschwall entgegen. Der Hund schnappt nach Luft. Ich gebe ihm aus meiner Trinkflasche zu trinken. Mit einem kurzen Anruf bei der Polizei informiere ich die Beamten über den Vorfall. Diese versichern mir, dass der Halter ermittelt wird und jeden Moment ein Mitarbeiter des Tierheims eintrifft um den Hund zu versorgen. Wie kann man nur so herzlos mit seinen Haustieren umgehen? Ich gehe weiter zu meinem Leihwagen.

Als ich die Stadt verlasse, muss ich einen LKW überholen. Tiertransporter, voll mit Hühnern. Die dürfen nicht so schnell fahren und halten dabei immer den ganzen Verkehr auf. Auf dem Rückweg nach Hause halte ich bei Aldi. Schließlich muss ich noch einkaufen. Heute kommen einige Freunde zu Besuch, ich habe nämlich zum Grillen eingeladen. Bei so einem Wetter ist das Pflicht. Ich packe jede Menge Würstchen und Steaks ein. Es sollen schließlich alle satt werden. Für die Vegetarier packe ich noch ein paar Päckchen Grillkäse ein. Für die Salate landen Fleischwurst, Käse und Majo im Einkaufswagen. Bier hole ich im Getränkemarkt gegenüber. Ich will meinen Freunden schließlich kein billiges Bier von Aldi vorsetzen.

Auf dem Heimweg fahre ich durch ein kurzes Waldstück. Am Rand steht ein Wagen mit zersplitterter Windschutzscheibe, davor ein totes Reh am Boden. Ein kurzer Stich in meinem Herzen. Das arme Reh. Aber solche Unfälle lassen sich leider in unserer modernen Gesellschaft nicht vermeiden.

Während ich die Salate zubereite, läuft das Radio. Der Reporter berichtet davon, dass im Landkreis vermehrt vergiftete Katzen gefunden wurden. Scheinbar treibt wieder so ein Psychopath sein Unwesen. Wie krank. Ich hoffe, dass meiner Katze nichts passiert.

Als die Würstchen auf dem Grill liegen und die ersten Flaschen Bier geleert sind, sehe ich im Gebüsch einen Igel mit seinem kleinen Nachwuchs. Wie niedlich. Während ich in meine Grillwurst beiße, erzähle ich meinen Freunden stolz, was ich heute erlebt habe. Anschließend trinken wir zusammen einen Eierlikör. Auf mein großes Herz für Tiere!

> Ganze Weltalter voll Liebe werden notwendig sein, um den Tieren ihre Dienste und Verdienste an uns zu vergelten.
>
> *Christian Morgenstern (1871 – 1914)*
> *Deutscher Dichter*

DAS GEFUNDENE FRESSEN

Fleisch ist etwas absolut natürliches. Fressen und gefressen werden. Katzen essen Mäuse, Eisbären essen Robben, Haie essen Fische, Füchse essen Hühner und Menschen essen Tiere. Das war schon immer so. Das ist unsere Natur und diese müssen wir akzeptieren. Wir sind von Natur aus Raubtiere. Das erkennt man auch an unseren Eckzähnen, die sind leicht spitz. Ein ganz klares Zeichen für ein wildes und gefährliches Raubtier. Wer also behauptet, der Mensch solle sich ganz ohne Fleisch ernähren, missachtet die menschliche Natur.

Dass wir als Verbraucher heute nichts mehr mit der Fleischproduktion an sich zu tun haben, ist eine ganz natürliche Entwicklung der Industrialisierung. Aufgabenteilung eben. Der Bauer besorgt das Fleisch, wir essen es. Nur weil wir nicht mehr selbst die Tiere jagen müssen, heißt das nicht, dass wir das nicht könnten. Es wäre nur ineffizient.

Aber ganz ehrlich: So ganz alleine im Wald, mitten im Nirgendwo: da würden wir unsere Raubtiereigenschaften richtig entfalten können. Stellen Sie sich vor, Sie stehen im Wald: so wie Gott Sie geschaffen hat, also ohne irgendwelcher Hilfsmittel. Und Sie haben Hunger – richtig Hunger.

Da hören Sie ein Summen. Sie machen sich auf die Suche. Ein Bienenstock. Lecker, zumal Sie Honig ja sehr lieben. Mit den von Gott gegebenen Armen klettern Sie also auf den Baum und nähern sich dem Ast, der den Bienenstock trägt. Sie greifen zu, der Bienenstock fällt herunter. Ungefähr 100 Stiche später liegen Sie tot am Boden. Da hat der liebe Gott vergessen, uns mit einem Panzer auszustatten, um uns vor Bienenstichen zu schützen. Aber in der Natur ernähren sich ja auch nur die Bienen vom Honig, entsprechend ist der Konsum von Honig nicht wirklich natürlich.

Wir versuchen es weiter. Sie wachen wieder im Wald auf – zum Glück haben Sie noch ein Leben. An den Bienenstock trauen Sie sich jetzt allerdings nicht mehr heran. Sie suchen also weiter, bis Sie ein Muhen hören. Eine Kuh. Welches Glück! Jetzt einen kräftigen Schluck Milch. Sie müssen nur an die Kuh herankommen, das Kälbchen wegschubsen und genüsslich am Euter der Kuh nuckeln. Was gibt es Schöneres? Also los geht's! Vielleicht hätten Sie eine Chance gehabt, bis in die Nähe des Euters zu kommen. Spätestens dann hätte die Kuh sich aber ernsthaft gewehrt – das wäre unschön geworden. Soweit ist es aber gar nicht gekommen. Dem Stier hat es nämlich gar nicht gefallen, was Sie da im Schilde geführt haben. Und da waren Sie nun wirklich chancenlos. Er hat Sie einfach auf die Hörner genommen. Der liebe Gott hätte Sie größer und stärker machen sollen, damit Sie gegen den Stier eine Chance haben. Aber dann hätten Sie wohl nicht mehr unter die Kuh zum Nuckeln gepasst. Naja, Milch von artfremden Lebewesen trinkt in der Natur eigentlich sonst niemand. Ist ziemlich unnatürlich.

Aber Sie versuchen es weiter. Sie haben zum Glück noch ein weiteres Leben. Ihr Magen knurrt wieder. Sie hören ein Gackern in der Nähe – Hühner. Jetzt ein leckeres Ei! Sie schleichen sich zu den Hühnern. Das wird ein Festmahl! Sie kriechen hinter einem Gebüsch hervor und sehen die Eier. Und, als wäre heute Ihr Glückstag, sind die Eier relativ unbewacht. Also nichts wie hin! Sie schnappen sich zwei Eier und verschwinden wieder. Sie machen das erste Ei auf und stellen fest, dass es gar nicht vorgekocht ist. So was aber auch! Aber etwas zu kochen, ist ja auch wider der Natur. Oder haben Sie schon mal eine Katze beim Kochen beobachtet? Sie setzen gerade zum Trinken an, als Sie feststellen, dass das Ei anders aussieht als Sie es gewohnt sind: es ist befruchtet. Na, das ist sogar für Sie zu viel des Guten und Sie werfen es weg. Natürlich ist dieses Verhalten aber nicht. Ein Eierdieb hätte das Ei trotzdem verspeist.

Aber naja, Sie haben ja noch ein Ei! Also auf und runter damit. Köstlich! So ein Ei ist etwas richtig Leckeres. So ganz roh und ohne Salz – ein Genuss. Warum haben Sie das früher nie roh getrunken? Ach ja, da war doch noch was: Salmonellen. Die sind nicht so verträglich für den Menschen; wegen unseres langen Verdauungstrakts werden wir die auch nicht schnell genug wieder los. Zwischenzeitlich sind Sie von Huhn und Hahn entdeckt worden. Das Huhn ist außer sich, als es das zerbrochene Ei sieht und geht direkt zum Angriff über. Sie fahren reflexartig Ihre Krallen aus – verdammt, Sie haben ja gar keine Krallen. Was der liebe Gott sich da wieder gedacht hat! So ein Huhn kann ganz schön kratzen und picken, müssen Sie erschöpft am Boden liegend feststellen. Eier klauen ist etwas Natürliches, aber so ganz anfreunden können Sie sich damit nicht. So lecker war es nun auch wieder nicht.

Aber neue Runde, neues Glück! Sie wachen wieder im Wald auf und hören ein Grunzen. Ihr Mittagessen: ein ausgewachsenes Wildschwein! Sie laufen also auf das Wildschwein zu und schreien es an. Das Wildschwein rennt Sie einfach über den Haufen. So ein Mist, hätte der liebe Gott Sie doch etwas stärker gemacht! Zum Glück ist das Wildschwein verschwunden. Sie laufen weiter hungrig durch den Wald. Da hören Sie wieder ein Grunzen. Sie wollen schon die Flucht ergreifen, als Sie sehen, dass es nur ein kleines Ferkel ist. Das ist Ihre Chance! Sie schnappen sich das Ferkel. Jedenfalls versuchen Sie das, so ein Ferkel ist nämlich ganz schön schnell. 30 Minuten später haben Sie es tatsächlich erwischt. Das Schweinchen schlägt um sich und versucht zu entkommen. Sie nehmen es und schlagen es mehrfach mit dem Kopf fest gegen einen Felsen. Das Blut spritzt, es ist tot. Ganz das Raubtier, als das Gott Sie schließlich geschaffen hat, haben Sie das Ferkel erlegt: ohne Hilfe. Sie sind richtig stolz auf sich und klopfen sich im Geist selbst auf die Schulter.

So, Essenszeit. So ein Mist, dass Gott keinen Grill für Sie erfunden hat. Aber das wäre ja auch gegen die Natur. Also beißen Sie einfach mal irgendwo rein. Schmeckt total lecker, so rohes Fleisch, noch schön blutdurchtränkt und leicht warm. Mjam. Sie futtern gemütlich die Reste des kleinen Ferkels, bis Sie plötzlich ein Grunzen hören. Das ausgewachsene Wildschwein wieder. Es findet es scheinbar nicht so lustig, was Sie mit seinem Nachwuchs gemacht haben. Diesmal überleben Sie die Begegnung nicht. Dafür hätte Gott Sie deutlich stärker machen müssen. Oder schneller. Naja, so lecker war das Ferkel auch wieder nicht, vielleicht doch nicht das Richtige für Sie.

Sie haben aber zum Glück noch immer ein Leben übrig. Also neuer Start im Wald. Ihre Speisemöglichkeiten sind mittlerweile ziemlich dezimiert. Aber eine Chance haben Sie noch. Sie laufen zum nächsten Fluss. Hier muss es ja auch Fische geben. Am Fluss angekommen, sehen Sie unter der Wasseroberfläche etwas schwimmen. Sie steigen hinein und greifen nach einem Fisch. Blöd, dass der Fisch schneller war. So geht das dann einige Stunden weiter. Sie greifen zu, der Fisch schwimmt rechtzeitig weg, und mit etwas Glück landen Sie nicht auf der Fresse. Dann – Stunden später, Sie sind schon komplett durchnässt – schnappen Sie sich doch noch einen Fisch. Geschafft. Er flutscht Ihnen blöderweise gleich wieder aus den Händen. So ein Mist aber auch. Sie rutschen wieder aus und fallen mit dem Kopf gegen einen Stein. Schädelbasisbruch. Um Fische zu fangen, braucht man enorm gute Reflexe. Und Krallen um sie festhalten zu können. Das können Katzen und Bären. Aber Sie sind leider nicht geeignet dafür. Der liebe Gott hat vergessen, Ihnen Krallen zu geben.

Halb so wild, ein allerletztes Leben haben Sie noch. Sie wachen wieder an derselben Stelle im Wald auf. Und Sie haben noch immer Hunger. Richtig Hunger. Sie denken nach: Kein Honig, keine Milch, keine Eier, kein Fleisch, kein Fisch. Der liebe Gott scheint es nicht gut mit Ihnen gemeint zu haben. Wenn Sie jetzt nicht verhungern wollen, müssen Sie improvisieren. Also gehen Sie los. Es geht schließlich ums Überleben.

Mitten im Wald finden Sie unter einem Baum Pilze. Jede Menge Pilze sogar. Sie beißen hinein. Die schmecken richtig gut, vor allem verglichen mit dem blutigen Ferkel. Sie gehen weiter. Sie finden einen Haselnussbaum. Mit Ihren leicht spitzen Eckzähnen knacken Sie die Nüsse auf. Praktisch. Und wahnsinnig lecker. Sie gehen weiter und kommen an einem Apfelbaum vorbei. Sie klettern den Baum hoch und pflücken sich ein paar Äpfel. Unglaublich süß, köstlich! Sie gehen weiter und kommen zu einer Wiese. Dort finden Sie Karotten. Sie beißen hinein. Der Hammer.

Obwohl es gegen Ihre Natur ist, Pflanzen zu essen, sind Sie also am Ende des Tages richtig satt geworden. Und es war sogar sehr lecker und obendrein ungefährlich. Aber wirklich natürlich ist diese Ernährungsweise bekanntlich nicht. Mit diesem Widerspruch werden Sie wohl von jetzt an leben müssen.

Die Natur versteht keinen Spaß, sie ist immer wahr, immer ernst, immer strenge, sie hat immer recht, und die Fehler und Irrtümer sind immer des Menschen.

Johann Wolfgang von Goethe (1749 – 1832)
Deutscher Dichter

EIN LUSTIGER SCHULTAG

Liebes Tagebuch, heute war ein lustiger Tag in der Schule. Wir haben heute gelernt, dass unsere Milch von Kühen kommt. Unsere Lehrerin hat uns erklärt, dass die Kühe uns sehr gerne ihre Milch geben, damit wir sie trinken können. Moritz, der übrigens nur drei Häuser von mir entfernt wohnt, fragte unsere Lehrerin, ob denn die Kälber keine Milch haben wollen. Seine Mama hat ihm nämlich erklärt, dass das auch Babys sind, und Babys trinken schließlich Milch. Da hat uns unsere Lehrerin gesagt, dass die Kuhmilch für uns Menschen ist. Wenn die Kälber die Milch trinken würden, könnten wir sie schließlich nicht mehr trinken. Das fanden wir alle logisch.

Mein Papa sagt immer, man muss immer nur an sich selbst denken. Ich denke, da hat er Recht. Fritz hat dann gefragt, ob man auch Elefantenmilch trinken kann. Da haben wir alle gelacht. Frau Müller, unsere Lehrerin, sagte nur, dass das nicht geht, weil das nicht so lecker wie die Milch von der Kuh schmeckt. Fritz war dann ganz traurig, weil er Elefanten so gerne mag und deshalb auch gerne mal eine Elefantenmilch trinken würde. In der letzten Reihe machte noch jemand „Muuuuuuh", und alle haben gelacht.

Später haben wir gelernt, dass aus Eiern kleine Küken schlüpfen. Da habe ich gleich an Tweety, das singende Küken, denken müssen und habe die Melodie dazu gesummt. Unsere Lehrerin hatte sogar kleine Holzeier dabei und hat uns Bilder von kleinen Küken gezeigt. Die sind ja so süß mit ihren flauschigen, gelben Federn! Ich liebe Küken. Dann hat Moritz gefragt, was mit den Küken eigentlich passiert, wenn wir die Eier essen. Frau Müller meinte nur, dass in den Eiern, die wir essen, gar keine Küken sind. Moritz wollte dann wissen, woher man denn wissen kann, ob in einem Ei ein Küken ist oder nicht. Frau Müller hat uns dann erklärt, dass es dafür spezielle Hühner gibt, die nur kükenlose Eier legen. Da waren wir dann alle sehr beruhigt.

Dann hat uns Frau Müller erklärt, dass im Meer ganz viele Fische schwimmen, damit wir sie essen können. Peter meinte dann, dass er „Findet Nemo" gesehen hat und die Fische da gar nicht gegessen werden wollten. Dann meinte Frau Müller, dass die Fische sonst von Haien gegessen wurden. Peter sagte dann, dass es aber auch vegetarische Haie gibt, das weiß er auch aus „Findet Nemo", und wenn nur mehr Haie Vegetarier werden würden, müssten weniger Fische sterben. Da mussten wir wieder alle lachen. Frau Müller erklärte dann, dass das nur ein Film ist und Fische gar keine Gefühle haben können, deshalb können wir sie alle töten. Wichtig ist nur, dass wir nicht versehentlich Delphine fangen, weil die schon Gefühle haben, und die dürfen wir nicht töten.

Frau Müller hat uns dann noch einen Plastik-Burger gezeigt und gesagt, dass wir für unsere Burger auch Fleisch brauchen. Deshalb haben wir Hühner, Schweine und Rinder, die wir für unser Fleisch füttern. Moritz wollte wissen, warum wir denn Schweine töten dürfen aber keine Delphine. Da wusste Frau Müller dann auch nicht sofort eine Antwort. Sie meinte aber, dass Delphine auch gar nicht so lecker schmecken würden. Von hinten hat dann jemand „Delphin-Burger" gerufen, und wir haben wieder alle gelacht. Peter wollte wissen, ob die Tiere das eigentlich nicht doof finden, wenn sie sterben müssen. Da hat Frau Müller gesagt, dass die das gar nicht wissen, weil die so dumm sind. Dann wollte Marie noch wissen, ob man auch Hunde essen kann, weil sie gar keine Hunde mag. Und wenn man die essen würde, wären sie alle weg. Da hat Frau Müller gelacht und gesagt, dass das aber verboten ist, Hunde zu töten. Und außerdem schmecken Hunde nicht. Außerdem, so Frau Müller, haben Hunde auch Gefühle. Deshalb dürfen wir keine Hunde essen.

Dann hat Frau Müller uns noch von Vegetariern erzählt. Das sind wohl Menschen, die gar keine Burger essen, weil sie nicht wollen, dass die Tiere getötet werden. Peter erzählte dann, dass sein Papa aber gesagt hat, dass Vegetarier alles Doofköpfe sind, und ein richtiger Mensch nämlich Fleisch isst. Von hinten hat dann jemand „Doofkopf" gerufen, da mussten wir wieder alle lachen.

Als ich nach Hause gekommen bin, hatte Mama schon gekocht, es gab eine leckere Salami-Pizza. Seitdem ich jetzt weiß, dass die Tiere eh nicht wissen, dass sie sterben müssen, hat die Pizza besonders lecker geschmeckt.

In der Jugend lernt, im Alter versteht man.

Marie Freifrau von Ebner-Eschenbach (1830 – 1916)
Österreichische Erzählerin

IST DOCH NUR EIN SCHNITZEL

Sonntag, 10 Uhr morgens. Die Sonne scheint, und ich habe nichts vor. Perfekt! Der Tag kann kommen.

Meine Frau hat ein köstliches Frühstück zubereitet. Es gibt Rührtofu und einen Mandel-Latte. Mein Sohn, acht Jahre alt, sitzt auch am Tisch. „Die anderen dürfen immer echtes Rührei essen". Na toll, geht das schon wieder los, denke ich mir. „Wir dürfen das auch, wir wollen es aber nicht!"

Mittagessen. Es gibt Sojaschnitzel mit Kartoffelsalat. Und einen aufgebrachten Sohn. „Bei Fritz gab es gestern aber richtiges Wiener Schnitzel. Warum gibt es bei uns keine richtigen Schnitzel?" „Wegen der Tiere." „Ich will aber Schnitzel! Ein richtiges Schnitzel!" Meine Frau schaut bereits sichtlich genervt. „Jetzt sei mal nicht so, dann soll er halt einmal ein echtes Schnitzel haben. Hauptsache dieses ewige Gejammer hört endlich auf". „Ja Papa, ist doch nur ein Schnitzel. Bitte bitte bitte …." Na toll. Wenn es denn unbedingt sein muss.

Ich schnappe meinen Sohn, und wir fahren los. „Was soll es denn zu dem Schnitzel geben?". „Ganz viel Ketchup und Pommes!". Na gut. Wir halten bei einem Gemüsebauer um die Ecke. Ein guter Freund. Ich gehe ins Gewächshaus und hole mir vier Tomaten. Danach geht es mit einem Spaten auf den Kartoffelacker. Mein Sohn schaut ganz gespannt zu. Ich steche den Spaten in den Boden und hole eine Handvoll Kartoffeln raus. Dem Gemüsebauern fünf Euro bezahlt, und weiter geht's.

Mein Sohn wird müde. „Ich wollte doch nur Schnitzel mit Pommes". „Ja, gibt's auch gleich!". Nächster Bauernhof. Bio-Bauernhof. Ein Freund von mir. Ich begrüße meinen alten Klassenkameraden und lasse mich auf einen Kaffee einladen. Mein Sohn spielt währenddessen mit den Kindern des Bauern draußen im Hof. Zusammen mit dem Hund. Und Petra. Das ist das erst letzte Woche geborene Kälbchen von Milchkuh Hilda. Petra ist total verspielt, und die Kinder lieben sie. Nach einer Stunde, Kaffee und Kuchen sind verspeist, begebe ich mich nach draußen. Mein Sohn lässt sich gerade von Petra das Gesicht abschlecken und lacht dabei herzhaft. Er schaut richtig glücklich aus. „Komm Junior, ich habe uns ein Schnitzel gekauft!" Mein Sohn springt zu mir. „Hurra! Papa, Papa, das ist übrigens Petra!" Er zeigt mir das Kalb. „Ich weiß" sage ich. Wir gehen hinter den Hof. Petra folgt uns neugierig. Wir gehen in eine kleine Scheune. Petra hinterher. Ich mache das Licht an. Klack. Tür zu.

Petra steht in einem engen Gang. Wir daneben. „Papa, wo ist denn jetzt das Schnitzel?". „Gleich, mein Sohn". Mein Sohn streichelt Petra. „Und was macht Petra eigentlich hier?" Ich nehme das Bolzenschussgerät, welches auf einem Tisch schon bereitliegt. „Ich habe sie eben gekauft", sage ich. Ich setze am Kopf an. Peng! Petra fällt um. Mein Sohn schreit auf. Ich packe mir einen der Hufe und befestige ihn an einer bereitgelegten Kette. Damit ziehe ich Petra langsam hoch. Jetzt baumelt sie kopfüber vor mir. Mein Sohn schreit und weint. Ich nehme das Messer und steche Petra in den Hals. Das Blut spritzt auf meine Hose, auf mein Hemd, über meinen Sohn. So habe ich ihn noch nie schreien gehört. „Du wolltest Schnitzel, jetzt hör auf zu flennen!". Ich schneide ein Bein ab, schlitze den Bauch auf, hole Magen, Herz und Innereien heraus. Mein Sohn wird ohnmächtig. Ich schneide ein schnitzelgroßes Stück heraus. Der Rest gehört meinem Freund. Schließlich habe ich nicht das ganze Kalb gekauft. Wäre mir auch zu teuer gewesen. Und was will ich mit dem ganzen Fleisch? Ich werfe meinen noch ohnmächtigen Sohn über die Schulter und gehe.

Mein Sohn ist nun seit drei Monaten in psychologischer Behandlung. Und das Schnitzel hat niemand gegessen. Der ganze

Aufwand war entsprechend für die Katz. Nur wegen einem blöden Schnitzel.

> # Ein Tier kann niemals so grausam sein wie der Mensch, so ausgeklügelt, so kunstvoll grausam.
>
> *Fjodor Michailowitsch Dostojewskij (1821 – 1881)*
> *Russischer Schriftsteller*

EIN SOMMERMÄRCHEN

Odette ist ein toller Hase. Den halben letzten Sommer habe ich mit ihr im Garten verbracht. Ich habe sie gestreichelt, mich um sie gekümmert, mit ihr gespielt. Odette ist auch eine liebevolle Mutter. Sie umsorgt ihre kleinen Hasenbabys liebevoll und beschützt sie. Wir beherrschen sogar ein paar Tricks – z.B. stupsen wir uns regelmäßig mit unseren Nasen an. Eigentlich ist Odette nicht sonderlich zutraulich. Sie ist normalerweise ein sehr schüchterner Hase. Aber mir gegenüber hat sie sich geöffnet. Mich liebt sie, mir vertraut sie. Häufig nehme ich Odette heimlich abends mit in mein Bett und kuschle mich mit ihr in den Schlaf. Odette und ich, wir sind Freunde!

Als ich an einem lauwarmen September-Nachmittag von der Schule heim komme, ist Odette nicht mehr in ihrem Stall. Sie ist auch nirgendwo auf der Wiese. Sie ist einfach weg. Ich suche verzweifelt nach ihr. Im Keller finde ich sie schließlich - kopfüber an der Wäscheleine baumelnd, darunter eine Blutlache. Daneben mein Vater mit einem blutverschmierten Messer in der Hand. Er hat meine Odette getötet – einfach so! Obwohl er genau wusste, dass sie meine Odette ist. Am Abend schiebt meine Mutter Odette in den Backofen. Sie scheint damit überhaupt kein Problem zu haben, obwohl sie genau weiß, dass sie da meine Odette isst. Ich soll mich nicht so anstellen, meint sie. Für mich ist in diesem Moment eine Welt zusammengebrochen. Ich habe mich geweigert, Odette zu essen – ganz im Gegensatz zu meiner Familie. Die haben am Tisch sogar noch Scherze darüber gemacht. Das hat Odette nicht verdient. Das hat sie einfach nicht verdient.

Spät abends, als meine Eltern schon im Bett sind, schleiche ich mich in die Küche. Ich sammle alle Knochen aus dem Mülleimer zusammen und packe sie in eine kleine Holzdose. Damit gehe ich in den Garten.

Dort begrabe ich meine Odette unter dem Baum, bei dem wir immer gespielt haben. Schaufel für Schaufel hebe ich die Erde aus dem Boden. Ich muss dabei weinen. Ich vermisse Odette. Als ich nach dem Essen zu ihren Babys schaute, waren diese ganz verstört. Ihre Mutter ist schließlich weg und sie wird auch nie mehr zurückkommen.

Aus zwei Ästen baue ich ein Kreuz für Odettes letzte Ruhestätte. Ich halte, allein im Dunkeln, eine Trauerrede. Und ich lege eine Gedenkminute für meine Odette ein. Eine Gedenkminute, das ist das mindeste, was dieses wundervolle Wesen verdient hat.

Wie viele Tiere werden heute noch gestorben sein? Dieser Gedanke kommt mir unwillkürlich während der Gedenkminute. Auch diese hätten bestimmt eine Gedenkminute verdient. Es waren sicher allesamt ganz wundervolle Wesen, auch wenn ich sie nicht kennen lernen durfte. Also beginne ich mit der nächsten Gedenkminute für einen unbekannten Hasen. Ich will für jedes einzelne Tier eine Gedenkminute halten. Dann denke ich nach, und die Realität holt mich ein. Ich kann schließlich gar nicht für jedes getötete Tier eine Gedenkminute einlegen. Allein zwischen 22:17 Uhr und 22:18 Uhr, also in der einen Gedenkminute, die ich für ein einzelnes Tier abgehalten habe, wurden in Deutschland 1.455 Tiere getötet. Während ich also im Gedanken bei diesem einen Lebewesen war, blieben weitere 1.454 völlig unbeachtet. Eine Minute pro Tier funktioniert also nicht. Wie wäre es aber mit einer Gedenksekunde? Für jedes Tier? Es grenzt schon an Hohn, ein ganzes Leben mit nur einer Sekunde zu würdigen. Und selbst wenn ich eine Gedenksekunde einlegen würde: schon während der ersten Sekunde, also z.B. von 22:19:17 Uhr bis 22:19:18 Uhr, würden in Deutschland schon 24 Tiere getötet werden. Für 23 dieser Tiere könnte ich also gar keine Gedenksekunde abhalten. Meine Zeit reicht einfach nicht aus.

Ich muss schneller werden. Ich beginne wahllos Namen aufzuzählen, in Windeseile. Aber ich schaffe es nicht, mehr als zwei Namen pro Sekunde auszusprechen. Ich komme nicht hinterher. Obwohl diese Tiere hier in Deutschland für nichts als einen Gaumenkitzel ihr Leben lassen mussten, kann ich ihrer nicht einmal in würdiger Form gedenken. Nicht einmal mit einer einzigen Sekunde. Es geht nicht, wir töten einfach viel zu schnell.

Bedrückt gehe ich wieder in mein Bett. Mein Herz wurde mir heute gebrochen – von meiner eigenen Familie. Nie wieder werde ich mich mit einem unserer Hasen anfreunden. Zu sehr schmerzt es, weiß ich doch jetzt, dass mein Vater auch mein nächstes Lieblingstier wieder töten würde. Das stimmt mich traurig. Es war so eine wundervolle Zeit mit Odette. Es ist jetzt 23 Uhr. Ich stelle meinen Wecker auf 7 Uhr. Mit dem Gedanken, dass bis zu dem Zeitpunkt, an dem mein Wecker morgen klingelt, weitere 698.632 Tiere in Deutschland tot sein werden, schlafe ich langsam ein.

> # Man muss nur ein Wesen recht von Grund auf lieben, dann kommen einem alle anderen liebenswürdig vor.
>
> *Johann Wolfgang von Goethe (1749 – 1832)*
> *Deutscher Dichter*

DER GRILLABEND

Der erste Freitag im Monat — endlich ist es wieder so weit. Regelmäßig gehe ich an diesem Tag mit meinem Freund Kai zum Zelten und Grillen in den Wald. Handys sind verboten. Zwei Tage abgeschieden in der Natur leben — das ist jedes Mal wieder ein Abenteuer. Diesmal sind wir besonders weit in einen Wald gefahren und dann noch mehrere Stunden zu Fuß gelaufen. Absolute Abgeschiedenheit, keine Menschenseele weit und breit. Genau wie wir es lieben. Wir machen uns ein kleines Lagerfeuer an, um uns zu wärmen. Ich kenne Kai schon seit der Grundschule, und wir haben schon viel zusammen erlebt. Kai hat einen Jagdschein und ist ein leidenschaftlicher Jäger. Ich selbst halte nur ungern Waffen in der Hand, ist einfach nicht mein Ding. Da wir noch nicht zu Abend gegessen haben, zieht Kai allein mit seinem Gewehr los. Ich bleibe am Lagerfeuer. Mir tun die Tiere immer etwas leid, ich möchte dabei nicht zusehen.

Ich wache auf. Ich muss eingeschlafen sein, während Kai auf der Jagd war. Ich weiß nicht, wie lange Ich bewusstlos so da lag. Ich wische mir die Augen. Mir gegenüber am Lagerfeuer sitzt eine dürre Gestalt. Es ist definitiv nicht Kai. Ich wische mir nochmals die Augen. Tatsache, da sitzt jemand! Ich schrecke auf. „Wer sind Sie? Was wollen Sie hier?"

„Hallo", antwortet die Gestalt. „Sie brauchen keine Angst zu haben".

Ich wische mir ein weiteres Mal die Augen und versuche etwas zu erkennen. Die Gestalt ist etwas mehr als zwei Meter groß und spargeldürr. Ihre Haut ist blau. Was? Ja, Blau, definitiv. Ich schaue noch etwas genauer hin. Mein Gegenüber hat keine Nase, merkwürdig abgerundete Zähne und kugelrunde Augen.

„Wer … oder besser: *was* sind Sie?" stottere ich.

„Mein Name ist Phtak, in Ihrer Sprache heißt das so viel wie Grillmeister. Nennen Sie mich also gerne Grillmeister".

„Aber – was machen Sie hier? Wo kommen Sie her?"

„Ich komme vom Planeten Konos, das ist etwa 37 Millionen Lichtjahre entfernt. Ich bin hier auf der Durchreise und mache einen kurzen Zwischenstopp, um Kraft zu tanken und Ideen für mein neues Buch zu sammeln".

„Sie schreiben ein Buch? Was denn für ein Buch?"

„In meiner Welt bin ich ein berühmter Star-Koch. Alle lieben meine exotischen Rezepte. Es ist eine Abwechslung von dem faden Alltagsessen. Deshalb reise ich durchs Universum, immer auf der Suche nach neuen und ausgefallenen Zutaten für meine Rezepte".

Das Wesen isst nebenbei. Das war mir bisher noch gar nicht aufgefallen. Es hat einen großen Teller vor sich, darauf liegen Grillspieße, fertig gegrillt. Die muss es wohl gegrillt haben, als ich geschlafen habe.

Plötzlich raschelt es im Gebüsch. „Kai" rufe ich. Bitte lass es Kai sein! Es ist nicht Kai. Ein weiteres merkwürdiges Wesen kommt aus dem Gebüsch gesprungen und setzt sich neben den Grillmeister. „Xena, da bist du ja! Ich habe dich schon überall gesucht", freut sich der Grillmeister. „Xena wieder da", stammelt das Wesen und kuschelt sich an seinen Gefährten. Dieser streichelt Xena über den Kopf. Das zweite Wesen ist etwa 1,40 Meter groß, hat grüne Haut, langes blondes Haar, überproportional große Brüste und gigantisch große blaue Glubschaugen mit ebenso riesigen Wimpern. „Hallo – ich Xena – wer du denn?" stammelt sie.

„Ich bin Fred, Hallo!". Sie kommt auf mich zu gerannt, nimmt mich etwas grob in die Arme und läuft wieder zurück zum Grillmeister. „Ich muss mich für meine Begleiterin entschuldigen", sagt dieser. „Ihre Manieren sind noch etwas ausbaufähig. Ich kenne sie erst seit wenigen Wochen, als ich einen Zwischenstopp mehrere tausend Lichtjahre von hier entfernt machte. Sie ist mir einfach so zugelaufen. Auf Konos wird man sie lieben." Er holt einen zweiten Teller hervor und gibt seiner Begleiterin davon. Diese schlingt das Essen in sich herein. Es scheint ihr zu schmecken. Da fällt mir ein, dass ich auch noch nichts gegessen habe. Ich weiß zwar nicht, wie spät es ist, aber mittlerweile knurrt mir ziemlich der Magen.

„Ich denke, ich werde mir nun auch etwas zu essen machen, ich hole mir nur schnell meine Brotzeit und bin dann gleich wieder da!"

„Nicht nötig!" erwidert der Grillmeister. „Ich habe genug gekocht, Sie können gerne etwas abhaben".

„Was ist das denn?" frage ich irritiert. Es sieht aus wie Fleisch, ich habe aber so eins noch nie gesehen.

„Das ist ein ganz neues Rezept für mein Grillbuch. Bitte, bedienen Sie sich!".

Der Grillmeister reicht mir einen vollen Teller herüber. Ich greife also zu. Es ist gut gewürzt, aber ich kenne die Zutaten nicht. Jedenfalls schmeckt es vorzüglich. Die Konsistenz ist unfassbar zart – so ein gutes Fleisch habe ich noch nie gegessen. Ich kann gar nicht genug bekommen, zumal ich heute noch nicht viel gegessen habe.

„Freut mich, dass es Ihnen schmeckt. Ich habe mir bei der Auswahl der Zutaten und der Zubereitung große Mühe gegeben", erzählt der Grillmeister.

„Vorzüglich, wirklich vorzüglich! Erzählen Sie mir doch etwas von Ihrem Planeten Konos, ich bin wirklich sehr neugierig!"

„Sehr gerne! Wir bewohnen den Planeten Konos bereits seit 830.000 Jahren. Doch unsere Vorfahren waren Barbaren. Sie unterdrückten Frauen und Ungläubige, hielten sich schwächere Konaren als Sklaven. Und sie verpesteten die Umwelt. Beinahe hätten wir uns auf diese Weise selbst ausgerottet. Es war keine schöne Zeit. Doch dann kam die Ära unseres Erlösers, des großen Erfinders des Hyper-Antriebs. Mit dessen Hilfe können wir seither jeden beliebigen Planeten innerhalb weniger Wochen erreichen."

Die Augen des Grillmeisters leuchteten geradezu, als er von dem Antrieb erzählte. „Dadurch waren alle unsere Sorgen Vergangenheit. Ressourcen standen plötzlich in unbegrenzten Mengen zur Verfügung: Lebensraum, Nahrung – ganz gleich, was wir wollten, wir hatten Zugriff darauf. Das führte letztendlich zu einer Epoche umfassenden Friedens auf unserem Planeten. Die Frauen bekamen Rechte, die Sklaven wurden befreit."

„Wow, das hört sich wirklich fortschrittlich an. Aber die Arbeit muss doch trotzdem noch jemand machen, oder? Nur weil Sie plötzlich mehr Platz zur Verfügung haben, wird doch nicht weniger zu tun sein!? Wer verrichtet denn seither die Arbeit Ihrer Sklaven?"

„Ach", holt der Grillmeister aus, „wir reisten mit unserem neuen Antrieb von Planet zu Planet, bis wir ein ziemlich primitives Volk namens Libaner fanden. Eine sehr naturverbundene, aber auch sehr dumme Spezies. Wir verluden sie in unsere Raumschiffe und schafften sie nach Konos. Seither verrichten sie alle anfallenden Arbeiten für uns."

„Was? Sie haben Sklaven durch Sklaven ersetzt?"

„Aber, aber, ich muss schon sehr bitten. Libaner sind doch keine Konaren sondern höchst minderwertige Lebewesen. Ihre Gehirnleistung ist sehr begrenzt. Wir gehen davon aus, dass sie aufgrund ihrer eingeschränkten geistigen Fähigkeiten gar nicht in der

Lage sind zu begreifen, dass sie versklavt sind. Und es geschieht ja alles zum Wohl der Konaren, damit auf unserem Planeten Frieden herrscht."

„Ein toller Frieden auf Kosten anderer!"

„Nun hören Sie aber auf. Seien Sie froh, dass ich Sie zum Essen eingeladen habe! Die Frage ist doch die, ob ich selbst arbeite oder andere für mich arbeiten lasse. Über Generationen haben wir die Libaner bereits gezüchtet, ihre Hirnleistung wird immer geringer und dafür verstärken sich die für uns wichtigen Faktoren wie Stärke, Ausdauer und Gehorsam. Die heutigen Libaner haben mit den ursprünglichen nicht mehr viel zu tun. Sie wurden ja speziell dazu gezüchtet, uns zu dienen. Würden wir uns nicht ihrer bedienen, dann hätte ihre Existenz überhaupt keinen Sinn mehr. Außerdem fristen sie bei uns ein schönes Leben."

„Aber es bleibt doch noch immer ein Lebewesen. Was ist mit deren Freunden und Familien? Ich finde es nicht in Ordnung, dass Sie andere Lebewesen versklaven, nur um es selbst bequemer zu haben".

„Möchten Sie einen Kaffee?" fragt der Grillmeister freundlich und weicht vom Thema ab.

„Sehr gerne, ich werde nämlich langsam müde".

„Xena, geh und hol mir und meinem Freund einen Kaffee!"

Xena läuft los und verschwindet hinter einem Gebüsch. Wahrscheinlich hat der Grillmeister dort irgendwo sein Raumschiff geparkt. Ich schaue ihn an, und er schaut mich an.

„Wir haben Ihre Zivilisation bereits seit längerer Zeit unter Beobachtung, müssen Sie wissen. So eine weiße Weste hat ihre Gesellschaft auch nicht. Ich denke da z.B. an die Sklavenhaltung."

„Das war eine dunkle Epoche in unserer Geschichte, aber das haben wir längst hinter uns gebracht."

„Ach wirklich?"

Xena kommt wieder, mit zwei vollen Bechern Kaffee, voll bis über den Becherrand mit Milchschaum. Sie reicht mir freundlich den Kaffee und setzt sich danach zum Grillmeister.

„Dieser Kaffee ist der absolute Wahnsinn!" Ich glaube ich habe noch nie einen so guten Kaffee getrunken. Dieses Aroma! Und der Milchschaum – ein Gedicht! Eins muss man dem Grillmeister lassen: Geschmack hat er.

„Sie können doch nicht behaupten, Sie hätten die Versklavung hinter sich gelassen", wiederholt der Grillmeister. „Keine zwei Kilometer von hier ist ein großes Gefängnis, ich bin eben daran vorbei geflogen. Dort stehen Ihre Sklaven, eng aneinander gequetscht, und fristen ein elendes Dasein. Das wäre sogar für unsere Verhältnisse zu hart. Wir pflegen einen achtsamen Umgang mit den niederen Spezies. Den Libanern geht es bei uns gut, auch wenn sie dafür eine Gegenleistung erbringen müssen. Aber was Sie da machen, das ist erschreckend!"

„Wovon bitte sprechen Sie? Wir sind eine zivilisierte Gesellschaft!" wende ich entsetzt ein.

Er reicht mir ein Gerät, es sieht aus wie ein Handy, nur viel dünner und bunter. Darauf sind Fotos von einem Hühnerstall zu sehen. Huhn neben Huhn.

„Jetzt weiß ich, wovon Sie sprechen. Aber das sind ja nur Hühner. Die sind extra dafür gezüchtet worden, und außerdem essen wir sie ja."

„Nur Hühner? Eines Ihrer Hühner ist mindestens zehn Mal so intelligent wie ein Libaner. In diesem Gefängnis waren zehntausend Hühner eingesperrt. Auch wenn sie speziell dafür gezüchtet wurden, ist das doch ein Fall von grausamster Sklaverei mit anschließender kaltblütiger Ermordung. Jeder Libaner bekommt bei uns Betreuung, Freizeit, einen eigenen Schlafraum. Aber was Sie mit Ihren Sklaven machen – abartig, wenn Sie mir den Ausdruck erlauben. Und zwischen Töten und Nutzen besteht doch immer noch ein gewisser Unterschied. Wir töten auch um zu essen, allerdings töten wir ausschließlich primitive Raubtiere. Was Sie machen, ist dagegen systematischer Völkermord!"

Mir fehlen die Worte. Mein Kaffee ist halb leer, die Milchhaube weggetrunken. „Entschuldigung, könnte ich vielleicht noch etwas Milch haben?" Xena springt freudig auf, eilt zu mir herüber und nimmt mir den Kaffeebecher aus der Hand.

„Das können Sie so nicht sagen. Hühner sind nun wirklich ausgesprochen primitive Wesen", versuche ich einzuwenden.

Xena entblößt plötzlich ihre linke Brust und fängt an daran rumzudrücken. Nach wenigen Sekunden schießt ein weißer Schaum hervor, direkt in meinen Becher. Sie strahlt und gibt mir den Becher wieder zurück.

„Die Milch ist von Ihrer Begleiterin? Das ist ja widerlich!" Ich stelle den Becher zur Seite. Mir wird schlecht. „Xena gibt uns ihre Milch freiwillig. Überlegen Sie mal, welche Torturen Ihre Kühe durchmachen müssen, damit Sie an deren Milch kommen. Und was mit all den Kuhbabys passiert …"

„Jetzt hören Sie aber mal auf! Als wäre die Menschheit so schlimm! Was ist denn mit Ihnen? Sie essen doch auch Fleisch!"

„Ja, wir stehen nun mal an der Spitze der Nahrungskette. Aber wie gesagt, essen wir nur Fleisch von primitiven Lebewesen. Und generell nur von Raubtieren. Damit schützen wir gleichzeitig sogar andere Tiere. Das saftige Fleisch von vorhin habe ich übrigens gleich hier um die Ecke erlegt. Einer Ihrer Artgenossen war auf der Jagd nach einem hilflosen Tier. Ich habe das unterbunden. So hatten das Tier und ich etwas davon. Wer weiß wie viele Tiere dieser Wilde sonst noch getötet hätte …"

„Bitte was???" Mir wird schlecht. Habe ich eben etwa ….? Kai! Ich übergebe mich. Mehrmals. Dann stammle ich hilflos: „Aber, aber … Sie können doch keine Menschen essen!"

„Wieso denn nicht? Sie essen doch auch andere Lebewesen. Wichtig ist in unserer Kultur nur, dass es Raubtiere sind. Und sie müssen uns hinsichtlich Intelligenz deutlich unterlegen sein. Da wir wohl eine der intelligentesten Spezies in diesem Universum sind, können wir so ziemlich alles essen. Wir verzichten nur darauf, unser Essen zu quälen. Und indem wir nur Raubtiere essen, tun wir damit auch noch etwas Gutes."

„Na hören Sie mal, Sie bilden sich vielleicht etwas ein! Sie sind doch nicht so viel intelligenter als ich!"

„Wieviel beträgt 372.893.118.772 multipliziert mit 18.225.004.179,30?"

„Ich weiß es nicht …"

„So sieht es aus. Sie wissen so ziemlich gar nichts! Wahrscheinlich wissen Sie nicht mal, wie oder warum das Universum erschaffen wurde. Einen anständigen Raumantrieb haben Sie auch noch nicht auf die Reihe gebracht. Und wie steht es mit Ihren telepathischen Fähigkeiten? Oder Telekinese? Na los, zeigen Sie mir, was Sie können!"

„Okay, vielleicht sind wir Menschen doch nicht so intelligent und weit entwickelt wie Sie. Aber das gibt Ihnen doch nicht das Recht, uns zu essen!"

„Wieso möchten ausgerechnet Sie mir vorschreiben, wie ich mich moralisch zu verhalten habe? Sie essen doch auch alles. Unabhängig seiner Intelligenz, Hauptsache es schmeckt gut. Aufgrund dieses Arguments dürfen Sie quälen, foltern und hinrichten, aber ich darf das nicht?"

„Aber …" Ich muss nachdenken. „Aber wir können kommunizieren! Die Fähigkeit zu reden! Das unterscheidet doch das einfache Tier vom würdebegabten Leben."

„Sie können kommunizieren?" lacht der Grillmeister. „Sie können ja gerade mal mit den eigenen Landsleuten reden. Und selbst damit haben Sie ganz schöne Schwierigkeiten. Wie viele hundert verschiedene Sprachen werden auf Ihrem Planeten gesprochen? Und Sie haben es noch nicht einmal geschafft mit einer anderen Spezies zu kommunizieren. Glauben Sie, auf Konos spricht man Deutsch? Nein, ich habe Ihre Sprache gelernt. Xenia und ich könnten uns auch auf konisch unterhalten. Aber dann hätte ich Angst, dass Sie anfangen würden mich aufzuessen, weil ich dann kein ‚würdebegabtes Wesen' mehr wäre – nur weil Sie nicht in der Lage sind meine Sprache zu verstehen."

Ich bin ratlos. Mir fällt nichts ein, was ich dem Grillmeister entgegnen könnte.

„Jedenfalls," holt der Grillmeister aus, „habe ich noch nie eine derart bösartige Spezies kennen gelernt wie die Menschheit. Sie foltern, misshandeln, sperren ein, töten – alles ohne mit der Wimper zu zucken. Und dann kommen Sie mit dämlichen Sprüchen wie ‚ach, aber es schmeckt doch so gut!' Denken Sie mal nach. Ihr Freund hat Ihnen eben auch ziemlich gut geschmeckt. Sie haben wirklich keinerlei Respekt vor dem Leben und der Schöpfung. Und dann wollen Sie mir einen Vorwurf machen, weil ich Ihren Freund vom Morden abgehalten habe. Sie müssten sich mal selbst zuhören! Erbärmlich!"

Ich übergebe mich noch einmal. Als ich wieder aufsehe, ist der Grillmeister gerade dabei, zusammen zu packen.

„Ich muss wieder zurück in meine Heimat. Nächste Woche findet auf Konos eine öffentliche Verköstigung meines neuen Rezepts statt, ich war nur hier, um die letzten Zutaten einzusammeln."

„Was ist das denn für ein Rezept?" frage ich skeptisch.

„Eines meiner Lieblingsgerichte: Menschenburger, frisch vom Grill. Ich gehe davon aus, dass mein neues Rezept ein riesiger Erfolg wird – dann werden wir bald noch mehr Menschen brauchen, um die Nachfrage auf Konos zu stillen."

Er zückt etwas, ich sehe noch einen blauen Blitz und fühle einen extrem starken Schmerz. Verschwommen nehme ich noch wahr, wie mich Xena und der Grillmeister packen und in einer großen Kiste verstauen. An mehr kann ich mich nicht erinnern.

Dass der Mensch das edelste aller Geschöpfe sei, lässt sich schon daraus ersehen, dass ihm noch kein anderes Geschöpf widersprochen hat.

Georg Christoph Lichtenberg (1742 - 1799)
Deutscher Physiker

EINE NETTE BEGEGNUNG

Urlaub! Endlich kann man sich vom Stress des Alltags erholen. Nachdem unser Flieger auf Fuerteventura gelandet ist, hole ich mit meiner Familie den Mietwagen, und wir machen uns auf den Weg zu unserer Ferienunterkunft. Unsere Kinder schauen ganz gespannt aus dem Fenster und bewundern die einzigartigen Landschaften. Zeitweise sieht es aus wie auf Hawaii, dann wie auf dem Mars.

In unserem Ferienhäuschen angekommen, schaffen wir das Gepäck auf die Zimmer und machen uns bereit für unseren ersten Tagesausflug. An der Westküste soll es wunderschöne, kilometerlange einsame weiße Sandstrände geben.

Auf der Fahrt sieht man immer wieder Ziegen und Schafe. Einzeln oder in kleinen Gruppen, im Sand oder auf steinigem Boden. Diese Tiere leben hier in Freiheit, wie gut es ihnen doch geht! Ein wundervolles Klima, eine wundervolle Landschaft, viel Natur und keine Raubtiere. Meine Kinder bewundern die Tiere. „Määääh!", ruft meine Tochter, als wir an einem kleinen Lamm vorbei fahren.

Mit jedem Kilometer verändern sich die Landschaften, es ist beeindruckend. Nach kurzer Fahrt kommen wir an einem Viehbetrieb vorbei. Hier stehen wieder Ziegen – allerdings extrem viele, und sie sind von einem Zaun umgeben. Meine Tochter fragt, warum die armen Ziegen dort alle eingesperrt seien und warum sie nicht so glücklich leben dürften wie die anderen. Ich erkläre ihr, dass man die Ziegen wegen ihrer Milch dort gefangen hält, damit man daraus leckeren Ziegenkäse machen kann.

Die Straßen werden immer älter und enger, bis wir schließlich nur noch auf einer schmalen Schotterstraße unterwegs sind. Wenn Gegenverkehr kommt, muss man vorsichtig rangieren, so eng ist die Straße, und sie führt hinauf in die Berge. Dort angekommen, gibt es eine kleine Aussichtsplattform. Der Ausblick ist wahrlich atemberaubend. Man blickt hinab zur Westküste der Insel – kilometerlange Sandstrände, und abgesehen von ein paar einzelnen Häusern quasi komplett unbebaut – ein traumhafter Anblick.

Als wir unten am Strand angekommen sind, wollen wir natürlich gleich ins Meer eintauchen. Ich traue meinen Augen nicht, was ich da sehe: Der wunderbare Sandstrand, den wir fast für uns allein haben, ist von Plastikmüll übersät. Es ist allerdings nicht der Müll der Badegäste, die hier die Sonne genossen haben. Nur ein schmaler Streifen entlang der kompletten Küste ist mit Müll bedeckt. Abfall, den wir Menschen ins Meer geworfen haben und der hier wieder angespült wurde. Der Schrott trübt dieses herrliche Naturschauspiel schon etwas. Dafür ist das Meer selbst traumhaft. Obwohl es erst Mai ist, ist das Wasser nicht zu kalt und relativ flach, so dass die Kinder auch weit hinein gehen und trotzdem noch stehen können, während sie in den Wellen spielen.

Nach einigen Stunden packen wir wieder zusammen und machen uns auf den Rückweg. Unseren Müll nehmen wir selbstverständlich mit, wie wir das immer tun. Ich frage mich allerdings, als ich wieder an dem Meeresschrott vorbei laufe, ob das nicht ein vergebliches Unterfangen ist.

Als wir die enge Schotterstraße zurück fahren, steht plötzlich ein Schaf mitten auf der Straße. Überall Natur, weit und breit kein Haus oder ein anderer Mensch, nur das Schaf und wir. Ich halte an, da das Tier die Straße blockiert. Es sieht uns an, und wir sehen es an. Dann kommt es auf unser Auto zu und stellt sich neben meine Türe. Ich habe das Fenster offen und das Schaf blickt zu uns herein. Es schaut meine Frau an, meine Kinder und mich. Ich strecke die Hand aus und streichle dem Schaf über den Kopf. Als Dankeschön schleckt es meine Hand ab.

Meine Kinder sind so fasziniert von diesem Moment, dass sie völlig lautlos zuschauen. Dann ziehe ich aus der Ablage in der Tür den kleinen spitzen Hammer, den ich dort vorher bereit gelegt hatte, und schlage, während das Schaf meine Hand abschleckt, mit voller Wucht auf dessen Kopf ein. Blut spritzt, und das Schaf sackt zusammen. Das Tier packe ich in den Kofferraum, und wir fahren weiter.

In unserem Ferienhaus angekommen, schleife ich das Tier in die Badewanne und nehme es auseinander. Das Fell nehmen wir mit nach Hause, wir haben eh noch nach einem kleinen Teppich für unser Wohnzimmer gesucht. Während meine Frau einen Nudelsalat zum Essen zubereitet, schneide ich ein paar saftige Steaks aus dem Schaf.

Auf unserer Terrasse haben wir einen großen, in die Wand eingebauten Grill. Während wir dort den Nudelsalat zusammen mit dem Schaf verspeisen, gönnen wir uns ein Schlückchen Wein und genießen den wundervollen Sonnenuntergang und den traumhaften Panoramablick auf die Küste. Und anstatt Fleisch von einer der eingesperrten Ziegen oder Schafe im Supermarkt zu kaufen, haben wir das Glück Fleisch von einem absolut glücklichen Tier verspeisen zu können. Massentierhaltung kann ich schließlich überhaupt nicht leiden.

Fleischessen ist unprovozierter Mord.

Benjamin Franklin (1706 – 1790)
Amerikanischer Schriftsteller

DIE STÖRENFRIEDE

Ich ziehe den Reißverschluss meines Mantels ganz hoch – draußen ist es eisig kalt. Aber es hilft nichts, ab an die Arbeit, schließlich muss ich Geld verdienen, um meine Frau und unsere zwei Kinder zu ernähren.

In meinem Schneemobil ist es eiskalt. Ein Blick auf das Thermometer verrät mir die Außentemperatur: minus 14 Grad. Ich schalte die Standheizung an, und wenige Minuten später lässt es sich aushalten. Auf dem Weg halte ich noch bei der Tankstelle im Dorf, tanke mein Schneemobil voll und kaufe mir ein paar Snacks für unterwegs. Dann verlasse ich die Straßen und mache mich auf die Suche.

Seit 20 Jahren mache ich diesen Job schon, es ist ein harter Knochenjob, aber es ist Familientradition. Bereits mein Ur-Ur-Urgroßvater hat seinerzeit auf dieselbe Art sein täglich Brot verdient. Noch heute arbeite ich exakt wie mein Großvater. Keine Maschinen, keine Automatisierung. Die Menschen geben gerne mehr Geld aus, wenn die Dinge noch von Menschen gemacht werden. Handarbeit bringt mehr Qualität, hat aber auch seinen Preis. Ich hoffe, dass mein Sohn später das Familienunternehmen übernimmt.

Nach zwanzig Minuten Fahrt finde ich endlich ein paar Robben. Ich steige aus, hole meinen Knüppel von der Laderampe des Schneemobils. Es ist derselbe Knüppel, den bereits mein Ur-Ur-Urgroßvater verwendet hat.

Langsam nähere ich mich den Robben und werfe ihnen etwas Futter zu. Die Tiere kommen angerannt, stürzen sich auf das Futter. Ich hole mit dem Knüppel, aus dessen Spitze ein paar rostige Nägel ragen, weit aus und erschlage damit eine der Babyrobben. Immer bei den Babyrobben anfangen, hat mir mein Vater damals beigebracht. Deren Fell ist am weichsten, weshalb man damit den meisten Gewinn macht. Während die Robben die Flucht ergreifen, schlage ich eine nach der anderen tot. Es ist wichtig, möglichst präzise und fest zuzuschlagen. Je mehr Schläge erforderlich sind, desto mehr wird der wertvolle Pelz beschädigt. Ich schlage den Tieren immer mitten ins Gesicht, aus der Haut um Augen und Nase herum lässt sich sowieso kein ganzes Pelzstück herstellen. Der Schlag ins Gesicht ist sowohl sofort tödlich als auch wirtschaftlich am sinnvollsten. Insgesamt acht Robben habe ich erlegt, die restlichen konnten die Flucht ins Wasser ergreifen.

Stolz werfe ich die leblosen Körper auf die Ladefläche meines Schneemobils und mache mich wieder auf die Suche. Um meine Miete zu bezahlen, muss ich am Tag mindestens 20 Tiere erlegen. Meine Frau kümmert sich um die Weiterverarbeitung der Pelze.

Nach zwei Stunden finde ich wieder Robben. Ich gehe nach meinem gewohnten Schema vor: Ich schleiche mich an, hole gerade den Fisch als Köder hervor, als plötzlich ein lautes Signalhorn ertönt. Die Robben schrecken auf und ergreifen die Flucht. Auf dem Meer sehe ich ein kleines Boot. „Scheiße!" brülle ich.

Also mache ich mich wieder auf die Suche. Eineinhalb Stunden später finde ich wieder Robben. Aber es ertönt wieder ein Signal und die Tiere verschwinden. Das gibt's doch nicht – das kann kein Zufall sein! Ich hole aus meinem Schneemobil mein Fernglas und entdecke an dem Boot eine Flagge – „Greenpeace". Fuck, diese Ökoterroristen haben es auf mich abgesehen.

Ich sehe ein, dass ich heute wohl kaum noch erfolgreich sein werde, und fahre mit meiner Beute heim. Meine Frau ist entsetzt, als sie die geringe Ausbeute sieht. Wovon wir die Heizkosten bezahlen sollen, fragt sie mich entsetzt, während sie die Robben ausnimmt und den Pelz verarbeitet.

Am nächsten Morgen mache ich mich bereits im Morgengrauen auf den Weg. Die Ökospinner werden da hoffentlich noch schlafen, denke ich mir. Irgendwie muss ich die fehlenden zwölf Robben heute wieder reinarbeiten.

Nach einer Dreiviertelstunde finde ich die erste Gruppe Robben. Ich reibe mir die Augen, aber ich habe richtig gesehen: Die Robben sind alle pink. „Wie zum Teufel …!" fluche ich. Was soll's, ich werfe ein paar Fischköder aus und knüpple ein paar der pinken Robben nieder. Mit etwas Schnee versuche ich die Farbe abzubekommen, aber sie geht nicht ab. Diese verfluchten Ökospinner haben tatsächlich meine Robben eingefärbt. Die Pelze sind so absolut wertlos.

Was soll das? Was habe ich diesen Öko-Terroristen angetan? Ich fahre weiter, doch alle Robben, die ich finde, sind pink. Geknickt fahre ich heim. Meine Frau brüllt mich an, warum ich rosa Robben heimbringe. Sie bekommt die Farbe auch nicht rausgewaschen.

In den nächsten Tagen mache ich mich wieder auf die Suche, aber alle Robben, die ich finden kann, sind pink. Nachdem wir die Heizkostenrechnung nicht mehr bezahlen konnten, ist meine Frau mit den Kindern abgehauen. Das Haus musste ich verkaufen. Alles, was ich, mein Vater und seine Väter vor ihm aufgebaut haben, ist zerstört. Von einem Tag auf den anderen. Von einem Haufen Öko-Spinnern.

> # Strafe ist Gerechtigkeit für die Ungerechten.
>
> *Augustinus Aurelius (354 – 430)*
> *Algerischer Philosoph*

DER GEILIGE ABEND

Es klingelt an der Tür. 11:57 Uhr. Der Postbote kommt das Treppenhaus hoch geeilt. Ich laufe ihm entgegen, damit er nicht so weit gehen muss. Gegen eine Unterschrift händigt er mir dann das lang ersehnte Paket aus. Das war wirklich Rettung in letzter Minute. Ich hatte in dem ganzen Weihnachtsstress ganz vergessen, ein Geschenk für meinen Vater zu kaufen. Zum Glück fand ich noch einen Onlineshop, der mir gestern Abend noch eine Lieferung bis 12 Uhr heute Mittag versprach. Und die Zusage wurde eingehalten – Respekt!

Ich öffne das Paket, und wie bestellt befindet sich darin das Geschenk für meinen Vater – bereits verpackt. Ich lege es zu den anderen Geschenken und schaue nach meiner Frau. Sie ist im Badezimmer und macht sich hübsch. „Jetzt können wir los!", sage ich zu ihr und gebe ihr einen Kuss auf die Wange. 20 Minuten später sitzen wir im Wagen, unterwegs zu ihren Eltern. So machen wir das jedes Jahr an Weihnachten: ein Tag bei ihren Eltern, ein Tag bei meinen, und ein Tag nur für uns.

Ich parke in der Einfahrt vor dem Haus meiner Schwiegereltern. Die Sonne lacht, was untypisch ist für den Heiligen Abend. Aber umso besser. Nach einer kurzen Umarmung und einem schnellen Tässchen Kaffee ziehen wir wieder unsere Schuhe an und gehen raus an die frische Luft. Ab in die Sonne! Wenn das Wetter schon einmal gut ist, sollte man es schließlich auch mitnehmen.

Beim Spaziergang durch den Wald sehen wir ein Reh, ein Eichhörnchen und einen Spatz. Es war eine ausgezeichnete Idee, einen Spaziergang zu machen. Wieder zuhause angekommen, duftet es bereits köstlich nach Apfel, und meine Schwiegermutter holt für jeden einen Bratapfel aus dem Backofen. Plötzlich klingelt es an der Tür: meine beiden Schwager, zusammen mit ihren Frauen. Schön, die Familie mal wieder zusammen zu haben.

Nach dem Bratapfel helfen die Frauen meiner Schwiegermutter in der Küche für das Abendessen, während wir Männer eine Runde Karten spielen. Seit meiner Kindheit spiele ich dieses Spiel, es ist ein absoluter Klassiker: Schafkopfen. Warum das so heißt, weiß ich allerdings nicht. Muss ich bei Gelegenheit im Internet recherchieren. Mir fällt dazu nur ein, dass es etwas mit dem Köpfen von Schafen zu tun haben könnte. Aber das passt einerseits nicht zum Spiel und hört sich andererseits extrem brutal an. Merkwürdiger Name.

Es ist so weit, das Essen ist angerichtet. Wir setzen uns alle an die reich gedeckte Tafel, meine Frau schenkt allen Wein ein. Als Vorspeise gibt es eine köstliche Maronensuppe. Zum Hauptgang schmackhafte Petersilienkartoffeln mit Seitanstreifen und einer fantastischen Senfsauce. Als Nachtisch wird für jeden eine große Schüssel Obstsalat serviert. Alle sind satt, alle sind froh und zufrieden. Ein Gedicht!

Mein Schwiegervater dankt allen dafür, dass sie gekommen sind, dankt den Damen für das köstliche Essen und beendet das Festmahl, indem er aufsteht, den Stuhl meiner Schwiegermutter nach hinten zieht und ihr mit der Faust ins Gesicht schlägt. Er schubst sie von ihrem Stuhl und beginnt nach ihr zu treten, während sie am Boden liegt. Meine Schwager beginnen ebenfalls auf ihre Frauen einzuschlagen. Nach ein paar Minuten schaut mich mein Schwiegervater ganz verwirrt an. „Willst du deine Frau nicht auch verprügeln?", fragt er mich ganz entsetzt. „Nein Danke, ich möchte keine Frauen mehr schlagen", erwidere ich selbstsicher. „Oh, ich wusste nicht, dass du noch immer auf diesem Trip bist. Aber du wirst doch zumindest zu Weihnachten eine Ausnahme machen, oder? Man darf es schließlich nicht übertreiben, an Weihnachten kann man sich ruhig mal etwas Außergewöhnliches leisten! Wir Männer haben doch schließlich schon immer Frauen geschlagen."

Ich schüttle den Kopf. „Nein, auch an Weihnachten mache ich da keine Ausnahme. Wir schlachten ja auch nicht ausnahmsweise heute ein Rind, um es zu essen. Obwohl Menschen früher ständig Rinder getötet haben, ist die Gesellschaft zum Glück vor hundert Jahren zu der Einsicht gekommen, dass es unnötig und brutal ist, Tiere zu töten. Und genauso finde ich es unnötig und brutal, Frauen zu schlagen. Auch an Weihnachten."

Mein Schwiegervater sieht mich entsetzt an. „Das kann man überhaupt nicht vergleichen, die Tiere haben wir schließlich nicht nur verprügelt, sondern getötet, du vergleichst Äpfel mit Birnen! Aber wenn du meinst, ich bin da tolerant, jeder soll das handhaben wie er will!" In dem Moment, als er den Satz beendet hat, tritt er meiner Schwiegermutter noch einmal heftig in die Bauchgegend. „Also ich könnte darauf ja nicht verzichten …", murmelt er, während er seinen Gürtel auszieht und ausholt.

Es gibt Menschen und Zeiten, wo einen rechtschaffenen Mann nichts mehr erquicken könnte, als Prügel, die er gäbe.

Jean Paul (1763 – 1825)
Deutscher Dichter

DIE BESUCHER

Gefühlt ist es eine Ewigkeit her, mindestens ein Jahr. Ich weiß noch, wie ich mit meinen Freunden nach der Schule Fußball gespielt habe, als plötzlich dieser grelle Blitz am Himmel leuchtete. Wir haben sofort aufgehört zu spielen und sind nach Hause gelaufen.

Im Fernsehen lief nichts anderes mehr. „We are not alone!". Auf allen Sendern dasselbe – ein Raumschiff wurde gesichtet, welches auf New York zusteuerte. An diesem Tag wurde ein neues Kapitel in der Menschheitsgeschichte aufgeschlagen. Man konnte im Fernsehen live miterleben, wie im Central Park alles für den würdigen Empfang unserer Besucher vorbereitet wurde. Der rote Teppich wurde ausgerollt, eine Kapelle spielte Musik, Wissenschaftler reisten aus dem ganzen Land an, um dem historischen Moment beizuwohnen.

Das Raumschiff landete tatsächlich auf der vorbereiteten Fläche mitten im Central Park. Als sich die Laderampe öffnete, strömte viel Dampf heraus. Es dauerte eine Weile, bis man auf den Fernsehbildern etwas erkennen konnte. Aus dem Raumschiff trat eine Gestalt in einem Raumanzug, man konnte dadurch nicht genau erkennen, wie es aussah, sicher war aber, dass das Wesen vier Arme hatte.

Einer der Wissenschaftler eilte mit einem Blumenstrauß zu dem Außerirdischen, um ihn auf der Erde willkommen zu heißen. Der warf nur einen kurzen Blick auf den Strauß und ließ ihn dann einfach zu Boden fallen. Zugleich zückte er ein Messer und stach damit auf den Wissenschaftler ein. Blutüberströmt ging dieser zu Boden. Vor dem Wesen schwebte plötzlich eine Art Mobiltelefon, welches scheinbar Fotos von dem Außerirdischen zusammen mit dem getöteten Wissenschaftler machte. Jedenfalls nahm der Außerirdische unterschiedliche Körperhaltungen ein, als wäre er bei einem Fotoshooting.

Dann fielen die ersten Schüsse. Die New Yorker Polizei feuerte auf den Außerirdischen. Doch die Kugeln konnten seinen Anzug nicht durchdringen. Der Außerirdische stieg wieder in sein Raumschiff und schleifte dabei den leblosen Körper des Wissenschaftlers mit hinein. Kurz darauf flog das Raumschiff wieder davon.

Ich weiß noch, wie ich damals vor dem Fernseher saß. Ich traute meinen Augen nicht, die Kinnlade war mir heruntergefallen. Warum legt dieses Wesen eine solche Strecke zurück, nur um einen Menschen umzubringen?

In den nächsten Tagen kam es zu einer Sondersitzung der UN – alle Nationen waren sich einig, man müsse sich verbünden; im Angesicht der Bedrohung müssten nun alle Menschen zusammenhalten. Wenige Wochen später tauchten wieder Raumschiffe auf. Die Schulen wurden geschlossen. Ich weiß noch, wie durch unser Dorf plötzlich Panzer rollten und wie Kampfjets über unser Haus flogen. Es kamen immer mehr Raumschiffe, und von meinem Zimmer aus konnte ich sogar ein Gefecht zwischen zwei Jets und einem außerirdischen Raumschiff beobachten. Leider waren unsere Flieger chancenlos. Die Raketen vermochten den Panzer der Raumschiffe nicht zu durchdringen. Der Kampf war innerhalb von Sekunden vorbei. Die Jets explodierten einfach, nachdem sie von einem roten Laserstrahl getroffen wurden.

Im Fernsehen sah ich Bilder von ähnlichen Gefechten weltweit – überall waren wir chancenlos. Es kamen immer mehr und mehr Raumschiffe, und wir konnten nichts dagegen tun. Wir waren machtlos. Die Regierungen versuchten mit den Außerirdischen über die Kapitulationsbedingungen zu verhandeln. Aber diese schienen nicht an einem Austausch interessiert. Schließlich, nachdem sämtliche Verteidigungsstellungen zerstört worden waren, kamen große Transportschiffe. Daraus marschierten unzählige Außerirdische, alle bewaffnet mit Laserkanonen. Unsere Bodentruppen waren ebenso machtlos wie die Luftabwehr, die gepanzerten Anzüge der Aliens konnte kein menschliches Geschütz durchdringen.

Schließlich standen sie vor unserer Haustüre. Mein Vater versuchte sie mit einem Baseballschläger abzuwehren, aber es war zwecklos. Die Eindringlinge schossen auf meinen Vater, und dieser fiel ohnmächtig um. Meine Mutter wurde gepackt und aus dem Haus gezerrt, und schließlich fanden sie auch mich und schleiften mich nach draußen.

Wir wurden alle in unterschiedliche Fahrzeuge verfrachtet. In meinem waren nur Kinder. Die Außerirdischen brachten uns zu einem nahe gelegenen Bauernhof und sperrten uns in einem der Ställe ein. Es stank furchtbar, offenbar war es ein Schweinestall gewesen. Aber die Tiere waren nicht mehr dort. Man nahm uns alles, was wir hatten. Selbst unsere Kleidung wurde uns entrissen. Seither sitze ich in diesem Stall, zusammen mit hunderten anderer Kinder.

Wir schlafen in unseren eigenen Exkrementen, Seite an Seite, so eng ist es in dem Stall. Nach einer Weile haben wir begonnen, unsere Exkremente in einer Ecke des Stalls zu sammeln, um den Rest der Halle zumindest etwas sauberer zu halten. Ganz oben an der Decke sind ein paar winzige Fenster, so können wir feststellen, ob gerade Tag oder Nacht ist. Wirkliches Sonnenlicht dringt nicht in unser Gefängnis vor. Wir bekommen jede Menge zu essen und zu trinken, man scheint uns also am Leben erhalten zu wollen. Aber warum sperrt man uns dann überhaupt hier ein?

Ich wache auf. Es ist mitten in der Nacht. Ich höre Schritte, und Stimmen, die langsam lauter werden. Ich habe ein ungutes Gefühl. Ich weiß nicht warum, aber irgendetwas stimmt nicht. Die anderen Kinder schlafen noch. Ich schleiche in die hinterste Ecke des Stalls, beschmiere mich mit den Exkrementen und versuche mich in diesen zu verstecken.

Plötzlich geht das Licht an, und es sind unzählige Außerirdische im Stall. Sie sprechen plötzlich in unserer Sprache mit uns und sagen, dass jetzt alles gut wird und wir jetzt endlich wieder nach draußen können. Es war alles nur ein Missverständnis. Die Kinder freuen sich riesig, springen auf und verlassen den Stall. Nur ich bleibe in meinem

Versteck, ich habe ein ungutes Gefühl. Nachdem alle Kinder den Stall verlassen haben, geht das Licht wieder aus. Jetzt bin ich allein in der großen, dunklen Halle. Der Gestank ist unerträglich.

Ich warte, gefühlt eine Stunde, bevor ich mein Versteck verlasse. Auf Zehenspitzen schleiche ich Richtung Ausgang. Die Tür ist nicht verschlossen, vorsichtig öffne ich sie einen Spalt und schaue nach draußen. Ich höre Hilferufe. So leise wie möglich schleiche ich aus dem Stall. Nicht weit von der Tür entfernt steht ein großer Tiertransporter, daraus kann ich die Stimmen der anderen Kinder hören.

Ich wusste doch, dass hier etwas faul ist. Mir ist klar, dass ich ihnen nicht helfen kann, also schleiche ich mich weg vom Stall in ein Gebüsch. Ich höre ein plätscherndes Geräusch. Hinter dem Gebüsch fließt ein kleiner Bach. Leise tauche ich ein, ich will auf keinen Fall erwischt werden. Das Wasser ist eiskalt, aber ich kann mich zumindest darin waschen. Wie habe ich es vermisst zu baden! Als ich aus dem Bach steige, fühle ich mich wie neu geboren. Endlich ist dieser Gestank weg.

Ich erkunde vorsichtig das Gelände und komme zu einem weiteren Stall. An einer Wand befindet sich ganz oben ein Fenster, daneben wächst ein Baum. Ich klettere hinauf und kann einen Blick durch das Fenster erhaschen. In der Halle befindet sich eine große, runde Plattform, die sich langsam im Kreis bewegt. Darauf stehen unzählige junge Frauen, allesamt nackt. Sie sind an die Plattform mit einem Seil um den Hals festgebunden. Alle haben große, kugelrunde Bäuche. An ihren Brüsten hängen Schläuche.

Plötzlich sehe ich einen Lichtschein und höre ein Motorengeräusch. Der Transporter mit den Kindern ist losgefahren, gleichzeitig ist ein anderer angekommen. Einer der Außerirdischen treibt mindestens hundert Kleinkinder, höchstens zwei Jahre alt, in unseren alten Stall.

Ich sollte hier verschwinden. Vorsichtig klettere ich den Baum hinunter und beginne zu laufen. Möglichst weit weg von hier. Ich laufe in sicherem Abstand zur Straße. Nach wenigen Kilometern – langsam beginnt es zu dämmern – erreiche ich eine kleine Ortschaft. Ich schleiche mich hinein, der Ort wirkt wie ausgestorben. Ich sehe ein Haus, vor dem ein Kinderfahrrad lehnt. Vielleicht finde ich dort Klamotten. Die Haustüre steht offen, ich gehe hinein. Überall hängen Spinnweben, eine Ratte huscht unter einen Schrank, als sie mich sieht. Ich gehe in den ersten Stock und finde ein Kinderzimmer, allerdings ist alles rosa dekoriert, hier scheint ein Mädchen gewohnt zu haben. Nach etwas Suchen finde ich aber in ihrem Kleiderschrank etwas, das mir passt. Ich habe jetzt zwar ein pinkes T-Shirt mit Herzchen an, aber das ist mir egal. Hauptsache, ich habe wieder Klamotten. Erschöpft lege ich mich auf das Bett.

Plötzlich schrecke ich auf. Ich höre Stimmen. Als ich aus dem Fenster blicke, geht die Sonne gerade wieder unter, scheinbar habe ich den ganzen Tag geschlafen. Die Stimmen kommen aus Richtung des Nachbarhauses. Ich gehe in das Zimmer nebenan, aus diesem Fenster kann ich in den Nachbargarten blicken. Ich traue meinen Augen kaum. Im Garten brennt ein großes Lagerfeuer. Ein junges Mädchen, vielleicht zwölf Jahre alt, mit einer großen Stange vom Hals bis zum Rektum durchbohrt, dreht sich langsam der Länge nach über dem Lagerfeuer. Sie hat noch kaum Brandwunden, scheinbar hat man ihren leblosen Körper gerade erst über das Feuer gehängt.

Aus dem Nachbarhaus kommen zwei Außerirdische. Zum ersten Mal sehe ich sie ohne ihre Raumanzüge. Sie sind uns Menschen sehr ähnlich, obgleich ihre Hautfarbe grau ist und ihre Augen blau leuchten. Beide haben eine Flasche Bier in der Hand und lachen herzhaft. Aus dem Haus kommt plötzlich ein rosa Schweinchen und reibt sich am Bein eines der Außerirdischen. Dieser streichelt das Tier, kramt dann in einer seiner Taschen und wirft dem Schwein etwas hin. Ich muss zweimal hinsehen, aber ich habe richtig gesehen. Es sind abgetrennte Menschenohren. Das Schweinchen beginnt darauf zu kauen.

Mir wird schlecht. Ich muss weg, ich kann auf keinen Fall hier bleiben, es ist zu gefährlich. Einige Stunden, nachdem die Außerirdischen das

Mädchen verzehrt haben und wieder ins Haus gegangen sind, suche ich mir in der Küche ein paar Vorräte, stopfe sie in einen Rucksack und verlasse das Haus im Schutz der Dunkelheit. Auf dem kürzesten Weg lasse ich die Ortschaft hinter mir, bloß weg von den Außerirdischen.

Schließlich gelange ich an einen Waldrand. Vielleicht finde ich hier ja einen sicheren Unterschlupf. Es ist düster und unheimlich, mitten in der Nacht allein in der Wildnis. Ständig höre ich irgendein Rascheln und bleibe stehen. Aber es scheinen nur irgendwelche Tiere zu sein. In der Ferne sehe ich eine kleine Hütte auf einer Lichtung. Das sieht doch nach einem vernünftigen Unterschlupf aus, denke ich mir. In der Hütte finde ich ein kleines Bett, es gibt sogar eine Wasserversorgung. Perfekt, hier kann ich erst einmal bleiben. Erschöpft lege ich mich schlafen.

Am nächsten Morgen wache ich vom Zwitschern der Vögel auf. Ich verlasse die Hütte und beginne die Gegend zu erkunden. Ich finde einen Bach in der Nähe und unter einigen Bäumen wachsen reichlich Pilze. Plötzlich höre ich etwas. Ich drehe mich um und sehe wie ein Mann auf mich zuläuft. „Lauf!", brüllt er mich an. Ich schließe mich ihm an. „Was ist los?", frage ich verängstigt. „Sie sind hier – sie haben meine Frau erwischt. Aus dem Nichts kam der Laserstrahl. Sie ist einfach umgefallen, und ich bin losgerannt." Neben mir trifft ein roter Strahl einen Baum, der geht in Flammen auf. „Sie sind dicht hinter uns, wir sollten uns trennen! Alles Gute und viel Glück!", meint der Fremde, während er seine Laufrichtung ändert.

Ich laufe schneller. Ich höre einen Schrei, und als ich zur Seite blicke, sehe ich, wie der Mann zu Boden geht. Neben mir schlägt erneut ein Strahl ein. Ich habe furchtbares Seitenstechen, ich kann nicht mehr. Aber ich muss weiterlaufen, sonst erwischen sie mich auch. Ich stolpere über einen Ast und falle. Als ich mich wieder aufraffe, steht einer der Außerirdischen vor mir. Er grinst, während er mit seiner Strahlenpistole abdrückt. Ich verspüre einen brennenden Schmerz in der Brust und merke, wie meine Beine nachgeben. Alles ist plötzlich ganz verschwommen, ich spüre noch, wie ich auf dem Boden aufschlage. Dann fallen meine Augen zu.

> Wenn der moderne Mensch die Tiere, deren er sich als Nahrung bedient, selbst töten müsste, würde die Anzahl der Pflanzenesser ins Ungemessene steigen.
>
> *Christian Morgenstern (1871 – 1914)*
> *Deutscher Dichter*

ENTDECKUNGSLUST

Ich schnappe meinen Rucksack und steige aus dem überfüllten Zug. Hallo Switzerland! In der Schweiz war ich noch nie. Ich hole tief Luft und lasse die frische Schweizer Alpenluft meine Lungen füllen. Seit zwei Wochen bin ich bereits auf Tour durch Europa. Nach dem Start in Spanien und Abstechern u.a. nach Frankreich und Bayern, bin ich jetzt in meiner letzten Urlaubs-Etappe angelangt: der Schweiz.

Ich schlendere mit meinem Rucksack durch das kleine Dorf vor atemberaubender Bergkulisse. Zu meiner Rechten fließt ein kristallklarer Gebirgsbach, zu meiner Linken befinden sich Schweizer Fachwerkhäuser. Bei einem der Häuser mache ich Halt, als ich Bilder von Hunden und Katzen an der Tür sehe. Bei näherer Betrachtung entpuppt sich das Gebäude als Tierheim. Es nimmt Katzen und Hunde auf, die von ihren Besitzern im Stich gelassen wurden.

Ich betrete das Gebäude, die Besitzerin grüßt mich herzlich und führt mich in einen Hinterhof, wo die Tiere leben. Unzählige Katzen und Hunde, in kleine Zwinger gesperrt. Die Besitzerin erzählt mir, dass viele Leute kommen und ihre Haustiere hier abgeben. Aber nur ganz selten kommt jemand und nimmt auch eines mit.

Ich suche mir eine hübsche getigerte Katze aus und erkläre, dass ich sie mitnehmen will. Die Besitzerin überreicht mir eine kleine Transportbox und zwei Dosen Katzenfutter und bedankt sich herzlich bei mir.

Mit der Box schlendere ich weiter die Straße entlang, bis ich in der Ferne meine Ferienunterkunft sehe. Ein auf den ersten Blick eher altmodisch wirkendes Haus, aber innen ist alles High Tech: Wasserbetten, neu renovierte Bäder, moderne Küchen, Sauna und Bar – alles was das Herz begehrt. Ich checke ein und begebe mich in mein Apartment. Dort befreie ich erst einmal die Katze aus ihrer Box und gebe ihr etwas von dem Katzenfutter.

Nach der anstrengenden Zugfahrt muss ich erst einmal entspannen – also ab in die Sauna. Nach einer hitzigen Stunde komme ich zurück in mein Apartment, meine Katze springt mich vor Freude direkt an. Ich setze mich auf das Sofa, die Katze springt auf meinen Schoß. Sie schnurrt zufrieden, während ich ihren Nacken kraule.

Ich denke zurück an meinen Urlaub. Spanien war schön, der Strand herrlich, die Fischrestaurants ein Gedicht. Dort habe ich so ziemlich alles probiert, was die Landesküche hergab. Selbst Haifisch landete auf meinem Teller. In Frankreich besuchte ich natürlich Paris, die Stadt der Liebe, und habe mich durch so ziemlich jedes Feinschmeckerrestaurant gegessen. Meine kulinarischen Favoriten waren definitiv Schnecken, Frösche und Foie gras – Stopfleber. In Bayern gab es dann Weißwürste und Spanferkel. Schade, dass mein Urlaub schon fast zu Ende ist. Ich probiere einfach gern Sachen aus. In meinem letzten Urlaub in Asien habe ich lebenden Fisch gekostet, habe Schildkröten, Spinnen und Schlangen verzehrt.

Knack! Mit einer kräftigen Bewegung breche ich das Genick der Katze. Den leblosen Körper schleife ich in das Badezimmer, nehme das bereits bereitgelegte Messer und schneide der Katze die Kehle durch, während ich sie mit Hilfe einer Wäscheklammer über der Badewanne befestige.

Nach wenigen Minuten ist das Tier ausgeblutet. Ich ziehe ihr das Fell ab, öffne den Brustraum und entsorge die Innereien. Den Rest des Tiers nehme ich mit in die Küche. Dort suche ich in meinem Rucksack nach meinem Kochbuch und schlage das Rezept für den Büsirücken auf – eine Schweizer Delikatesse.

Mit einem Gläschen Rotwein genieße ich diese Spezialität zusammen mit etwas Salat – köstlich. Und obendrein in der Schweiz vollkommen legal. Richtig so, denke ich mir, während ich ein Stück des Katzenrückens runterschlucke. Die Schweiz ist schließlich ein neutrales Land. Entsprechend werden dort auch Tiere neutral behandelt. Neben Schweinen und Rindern können hier auch Katzen auf dem Teller landen. Das ist absolut fair – und super lecker!

Wenn schon Gleichheit herrschen soll, dann soll auch vollständige Gleichheit herrschen.

Leo Nikolajewitsch Graf Tolstoi (1828 – 1910)
Russischer Schriftsteller

NÄCHSTENLIEBE

Seit fünf Stunden stehe ich nun hier. Es ist kalt, eisig kalt. Ich bin dick eingepackt in einer warmen Jacke; Schal, Mütze und Handschuhe sorgen für zusätzliche Wärme. In einer Thermoskanne habe ich heißen Tee dabei, um mich warm zu halten. Ein junger Mann kommt mir entgegen. Ich spreche ihn an: „Hallo! Haben Sie schon …". Er winkt sofort ab. Das machen fast alle.

Die Menschen schlendern durch die Innenstadt, trinken Glühwein und freuen sich auf das bevorstehende Weihnachtsfest. Sie schleppen schwere Tüten voll mit Geschenken nach Hause, als hätte nicht längst jeder genug von allem. Alle sind fröhlich, alle haben Spaß. Zumindest bis sie mich sehen. Dann verziehen sie ihre Miene. Sie wechseln die Straßenseite. Tun so, als würden sie mich nicht hören. Oder winken einfach nur ab, wie der junge Mann eben.

Wo ist er, der Geist der Weihnacht? Feiern wir nicht ein Fest der Nächstenliebe? Hiervon ist jedenfalls wenig zu spüren in der Einkaufspassage. Wobei – es heißt schließlich „Fest der Nächstenliebe", nicht „Fest der Menschenliebe". In Wahrheit kümmern sich die Leute– wenn überhaupt – nur um die Menschen, die ihnen am nächsten stehen. Was außer Hör- und Sichtweite ist, interessiert niemanden mehr.

Es gibt zum Glück aber auch solche Menschen, die stehen bleiben, die sich anhören, was ich zu sagen habe. Viele sind entsetzt, viele fassungslos. Und dann kommt immer wieder die Leier ums Geld. Jeder kann ein paar Euro im Monat spenden, um etwas Gutes zu tun. Menschen mit vollen Einkaufstaschen erzählen mir, dass sie keine fünf Euro im Monat entbehren können. Die meisten können das sehr wohl, es will nur kaum jemand. Aber es gibt auch ermutigende Fälle: Menschen, die sich anhören, was ich zu sagen habe und dann spenden. Das Thema ist einfach viel zu unbekannt, kaum jemand kennt sich damit aus. Alle sind entsetzt, wenn sie die Bilder sehen.

Wir brauchen aber dringend mehr Spendengelder, um die Leute besser informieren und den Missständen entgegen wirken zu können.

Mir kommt eine junge Frau entgegen. In einer Hand hält sie eine volle Einkaufstasche mit dem Logo einer teuren Modekette. „Hallo! Haben Sie schon vom Menschenschutzverein gehört?", frage ich sie.

Sie bleibt stehen. „Ja, flüchtig. Aber detailliert habe ich mich noch nicht damit beschäftigt."

„Na dann kommen Sie mal mit, ich zeige Ihnen, worum es geht!", antworte ich der jungen Dame und schleife sie mit an meinen Informationsstand. Dort hole ich einen schmalen Ordner hervor und schlage diesen auf.

Die junge Frau betrachtet ein wahrhaft eisiges Bild. Darauf zu sehen ist ein Mensch, der zusammengekauert unter einer Brücke liegt, um ihn herum Schnee. Man sieht sogar die Wolke seines warmen Atems vor seinem Mund. „Knapp 40.000 Menschen haben in Deutschland kein Dach über dem Kopf", erzähle ich der Frau. Sie ist ernsthaft entsetzt. Ich erkläre ihr, dass der Menschenschutzverein Spenden unter anderem dafür verwendet, solchen Personen ein Dach über dem Kopf und eine warme Mahlzeit zu beschaffen.

Ich blättere um. Auf einem weiteren Bild sieht man traurige Kinder vor einem Weihnachtsbaum. „Knapp zwei Millionen Kinder in Deutschland leben in Armut – diese Kinder können sich nicht auf ein Weihnachten freuen, wie es ihre Altersgenossen gewohnt sind. Wir besorgen diesen Kindern Geschenke, damit auch sie am Weihnachtsabend wieder lachen können!", erzähle ich der Frau. Sie ist hellauf begeistert und erzählt mir, dass auch sie Menschen in Armut kennt und das Projekt super findet.

„Aber das ist noch nicht alles!", fahre ich fort und blättere um. „Wir dürfen an unseren Grenzen nicht stehen bleiben, wir müssen auch darüber hinaus schauen." Die junge Dame nickt zustimmend. Auf dem dritten Bild sieht man eine sehr enge Zelle in einem Gefängnis.

Ich erzähle der Frau, dass wir dafür sind, dass Terrorverdächtige nur noch human gefoltert werden dürfen. Waterboarding soll verboten werden; wir möchten, dass nur noch das Ausreißen von Fingernägeln erlaubt bleibt, um Terroristen geständig zu machen. Außerdem fordern wir, dass jeder potentielle Terrorist in seinem Gefängnis Anspruch auf zusätzliche zwei Quadratmeter erhält.

Die junge Frau schaut mich ungläubig an. „Waterboarding ist noch erlaubt?", fragt sie mich voller Zweifel. „Ja, das ist sogar tagtägliche Praxis!", erwidere ich. „Also, das geht meiner Meinung nach echt zu weit. Warum reißt man den Gefangenen nicht einfach die Fingernägel aus, so wie in der guten alten Zeit? Mein Opa hat das damals auch noch gemacht, als er Gefängniswärter war …", erzählt die junge Dame. „Das stimmt, und das ist auch viel angenehmer für die Terroristen", erkläre ich. „Leider dauert das bis zu zwanzig Minuten länger, bis man einen Gefangenen zu einem Geständnis gebracht hat. Zeit ist natürlich Geld, deshalb wenden die Sicherheitskräfte heute quasi nur noch Waterboarding an." Entsetzt schüttelt die junge Frau den Kopf.

Ich blättere um. Als nächstes sieht man einen toten Mann am Boden liegen. „Die Todesstrafe ist unserer Meinung nach in ihrer aktuellen Form inakzeptabel. Wir fordern, dass die zum Tode verurteilten Menschen vor ihrer Hinrichtung noch ein gutes Essen bekommen. Außerdem möchten wir, dass sie vor der endgültigen Tötung betäubt werden."

„Was? Die bekommen kein gutes Essen vor der Hinrichtung?", fragt mich die junge Frau. „Normalerweise nur Brot und Wasser. Wir setzen uns dafür ein, dass diese Menschen, bevor man sie umbringt, noch eine letzte warme Mahlzeit erhalten!" Die junge Frau nickt zustimmend.

Ich blättere auf die letzte Seite: dort sieht man einen großen Haufen mit aufeinander gestapelten toten Menschen. „Außerdem sind wir dafür, dass Flüchtlinge nicht mehr an der Grenze erschossen werden. Bei vielen ist der erste Schuss nicht tödlich, weshalb sie oft langsam und qualvoll verbluten. Wir möchten, dass Flüchtlinge professionell unter Verwendung von tödlichen Infusionen hingerichtet werden, um das Leid dieser Menschen so weit wie möglich zu reduzieren."

„Ich dachte, die sind dann immer gleich tot", meint die junge Passantin. „Aber das mit den Infusionen hört sich nach einer super Lösung an". Sie strahlt jetzt über ihr ganzes Gesicht und freut sich, auf einen Verein gestoßen zu sein, dem Menschen wirklich am Herzen liegen. Während die meisten Leute nach einem solchen Gespräch erzählen, dass sie erst noch einmal darüber schlafen müssen oder dass sie sich 5 Euro im Monat nicht leisten können, macht die junge Frau Nägel mit Köpfen und unterschreibt sofort den Mitgliedsantrag für den Menschenschutzverein. Mit 20 Euro monatlich will sie künftig unsere Arbeit unterstützen, zum Wohl aller Menschen.

So, genug für heute! Ich packe meine Sachen zusammen und mache mich auf den Heimweg. In einer Nebenstraße sehe ich einen weiteren Stand einer gemeinnützigen Organisation, die Spenden sammelt. Die junge Frau dort kommt auf mich zu. Ich lächle sie freundlich an. Sie fragt mich, ob ich schon vom Menschenrechtsverein gehört habe. Ich lache, winke ab und gehe weiter. Von diesen Spinnern habe ich schon einiges gehört. Die wollen zwar auch Obdachlosen helfen, aber gleichzeitig möchten sie die Folter komplett verbieten. Ginge es nach dem Menschenrechtsverein, so dürfte man in Zukunft überhaupt keine Flüchtlinge mehr umbringen. Auch die Todesstrafe soll, wenn es nach diesem Verein ginge, komplett abgeschafft werden. So ein Schwachsinn. Mit solchen Fanatikern habe ich nichts gemeinsam. Es gibt leider immer Menschen, die es übertreiben müssen.

Erst unterlasse den Raub, dann spende Almosen.

Johannes Chrysostomus (350 v. Chr. – 407 v. Chr.)
Griechischer Prediger

IM NAMEN DER FORSCHUNG

Auf dem Weg zur Arbeit läuft mein Lieblingslied im Radio. Ich singe fröhlich mit, während ich meinen Kaffee schlürfe. So kann der Tag beginnen. Als ich mein Auto auf dem Firmenparkplatz abstelle, geht gerade die Sonne auf. Gut gelaunt kann der Tag starten.

Als erstes geht es ins Team-Meeting, hier besprechen wir die heute anstehenden Aufgaben und Herausforderungen. Nachdem mir mein Arbeitspaket zugeteilt wurde, lege ich los.

Ich gehe in Labor 1, schnappe mir eine Maus und spritze ihr eine Überdosis Heroin. Anschließend, die Maus beginnt bereits zu zappeln und zu zucken, spritze ich ihr ein experimentelles Gegenmittel, das die tödliche Dosis bekämpfen soll. Nach wenigen Minuten quellen die Augen der Maus auf und aus ihrer Nase läuft Blut. Hat wohl nicht geklappt. Sicherheitshalber führe ich den Test an weiteren 100 Mäusen durch. Alle verenden auf ähnliche Art und Weise.

Im Labor 2 führe ich Versuche an kleinen Hasen durch. Wir wurden beauftragt, die Auswirkungen von Abflussreinigern auf den Verdauungstrakt zu untersuchen. Entsprechend fixiere ich das Häschen und lasse mit einem Trichter Abflussreiniger in seinen Hals laufen. Der Hase beginnt wie verrückt zu zucken, die Augen verfärben sich rot. Nach 5 Minuten ist er tot. Ich schneide ihn auf und untersuche die Schädigungen der Speiseröhre. Anschließend führe ich den Versuch an 20 weiteren Hasen durch. Ein Versuch ist nämlich generell nur aussagekräftig, wenn die Anzahl der Testobjekte ausreichend ist. Alle Hasen verenden auf ähnliche Art und Weise. Der Hersteller wird wohl auf sein Produkt „Nicht verschlucken und von Kindern fern halten" schreiben müssen. Wieder was gelernt.

Ein Affe erwartet mich in Labor 3. Er wird seit Wochen mit Nikotin und Tabakrauch vollgepumpt. Rund um die Uhr. Wir versuchen damit den negativen Auswirkungen des Rauchens auf die Spur zu kommen.

Da wir keine Zeit haben, den Affen über 20 Jahre kleine Dosen zu verabreichen, beschleunigen wir den Vorgang entsprechend. Der Affe bekommt kaum noch Luft und kann nicht mehr gerade laufen. Ich ordere drei neue Affen, um den Versuch zu wiederholen.

Im vierten Labor schnurrt mich eine Katze an. Ich streichle sie, fixiere dann ihren Kopf, bringe Elektroden an den Schläfen an und beginne mit einer kleinen Bohrmaschine kleine Löcher in ihren Kopf zu bohren. Mit diesem Versuch wollen wir mehr über die Funktionsweise des Gehirns herausfinden. Für den Test lasse ich nun auf einem Monitor schnell wechselnde blinkende Bilder abspielen. Mit etwas Glück können wir daraus etwas über Epilepsie lernen. Die Katze wird die ganze Nacht über diese Bilder sehen. Ich bin auf die Ergebnisse morgen früh schon sehr gespannt.

Feierabend. Ich packe meine Sachen und gehe raus. Es ist immer noch ein tolles Wetter. Im Biergarten lasse ich diesen wundervollen Tag gemütlich ausklingen.

Eine schwere Qual ist es,
dem verpflichtet zu sein,
dem man es nicht sein möchte.

Lucius Annaeus Seneca (4 v. Chr. – 65 n. Chr.)
Römischer Schriftsteller

DIE ZAUBERSHOW

Nur noch wenige Minuten trennen mich von meinem Auftritt. Ich bin ein wahrhaft großer Künstler, und heute darf ich bei einer Fernseh-Castingshow meine Künste unter Beweis stellen. Vor Monaten hatte ich mich mit einem Video für die Show beworben – dort habe ich ein paar einfache Zaubertricks vorgeführt. Scheinbar hat es dem Fernsehsender gefallen, bereits nach wenigen Tagen erhielt ich eine Einladung für den heutigen Tag. Und jetzt ist es endlich so weit.

Das grüne Licht über der Tür leuchtet auf. Ich bin dran. Ein Mitarbeiter der Crew begleitet mich zur Tür, meine große Zaubertruhe wurde schon vorher von Mitarbeitern auf die Bühne verfrachtet. Hier stehe ich nun, ganz allein, vor hunderten Zuschauern und vor einem Millionen-Publikum im Fernsehen. Die drei Juroren begrüßen mich, ich erzähle ihnen, dass sie eine tolle Zaubershow erwartet.

„Abrakadabra", rufe ich und fuchtele mit meinem Zauberstab über meinem Kopf herum. Wie mit der Crew besprochen, geht das Licht im Studio aus, und nur noch ein einzelner Scheinwerfer lässt mich in einem kreisförmigen Licht erstrahlen. Jetzt kommt mein großer Moment.

Ich ziehe ein buntes Tuch aus meinem Ohr. Aus meiner Hosentasche ziehe ich einen Blumenstrauß. Verhaltener Applaus. Sind ja auch nur ein paar kleine Tricks zum Warmwerden. Ich blicke tiefer in meinen Hut. Tatsächlich, da hat sich eine Taube darin versteckt. Ich ziehe sie heraus, und sie lässt sich friedlich auf meinem Arm nieder. Das scheint dem Publikum schon etwas besser zu gefallen.

Ich gehe mit der Taube zu meiner Zaubertruhe und wühle darin. Daraus ziehe ich ein großes Samurai-Schwert hervor und schlage der Taube damit gekonnt den halben Schnabel ab. Ein lauter Aufschrei geht durchs Publikum. Ich beginne der Taube die Federn auszureißen, begleitet von unzähligen Buh-Rufen. Anschließend hole ich einen Metalltrichter aus meiner Kiste und ramme diesen der Taube in den Rachen. Dann stopfe ich sie durch den Trichter mit Brei voll. Das Publikum beginnt wahllos mit Gegenständen nach mir zu werfen, man hört Kinder weinen und brüllen.

Ich drehe mich wieder zum Publikum und werfe die Taube mit einem heftigen Ruck auf den Boden. Die Gesichter der Jurymitglieder blicken mich fassungslos an. „Abrakadabra", rufe ich wieder und greife in meinen Hut. Dort befindet sich die Taube. Völlig unverletzt setzt sie sich auf meinen Arm und gurrt zufrieden. Das Publikum ist sichtlich verwirrt, also drehe ich mich wieder um und blicke auf den Boden. Dort liegen überall Federn, ein halber Schnabel und eine um Luft ringende Gans. Man spürt förmlich, wie das Publikum vor Erleichterung durchatmet. Mit einem gezielten Schwertstoß enthaupte ich die hilflose Gans, welche nun kopflos und Blut verspritzend über die Bühne läuft. Unter tobendem Applaus, verbunden mit schallendem Gelächter, bricht die Gans schließlich auf der Bühne zusammen.

Aber ich bin noch nicht fertig mit meiner Zaubershow. Ich gehe zu meiner Kiste und hole einen kleinen Welpen hervor. Ein lautes „Oooooooohhhh" geht durch den Saal, so süß ist der kleine Hund. Ich setze ihn auf den Boden und lasse ihn einen Salto vorführen. Dann schnappe ich mir den kleinen Hund wieder und greife gleichzeitig in meine Zauberkiste. Ein lauter Schrei erhebt sich aus dem Publikum, als ich dem Hund seinen Schwanz mit einer Zange abknipse und dieser vor Schmerzen jault. Dann nehme ich ein kleines Messer aus meiner Tasche. Damit schneide ich seinen Hodensack horizontal auf und reiße anschließend seine beiden Hoden mit bloßer Hand heraus. Wieder kommen laute Buh-Rufe aus dem Publikum, wieder hört man kleine Kinder weinen. Den heulenden Welpen werfe ich auf den Boden, mit den Hoden jongliere ich noch ein bisschen auf der Bühne, während ich wieder in die fassungslosen Gesichter der Jury blicke.

„Abrakadabra" rufe ich erneut, während ich die Hoden auf den Boden fallen lasse und wieder in meinen Hut greife. Dort befindet sich der kleine Welpe, freudestrahlend und unbeschadet. Ich drehe mich um, doch in der Ecke liegt nun ein blutendes Ferkel, daneben dessen abgetrennter Kringelschwanz. Man hört, wie das Publikum erleichtert durchatmet. Aus meiner Zauberkiste ziehe ich einen großen Metallspieß und ramme diesen dem kleinen Ferkel so tief in sein Rektum, dass die blutverschmierte Spitze aus seinem Mund ragt. Während das Publikum klatscht und applaudiert, stecke ich noch einen knackigen roten Apfel in das weit geöffnete Maul des Ferkels.

Nun kommt es zum großen Finale. Ich greife wieder in meinen Hut, aus welchem ich drei schwarze Katzenbabys ziehe und auf dem Boden absetze. Tollpatschig laufen diese über die Bühne, und das Publikum applaudiert. Während die Katzen spielen, baue ich meine Zauberkiste in einen großen Häcksler um. Der Applaus verstummt plötzlich. Ich sammle unter Kindergeschrei und Buhrufen die kleinen Kätzchen ein und schalte den Häcksler an. Eine Frau versucht auf die Bühne zu klettern, um mich aufzuhalten, aber sie kommt zu spät. Während das Publikum hysterisch schreit, werfe ich die kleinen Kätzchen in den Häcksler, man sieht das Blut in alle Richtungen spritzen.

Wieder drehe ich mich um. Die Frau, welche versuchte, auf die Bühne zu stürmen, wird gerade von der Crew zurück an ihren Platz gebracht. Mit einem lauten „Abrakadabra" greife ich wieder in meinen Hut und ziehe die drei Kätzchen wohlbehalten heraus. Jubel und Applaus erklingen aus dem Saal. Ich drehe mich wieder zu dem Häcksler um, jetzt kann man deutlich gelbe und rote Fetzen erkennen, neben dem Gerät fliegen noch vereinzelt gelbe flauschige Federn durch die Luft. Lautes Gelächter geht durch das Publikum: es waren nur ein paar Küken gewesen.

Das Licht geht wieder an, und ich drehe mich unter Getrampel und Applaus zur Jury. Diese kriegt sich vor Lob gar nicht mehr ein. Mit einer derart lebhaften Zaubershow kann man wahrlich jeden begeistern, so ein Jurymitglied. Als die Taube kam, hatten die meisten schon Angst, dass es eine dieser langweiligen Zaubershows werden würde, die jeder schon tausendmal gesehen hat. Aber meine

Darbietung war fantastisch, gleich dreimal habe ich die Zuschauer hinters Licht geführt. Ich bekomme von allen ein grünes Licht, entsprechend habe ich es in die nächste Runde geschafft. Freudestrahlend und unter lautem Applaus gehe ich von der Bühne. Ich freue mich schon auf die nächste Runde. Wer weiß, vielleicht gewinne ich die Talentshow sogar – die Zuschauer waren schließlich alle aus dem Häuschen ...

> Gemeinschaftlicher Wahnsinn hört auf Wahnsinn zu sein und wird Magie. Wahnsinn nach Regeln und mit vollem Bewusstsein.
>
> *Novalis (1772 – 1801)*
> *Deutscher Schriftsteller*

GRIPPESCHUTZ

„Hatschi!"

„Gesundheit!". ruft meine Frau aus der Küche.

„Hatschi!"

Verdammt, ich glaube ich habe mir wieder irgendetwas eingefangen. Meine Nase läuft und läuft, und ich muss ständig …. „Hatschi!"

Es hilft ja nichts, also ab zum Arzt. Im Wartezimmer angekommen, setze ich mich auf den letzten freien Platz zwischen einem älteren Mann und einer jungen Dame. Ich blättere in einer der vielen Zeitschriften, aber die Zeit will nicht vergehen.

In einer Zeitung stoße ich auf einen Artikel über die Vogelgrippe. Hier steht, dass diese für den Menschen sehr gefährlich ist. Hunderttausende sind der Grippe bereits zum Opfer gefallen. Man geht davon aus, dass die Viren sich in unseren Geflügelställen so drastisch ausbreiten konnten. Früher hielt man die Übertragung auf den Menschen für unwahrscheinlich, aber wir wurden eines besseren belehrt.

Plötzlich wird mein Name aufgerufen und ich werde von der jungen Sprechstundenhilfe in ein Behandlungszimmer gebracht. Wenige Minuten später kommt der Arzt ins Zimmer. Ich erzähle ihm von meinen Beschwerden, während er mich untersucht. „Merkwürdig", grummelt der Arzt, während er einen Teststrefen aus einer Schublade holt. Mit diesem nimmt er eine Speichelprobe, kurz darauf verfärbt sich der Streifen orange.

„Das ist gar nicht gut", murmelt der Arzt, während er sich auf seinen Chefsessel sacken lässt und entschlossen auf einen roten Knopf drückt, der auf seinem Schreibtisch montiert ist.

„Es tut mir sehr leid, aber Sie haben sich die Vogelgrippe eingefangen", meint er.

„Und nun?", frage ich den Arzt verwirrt.

„Jetzt heißt es abwarten. Ich kann leider nichts für Sie tun, aber die Behörden sind informiert. Man wird uns gleich hier abholen."

Also bleibe ich im Arztzimmer hocken und warte. „Möchten Sie keine anderen Patienten behandeln, während ich warten muss?", frage ich den Arzt. Dieser lacht nur: „Nicht nötig! Ich passe lieber auf Sie auf."

Nach einer halben Stunde klopft es an der Tür, und zwei Menschen in großen weißen Schutzanzügen und Atemmasken betreten den Raum. Der Arzt zeigt auf mich und erklärt, dass bei mir der Teststreifen angeschlagen habe. Einer der Männer packt mich, während der andere eine Pistole zieht und den Arzt in die Brust schießt. „Wir haben ihn!", ruft einer der beiden in den Flur. Ich höre mehrere Schüsse, dann bringen mich die beiden Männer nach draußen. Im Flur liegt die junge Sprechstundenhilfe blutüberströmt am Boden. Ich erhasche einen Blick ins Wartezimmer, auch dort liegen alle leblos auf dem Boden.

Was ist hier los? Werde ich entführt? Draußen angekommen, stoßen mich die Männer in einen schwarzen Transporter, auf dem „Seuchenschutzbehörde" aufgedruckt ist. Der Wagen wird von Militärfahrzeugen gesichert, die Soldaten tragen ebenfalls weiße Schutzanzüge und Atemmasken.

Einer erklärt mir, dass ich in ein Forschungszentrum gebracht werde, wo die Vogelgrippe an mir weiter untersucht wird. Man wird mehrere Tests an mir durchführen und einige experimentelle Heilmittel ausprobieren. Mehrfach erklären mir meine Bewacher, dass ich meine Frau nicht anrufen darf.

Als ich aus dem Fenster blicke, sehe ich, wie Soldaten mit Gasmasken und Schutzkleidung die Menschen aus ihren Häusern zerren und auf der Straße exekutieren. Überall liegen Leichen am Boden. Am

Ortsausgang hat sich ein großer Stau gebildet, viele Menschen scheinen aus der Stadt flüchten zu wollen. Unser Konvoy ist auf der Gegenfahrbahn unterwegs. Mehrere Polizisten gehen die Fahrzeuge ab, ziehen die Menschen aus den Autos und erschießen diese dann auf der Straße.

„Eine reine Vorsichtsmaßnahme", erklärt mir einer der Männer im Wagen. „Eine weitere Verbreitung der Seuche hätte verheerende Folgen. Deshalb werden die Einwohner hier vorsorglich gekeult."

Wir kommen an eine Straßensperre, ein großer Panzer steht quer auf der Fahrbahn und hindert so die Menschen am Verlassen der Stadt. Für uns fährt er ein Stück zur Seite, und wir passieren. Dann kommen wir zum Stehen. Mehrere Menschen in Schutzanzügen sprühen unser Fahrzeug mit einer Desinfektionsflüssigkeit ab, um sicherzugehen, dass der Erreger nicht ungewünscht das Gelände verlassen kann.

Nach einer halben Stunde Fahrt erreichen wir das Forschungszentrum, es sieht aus wie ein Militärstützpunkt. Menschen in Schutzanzügen zerren mich aus dem Fahrzeug, dann werde ich auf ein Krankenbett gefesselt. Ein Arzt injiziert mir etwas, ich werde schläfrig.

> Sie werden schon sehen, dass jede Epoche die Epidemie hat, die sie verdient. Jeder Zeit ihre Pest.
>
> *Ödön von Horváth (1901 – 1938)*
> *Österreichischer Schriftsteller*

DO IT YOURSELF!

Alle Jahre wieder: Weihnachten. Während für alle anderen Familienmitglieder unzählige Geschenke unter dem Baum liegen, gibt es für mich dieses Jahr nur ein einziges Päckchen. Gespannt schüttle ich es. Es hat die Form eines Schuhkartons, aber für Schuhe ist es eigentlich zu leicht.

Mein Vater erzählt voller Stolz, dass sich dieses Jahr alle zusammengetan haben, um mir ein größeres Geschenk zu besorgen. Er beginnt von früher zu erzählen: davon, dass ich ja immer so unternehmenslustig war und es immer noch bin, und dass ich Abenteuer liebe. Meinem kleinen Bruder ist deshalb eine geniale Idee gekommen. Mehr verrät er erstmal nicht.

Ich reiße das Geschenkpapier weg, und wie ich es vermutet habe, befindet sich darunter ein Schuhkarton für Stiefel. Ein wunderschöner Karton von Tamaris. Aber der Karton ist trotzdem zu leicht. Ich öffne ihn also, und darin befindet sich ein Gutschein von Jochen Österreicher: 1 x Schuhe selbst herstellen!

Wow, ich bin begeistert, das hört sich wahnsinnig spannend an! Mein Bruder hat schon alles organisiert. Gleich kommenden Montag hat er einen Termin in der Nähe gebucht. Ich kann es gar nicht fassen. Ich bedanke mich herzlichst bei allen, mit einem so tollen Erlebnisgutschein hätte ich wirklich nicht gerechnet.

Montags springe ich gespannt in mein Auto und fahre los. Nach einer Stunde Fahrtzeit erreiche ich den Veranstaltungsort, einen kleinen Bauernhof. Heute nehmen insgesamt zehn Personen an dem Kurs teil, hauptsächlich junge Frauen wie ich. Der Event-Veranstalter, wir sollen ihn Peter nennen, erzählt uns euphorisch, was für ein toller Tag uns heute bevorsteht. Für jeden von uns steht ein weißer Overall bereit, den wir überziehen. Zusätzlich gibt es Handschuhe, eine Haarhaube und eine Schutzbrille.

Als erstes begeben wir uns in eine kleine Halle, darin befinden sich zehn kleine Kälber in kleinen Käfigen. Kalbsleder soll laut Peter einen besonders tollen Tragekomfort haben. „Los geht's!", ruft er. Ein Kollege von Peter bringt einen kleinen Wagen mit Messern, jede von uns schnappt sich eins, anschließend begeben wir uns zu den Kälbern. „Stecht einfach drauf los, da könnt ihr nicht viel falsch machen!", meint Peter. Also packe ich das Messer ganz fest und steche dem kleinen Kalb in den Hals. Das Kalb beginnt wild um sich zu schlagen, und das Blut spritzt wie verrückt aus der Wunde. „Kein Problem, in ein paar Minuten hat sich das!" meint Peter nur.

Wenige Minuten später, nachdem die Kälber aufgehört haben zu zucken, beginnen wir diese zu zerlegen. Als erstes schneiden wir den Bauchraum auf, dann trennen wir vorsichtig die Haut des kleinen Tieres ab. Möglichst an einem Stück sollte die Haut bleiben, ansonsten sieht der Schuh nicht so schön aus. Die Frau direkt neben mir macht einen Fehler beim Schneiden, ihr Leder ist damit ruiniert. Peter beschafft ihr aber in Windeseile ein neues Kalb, mit welchem sie ihr Glück aufs Neue probiert.

Bei den nächsten Schritten lernen wir, wie man mit Chrom das Leder haltbar macht und es zu einem Schuh formt. Dafür bekommen wir noch mal extra Schutzhandschuhe, da das Chrom sehr giftig werden kann.

Nachdem der Stiefel fertig ist, dürfen wir diesen noch dekorieren. Einige färben den Schuh bunt, andere arbeiten Edelsteine ein. Ich möchte meinen Stiefel besonders schön haben, deshalb soll an der Schuhöffnung noch etwas Pelz das Kunstwerk abrunden. Hierfür gehe ich in die Nebenhalle, schnappe mir eine Metallstange und schlage damit auf einen der Marderhunde ein, welche sich dort befinden. Das leblose Geschöpf ziehe ich dann hinter mir her in den Raum, wo die Stiefel gefertigt werden. Als ich ein Stück Pelz herausschneide, merke ich, dass der Hund noch ganz leise atmet. Entsprechend schlage ich ihm noch einmal ganz fest mit der Stange auf den Kopf.

Es ist vollbracht. Vor mir stehen meine ersten selbstgemachten Stiefel. Ich bin richtig stolz auf mich. Direkt nachdem uns Peter eine Urkunde für das Erlebnis überreicht hat, fahre ich mit dem Auto zu meiner Familie und zeige diesen meine wundervollen Schuhe. Alle sind begeistert, welch schöne Schuhe ich mir doch selbst gemacht habe. Das war ein tolles Weihnachtsgeschenk!

Die Axt im Haus erspart den Zimmermann.

Johann Christoph Friedrich von Schiller (1759 – 1805)
Deutscher Schriftsteller

DIE QUAL DER WAHL

Die Freiheit ist etwas Wunderbares, die wichtigste Errungenschaft der zivilisierten Welt. Ohne Freiheit wäre das Leben nicht so traumhaft, wie es ist. Jeder darf selbst die für ihn richtigen Entscheidungen treffen, nichts wird uns aufgezwungen.

Was gibt es Schöneres, als bereits am Morgen die Wahl zwischen drei verschiedenen Shampoos in der Dusche zu haben? Sich für eines von fünf verschiedenen Parfüms zu entscheiden? Ist es nicht toll, entscheiden zu können, ob man ein schwarzes, ein rotes oder ein rosa Hemd tragen möchte? Oder lieber ein T-Shirt statt einem Hemd? Traumhaft, beim Frühstück die Wahl zwischen Müsli, Brot oder Smoothie zu haben. Fantastisch, im Fernsehen hunderte von Sendern einschalten zu können. Wie schön, die Wahl zwischen Zitronen- und Orangenlimonade zu haben.

Man darf sich aussuchen, von welchen Menschen man regiert wird. Man hat die Wahl, was man lernen will und in welchem Beruf man arbeiten möchte. Man kann sich seine Freunde und seinen Partner aussuchen, sogar, ob man lieber eine Frau oder einen Mann lieben will. Wir haben die Wahl, ob wir einen BMW oder einen Mercedes fahren wollen. Wir können uns aber auch für Bahn und Bus oder für ein Fahrrad entscheiden. Wir können uns aussuchen, wohin wir in den Urlaub fahren, welche Filme wir anschauen und welche Musik wir hören.

Die Freiheit ist etwas wahrhaft Tolles. Wir können einfach machen was wir wollen. Wir können Tiere in enge Ställe sperren, sie verstümmeln, sie quälen und umbringen. Wir können durch den Wald laufen und wahllos auf Tiere schießen. Wir können kleine Küken schreddern, wir können Experimente mit Affen machen und Mäuse vergiften, wann immer wir Lust dazu verspüren.

Außerdem können wir Produkte aus Kinderarbeit kaufen, wir dürfen Sklavenhaltung im Ausland finanzieren, wir können Wälder roden lassen, wenn es uns Spaß macht, und wir können unser Grundwasser verschmutzen, wenn wir das möchten.

Auch dürfen wir unsere Frauen schlagen, unsere Kinder verprügeln, fremde Frauen sexuell belästigen, anderen Menschen das Essen wegnehmen und Wildfremde an Bahnhöfen verprügeln, wenn sie uns blöd anschauen.

Die Freiheit ist einfach etwas Wundervolles, und es ist wichtig, dass wir selbst entscheiden können, was wir tun. Die größte Gefahr für die Freiheit sind Verbote. Jeder sollte in einer freien Gesellschaft machen dürfen, was er für richtig hält. Wie heißt es schließlich so schön? Genau: Wer die Wahl hat, sorgt für Qual.

Wo Recht zu Unrecht wird, wird Widerstand zur Pflicht.

Johann Wolfgang von Goethe (1749 – 1832)
Deutscher Dichter

EIN GENUSS

Ich bin spät dran und muss laufen. Mein Bus hatte fünf Minuten Verspätung – wenn ich mich jetzt nicht beeile, ist mein Zug weg, und der nächste fährt erst wieder in einer Stunde. Ein anderer Fahrgast sieht mich in der Ferne rennen und hält die Tür auf. Gerade noch geschafft! Ich bedanke mich herzlich bei dem Unbekannten.

Nachdem ich mich gesetzt habe, ziehe ich die Tageszeitung aus meiner Tasche. Dort lese ich einen Artikel über eine neue Gruppierung, die angeblich Fleisch von anderen Säugetieren isst. Mir läuft es eiskalt den Rücken runter – wie eklig. Warum sollte man Muskelmasse von anderen Lebewesen essen? Im Artikel wird ein junger Mann interviewt, der die neue Bewegung bewirbt.

Löwen essen so was auch, meint dieser. Und richtig zubereitet soll es auch gut schmecken. Das mag ja sein, dass das schmeckt, aber trotzdem ist es doch total widerlich. Also ich könnte das nicht, mich ekelt allein schon der Gedanke daran, Fleisch von einem anderen Lebewesen zu essen.

In der Arbeit angekommen, erzähle ich einem Kollegen in der Kaffeeküche von dem Artikel. Er lacht auf und meint nur, dass es leider zu viele Spinner auf unserem Planeten gebe, die dann jedem dämlichen und widerlichen Trend nachliefen. Er würde das nie ausprobieren, davor grause es ihm. Aus der großen Kanne kippe ich mir etwas Schweineblut in meinen Kaffee, mein Kollege trinkt einen Schwarztee mit einem kräftigen Schuss Rinderblut.

10 Uhr – Meeting mit einigen Geschäftskunden. Ich biete ihnen Getränke an – darunter frisch gepresstes Geflügelblut. Auch für das leibliche Wohl ist gesorgt, es gibt Brötchen mit einem Blutaufstrich, darauf ein paar Tomaten- und Gurkenscheiben, außerdem etwas Gebäck. Dieses wurde vor dem Backen mit Schweineblut eingepinselt – dadurch bekommt es seine saftige Farbe und den tollen Glanz.

In der Kantine gibt es mittags Spaghetti Bloodonese – das sind köstliche Tofu-Stückchen in einer würzigen Blutsoße, zum Nachtisch einen Blut-Pudding. Köstlich. Abends sehe ich vor dem Fernseher noch einen Bericht über Menschen, die keine Blutprodukte mehr konsumieren. Selten habe ich mich so köstlich amüsiert. Diese Leute trinken ihre Bloody Mary tatsächlich mit Tomatensaft statt mit Rinderblut. Ihre Bloodonese stellen sie mit Tomatensoße her. Statt Blutsaft trinken sie Blutorangensaft, manche trinken sogar Traubensaft. Das verstehe ich nicht. Wenn man kein Blut trinken will, warum versucht man dann, es nachzumachen?

Komische Leute. Außerdem hat die Menschheit doch schon immer Blut getrunken. Forscher haben herausgefunden, dass unsere Vorfahren schon in der Steinzeit während Ritualen Tierblut getrunken haben. Das Trinken von Blut ist doch etwas absolut Natürliches – Mücken trinken es schließlich auch. Ohne Blut kann man sich laut führenden Ernährungswissenschaftlern auch gar nicht ausgewogen und gesund ernähren. Woher die Tomatensafttrinker ihr Eisen herbekommen, konnte in dem Fernsehbericht jedenfalls nicht geklärt werden.

Das heilige Buch unserer Gemeinschaft, auf dem sich unsere Religion gründet, sieht das ähnlich. Graf Dracula, der Sohn Gottes, der für unsere Sünden gestorben ist, hat damals schließlich auch schon Blut getrunken und Wasser in Blut verwandelt. Was soll also daran falsch sein, wenn wir das auch tun?

> # Was Blut kostet, ist gewiss kein Blut wert.
>
> *Gotthold Ephraim Lessing (1729 – 1781)*
> *Deutscher Schriftsteller*

TRAUERHILFE

„Ding – Dong" ertönt die Türklingel. Ein Kunde hat meinen Laden betreten. Fein herausgeputzt im Anzug betrete ich den Verkaufsraum und begrüße eine Frau, vielleicht knapp vierzig Jahre alt.

Ihr Ehemann ist verstorben, erzählt sie mir, während ihr eine Träne die Wange hinab kullert. Ich reiche ihr selbstredend ein Taschentuch. Ein Autounfall, Frontalzusammenstoß, er war sofort tot. Zurück lässt er seine Frau mit zwei Kindern. Das Schicksal spielt den Menschen schon böse Streiche.

Ich hole meinen Katalog heraus und erkläre der Frau unsere unterschiedlichen Bestattungsdienstleistungen. Nach einer Stunde hat sie sich für einen Sarg entschieden, und auch über alle anderen Details sind wir uns einig. Anschließend frage ich sie, welches Souvenir sie denn gerne hätte. Sie schaut mich verwirrt an. Ich hole einen weiteren Katalog heraus und zeige ihr unsere Spezialangebote. Sie blättert ein wenig darin und entscheidet sich schließlich.

Während sie alle erforderlichen Formulare für die Übergabe der Leiche ausfüllt, rechne ich die Gesamtkosten zusammen, welche die Frau direkt mit Kreditkarte begleicht.

Als am nächsten Tag der Leichnam geliefert wird, mache ich mich direkt an die Arbeit. Ich wasche den Körper, schminke die Wunden im Gesicht und richte die Frisur. Anschließend drehe ich die Leiche auf den Bauch und trenne die Rückenhaut vom Körper. Die Prozedur wiederhole ich bei den Oberschenkeln. Dann ziehe ich dem Verstorbenen einen Anzug über und verfrachte ihn in den bereitgestellten Sarg.

Die Haut gerbe und färbe ich, anschließend nähe ich das Rückenteil zu einer hübschen Handtasche. Die Oberschenkelhaut verarbeite ich zu Handschuhen. Ich hatte sogar schon Kunden, die Stiefel oder einen

Sitzbezug wünschten. Ich habe schon alles Mögliche aus Menschenhaut hergestellt, selbst Handyhüllen.

Als die Frau ihren Mann am nächsten Morgen im doppelten Sinn abholt, freut sie sich riesig über Tasche und Handschuhe. Sie wird mich weiterempfehlen, meint sie freudestrahlend.

Ich finde, Menschenlederprodukte sind etwas richtig Schönes. Die Haut bei unserer Spezies ist sehr strapazierfähig und langlebig, gleichzeitig aber nicht so schwer wie Kuhleder. Die Menschen sind immer überglücklich, wenn sie ihre verstorbenen Liebsten auf diese Weise weiterhin bei sich haben können. Dem Verstorbenen selbst dürfte es hingegen vollkommen egal sein, was mit seiner Haut passiert, entsprechend sehe ich auch moralisch kein Problem. Und wo ist schon der große Unterschied, ob man eine Handtasche aus Kuhhaut oder eine aus Menschenhaut trägt? Abgesehen davon, dass die Kuh eigens für diese Tasche getötet wurde.

> # Es hat noch niemand in meiner Haut gesteckt.
>
> *Franziska Gräfin zu Reventlow (1871 – 1918)*
> *Deutsche Schriftstellerin*

DER GROSSE KELLER

Mein Großvater ist tot. Verstorben an einem Herzinfarkt. Jahrelang hatte er Probleme mit seinem Herzen. Herz-Kreislauf-Erkrankungen sind schließlich die häufigste Todesursache in Deutschland. Und nun hat es meinen Großvater eiskalt erwischt. Im stolzen Alter von 80 Jahren.

Beim Leichenschmaus – wie sollte es anders sein? – werden jede Menge Leichen verspeist. Rinder, Schweine, Geflügel und Fisch. Das volle Programm. Es soll ja schließlich ein würdiger Abschied werden.

Mein Großvater war ein durchschnittlicher Mann. Er ist auf einem Bauernhof aufgewachsen, ging in jungen Jahren arbeiten, schuftete bis 65 Jahre und ging anschließend in seinen wohlverdienten Ruhestand. Er war Vater von drei Kindern und hatte insgesamt acht Enkelkinder. Mich eingeschlossen. Außerdem war er Ehrenmitglied im Schützen- und Kegelverein. Ehrenamtlich half er außerdem einmal im Monat in der Suppenküche aus.

Er hat also ein ganz durchschnittliches, ehrbares Leben geführt. Und nun ist er tot.

Nachdem meine Großmutter bereits einige Jahre zuvor verstorben war, geht es jetzt ans Aufräumen und Entrümpeln in der Wohnung. Während der Rest meiner Familie sich mit der Wohnung beschäftigt, habe ich den Keller aufgetragen bekommen.

Ganz der Betriebswirt, mache ich erst mal Inventur. Ich war nie zuvor im Keller meiner Großeltern. Warum, kann ich nicht sagen. Hat sich wohl nie ergeben. Der Keller ist relativ klein. Heizungsraum: nichts Spektakuläres. Ich notiere den Füllstand. Ganz der Betriebswirt.

Vorratsraum: nichts Spektakuläres, ein paar Gläser Marmelade. Ob die wohl noch von Oma sind? Ich schaue nach – tatsächlich.

Und es gibt jede Menge weiteres Gerümpel. Nach zwei Stunden bin ich fertig. Alles aufgeschrieben, alles inventarisiert. Jetzt geht es ans Auswerten. Ich will den Keller gerade wieder verlassen, als ich stolpere. Da ist eine Luke im Boden. Wie konnte ich die vorhin übersehen?

Langsam öffne ich sie. Ich falle fast in Ohnmacht. Ein unerträglicher Gestank dringt mir entgegen. Was zum Teufel ist da unten? Ich mache den Lichtschalter an. Es ist ein schier unendlich großer Raum unterhalb des Kellers. Und ich sehe: Fische, jede Menge. Tot, versteht sich. Wozu brauchte mein Großvater all diese Tiere? Naja, was solls? Was ich angefangen habe, bringe ich auch zu Ende. Ganz der Betriebswirt. Ich beginne zu zählen.

Gefühlte 100 Stunden später schnaufe ich durch. 40.837 Fische. Vierzigtausendachthundertsiebenunddreißig! Was zum Teufel wollte mein Großvater mit all den Fischen anfangen? Naja, sie sind gezählt. Auftrag ausgeführt! Ich will den Raum gerade verlassen, als ich am Ende des Raumes eine weitere Türe sehe. Verdammt! Und ich habe mich schon so auf den Feierabend gefreut. Nächstes Mal darf sich jemand anderes um den Keller kümmern – definitiv!

Ich öffne die Türe. Wieder Gestank. Ich suche den Lichtschalter. Das Licht flackert auf. Mir wird schlecht. Bergeweise tote Tiere. Ich beginne zu zählen. Ich hätte etwas anderes studieren sollen …

Als erstes fällt mir ein großer Berg Hühner auf. Fangen wir mal dort an. Eine Stunde später zähle ich zusammen: 945 Hühner. Na, die Tausend hätte er auch noch schaffen können!

Es geht weiter. Die restlichen Tiere liegen relativ wahllos auf einzelnen Haufen. Ich zähle vier Rinder, vier Schafe, zwölf Gänse, 37 Enten, 46 Truthähne und 46 Schweine. Fertig, denke ich mir. Da sehe ich einen kleinen plüschigen Haufen in der Ecke: Küken! Oder besser: was davon übrig ist. Sie sind ziemlich in Stücke gerissen, als wären sie geschreddert worden. Da muss ich wohl erst etwas puzzeln, bevor ich die zählen kann. Ich konnte schließlich 59 und ein paar Zerquetschte wiederherstellen.

Langsam wird es mir klar: Ich habe die Leichen im Keller gefunden. Bisher hielt ich das immer nur für eine Redenswendung. So kann man sich täuschen. Als durchschnittlicher Mensch hat mein Großvater tatsächlich derart viele Tiere in den Tod geschickt. Unfassbar. Aber klar – hier ein Steak, dort ein Schnitzel … Über 80 Jahre summiert sich das ganz schön. Wird nur gerne verdrängt.

Von dem Gestank ist mir schon ganz schlecht geworden. Ich setze zum Gehen an. Verflixt! Am Ende des Raums, hinter dem großen Haufen Hühner, ist eine weitere Türe. Mit einem Schloss gesichert. Mir bleibt nichts anderes übrig. Ich muss ja schließlich die Inventur machen. Ich trete die Türe auf.

Und ich suche den Lichtschalter. Aber es gibt keinen. Ich zücke meine Taschenlampe. Der Raum scheint leer zu sein. Ich will gerade wieder gehen, als ich in der hinteren Ecke noch etwas sehe. Es ist ein kleiner Junge, vielleicht zwölf Jahre alt. Afrikaner, würde ich sagen. Er sieht ziemlich abgemagert aus. Und er ist tot. Was er hier unten verloren hat, kann ich mir nicht erklären. Aber es muss einen Grund geben, und den will ich wissen!

Taschenrechner raus. Notebook an. Nach etwas Recherche im Internet ist mir alles klar:

Jährlich verhungern auf unserem Planeten 8,8 Millionen Menschen. Hochgerechnet auf das Alter meines Großvaters also 704 Millionen Hungertote.

Verursacht wird der Hunger primär durch den hohen Fleischkonsum des Westens, also der USA und Europas. USA: 317 Millionen

Einwohner, EU: 505 Millionen Einwohner. Macht zusammen 822 Millionen Einwohner.

Davon dürften schätzungsweise 15% wenig oder gar kein Fleisch essen. Bleiben 698,7 Millionen Fleischesser auf 704 Millionen Hungertote. Ergibt 1,01 Hungertote je Fleischesser.

Damit wäre das Rätsel um den afrikanischen Jungen gelöst. Ich schließe die Türe und verlasse den Raum. Gehe noch mal an den Tierleichen vorbei. Schließe die Türe. Vorbei an den Fischen. Klettere die Luke hoch, verschließe sie. Teppich drüber. Und nicht mehr drüber reden. Wer hat schon keine Leichen im Keller?

Die Grausamkeit gegen die Tiere und auch schon die Teilnahmslosigkeit gegenüber ihren Leiden ist meiner Ansicht nach eine der schwersten Sünden des Menschengeschlechts. Sie ist die Grundlage der menschlichen Verderbtheit.

Wenn der Mensch so viel Leiden schafft, welches Recht hat er dann, sich zu beklagen, wenn auch er selber leidet?

Romain Rolland (1866 –1944)
Französischer Schriftsteller

BLAU ODER ROT?

Ich schlendere durch die Einkaufspassage, gehe von Geschäft zu Geschäft und kaufe mir schließlich ein neues Paar Schuhe aus feinem Wildleder. Anschließend hole ich mir noch einen Döner, dazu einen leckeren Ayran, ein türkisches Joghurt-Getränk. Ein erfolgreicher Shopping-Tag, endlich habe ich wieder passende, schöne Schuhe für den Herbst. Als ich mich auf den Heimweg machen möchte, laufe ich an einem merkwürdigen Stand vorbei. Es ist ein großes Zelt, aufgebaut vor dem Einkaufszentrum. Davor stehen merkwürdige Gestalten, allesamt in langen, schwarzen Mänteln, dazu schwarze Sonnenbrillen.

Einer kommt auf mich zu. Das muss eine Sekte sein. Ich versuche ihm auszuweichen, aber es ist zu spät, er steht schon vor mir. „Heute ist dein Glückstag!", spricht mich der Mann euphorisch an.

„Ich will weder einer Sekte beitreten, noch habe ich Geld um irgendetwas zu spenden. Sie müssen sich also schon einen anderen Idioten suchen", antworte ich patzig.

Der Mann lacht. „Du wirst mich nach unserem Gespräch nie wieder sehen. Ich möchte kein Geld von dir, möchte nicht deinen Namen wissen, noch habe ich Interesse an deiner Adresse oder Telefonnummer. Das verspreche ich dir hiermit hoch und heilig. Wie ich schon sagte, heute ist dein Glückstag," beendet er seine kleine Rede, während er mich anlächelt.

Auch wenn es mir etwas merkwürdig vorkommt, neugierig bin ich jetzt schon. „Aber was willst du denn dann überhaupt von mir?", frage ich verwundert. „Komm mit, ich zeig's dir!", meint er nur, und ich folge ihm in das schwarze Zelt. Dort angekommen, betreten wir einen kleinen, abgegrenzten Bereich. Der Raum ist freundlich eingerichtet: Blumen, ein großer Fernseher, ein gemütliches Sofa. Davor ein Tisch mit leckeren Süßigkeiten.

Der Mann streckt seine Hände aus: „Ich habe eine blaue und eine rote Pille. Bevor ich dir erkläre, was es mit den Pillen auf sich hat, musst du mir aber erst noch eine Frage beantworten!"

Ich bin verwirrt, nicke aber zustimmend. „Bist du für die Anwendung von unnötiger, unprovozierter Gewalt, oder befürwortest du friedfertige Lösungen?", fragt mich der Fremde.

„Was ist denn das für eine Frage? Natürlich bin ich gegen Gewalt. Gewalt darf nur in absoluten Ausnahmesituationen eine Lösung sein!", erwidere ich und schüttle dabei irritiert den Kopf.

„Gut" meint der Fremde „dann kannst du jetzt entweder die blaue Pille nehmen, dieses Zelt verlassen, heimfahren und dein Leben weiter leben, als wäre nichts gewesen. Du wirst dann aber auch nie die Wahrheit erfahren. Oder aber du wählst die rote Pille."

„Und was passiert bei der roten Pille?", frage ich verunsichert.

„Wählst du die rote Pille, nehme ich dich mit auf eine kurze Reise. Dir wird nichts passieren, und du wirst danach ebenfalls heimfahren. Aber nichts wird danach mehr so sein wie es vorher war. Nie wieder. Eines kann ich dir auf jeden Fall versprechen: So sehr die rote Pille dein Leben verändern wird, du wirst es niemals bereuen sie gewählt zu haben."

„Und was, wenn ich gar keine Drogen möchte?", frage ich irritiert.

„Ach, das sind nur einfache Bonbons, die einen schmecken nach Heidelbeere, die anderen nach Himbeere", lacht mich der Mann an.

Ich greife reflexartig zur blauen Pille. Doch dann frage ich mich, warum ich es nicht einfach darauf ankommen lasse. Ich bin doch sonst auch immer spontan und probiere neue Dinge aus.

„Was soll's!" meine ich, greife zur roten Pille und schlucke sie runter.

„Eine ausgesprochen weise Entscheidung!", meint der Fremde und bittet mich, Platz zu nehmen. „Greif ruhig zu, wenn du etwas möchtest!", meint er. Ich schnappe mir einen Keks.

Der Fernseher springt plötzlich an, und es wird dunkel. Der Mann meint, dass er gleich wieder komme, und verlässt den Raum.

Es laufen plötzlich Bilder über den Fernseher: Man sieht abgemagerte Kinder, die nur noch aus Haut und Knochen bestehen, und leblose Körper. Es wird erklärt, dass aktuell knapp eine Milliarde Menschen auf diesem Planeten hungern. Ich schrecke auf. So viele? Dass es Hunger gibt, wusste ich. Aber dass das so viele Menschen betrifft?

Plötzlich sieht man ein animiertes Bild unserer Erde mit einem menschenähnlichen Gesicht, an dessen Stirn Schweißperlen herab laufen. In diesem Zusammenhang werden die Gefahren der Klimaerwärmung erläutert. Eine Stimme mahnt, dass diese das Leben auf der Erde nachhaltig erschweren wird: Dürren, Ernteausfälle, Überschwemmungen, Artensterben.

Anschließend zeigt der Film, wie die Waldrodung voranschreitet und Gewässer verschmutzt werden, wie Krankheiten sich immer mehr verbreiten, seien es Diabetes, Krebs oder Herz-Kreislauf-Erkrankungen. Gleichzeitig wird die Vermehrung von multiresistenten Keimen beschrieben und deren Auswirkungen auf die Medizin werden erläutert.

Das Licht geht wieder an, und der Mann betritt, in seinen Mantel gehüllt, den Raum. „Na, was hältst du davon?", fragt er mich. Ich erkläre ihm, dass ich es furchtbar finde, wie die Menschheit den Planeten zu Grunde richtet. Ich bedanke mich für die ausführlichen Informationen zu diesen Themen, da diese zwar essenziell sind, im Alltag jedoch meist untergehen.

Ich will gerade den Raum verlassen, als der Mann mich wieder bittet, Platz zu nehmen: „Das war erst die halbe Wahrheit", meint er, und füllt die Keksdose wieder auf. Der Raum verdunkelt sich wieder.

Es läuft jetzt ein Animationsfilm über den Bildschirm. Darin wird erklärt, wie der menschliche Körper aufgebaut ist: Lunge, Herz, Gehirn, Augen. Dann wird das Bild einer niedlichen Katze eingeblendet: Lunge, Herz, Gehirn, Augen. Schließlich folgt das Bild eines kleinen Hasen: Lunge, Herz, Gehirn, Augen. Wir haben alle dieselben Vorfahren, erklärt die Stimme im Film. So habe ich das noch nie gesehen. Ja, Menschen und Affen sind eng miteinander verwandt, aber von welcher Spezies stammt eigentlich der Affe ab? Diese Frage hatte ich mir noch nie gestellt.

Ein harter Cut – ich zucke zusammen. Affen, die an Versuchstische gefesselt sind und denen bei lebendigem Leib der Kopf aufgebohrt wird. Katzen, die an unzähligen Elektroden befestigt sind. Mäuse, die mit giftigen Substanzen überschüttet werden. Es wird erklärt, dass viele Produkte, die wir benutzen, an Tieren getestet werden, obwohl es alternative Testverfahren gibt. Außerdem erklärt der Film, wie gering die Erfolgsquoten bei Tierversuchen sind und dass häufig aus reiner Neugier an Tieren geforscht wird, ohne dass man damit eine konkrete Krankheit heilen möchte. Ich kann die Bilder fast nicht ertragen, so grausam sind sie.

Der nächste Cut: Man sieht plötzlich, wie Männer mit Knüppeln auf kleine Robben einschlagen. Bilder, wie Menschen in einer Bucht mit Messern auf Delfine einstechen. Harpunen, die sich in Wale bohren. Menschen, die mit Gewehren Giraffen und Elefanten erlegen. Warum tun Menschen so was? Ich verstehe es einfach nicht. Es ist grausam, überall das Blut. Ich merke, wie ich wütend werde.

Dann enge Käfige, gefüllt mit Hunden. Cut. Hunde, die mit Stangen erschlagen werden, denen dann das Fell bei teils noch lebendigem Leib vom Körper gerissen wird. Anschließend sieht man, wie Arbeiterinnen einen Pelzmantel zusammen nähen. Ich konnte noch nie verstehen, wie man Pelz kaufen kann.

Hirsche und Füchse, auf die geschossen wird. Kühe, denen Chili in die Augen geschmiert wird und deren Schwänze brutal gebrochen werden. Rinder, die in einem Schlachthaus verzweifelt um sich schlagen, bevor ihnen dann die Haut vom Leib gezogen wird. Ich will mich gerade über die Brutalität dieser Menschen aufregen, als mir die Schuhe einfallen, die ich eben noch gekauft habe. Echtes Wildleder. Dann neue Bilder: Schafe, die geschlagen und getreten werden und die nach dem Scheren mit blutigen Verletzungen am Boden liegen. Schiffe, voll mit Schafen.

Gigantische Netze, in denen Wale, Delphine, Schildkröten und Seepferdchen verenden. Haie, denen bei lebendigem Leib die Flossen abgeschnitten werden und die dann zurück ins Meer geworfen werden. Riesige so genannte Fischfarmen, in denen Fische gefangen gehalten werden – Massentierhaltung im Meer. Shrimpfarmen in Asien, welche giftige Abwässer produzieren. Die Bilder sind erschreckend.

Cut. Ein Hund, der erschlagen und ausgenommen wird und dessen Überreste auf einem Grill landen. Gerade möchte ich mich darüber aufregen, dass Menschen Hunde essen, da springt das Bild weiter. Mastställe, in denen sich Hühner nur so stapeln. Schweine, denen der Kringelschwanz amputiert wird und die ohne Betäubung kastriert werden. Rinder, die enthornt und gebrandmarkt werden. Und immer wieder Bilder von Tieren, die so eng stehen, dass sie sich nicht um sich selbst drehen können, die in ihrem eigenen Kot waten, die sich gegenseitig angreifen oder tot in den Ecken der Hallen liegen. Ich denke an meinen Döner.

Dann die Schlachthäuser. Alles voller Blut. Einfach überall das Blut, überall panische Tiere und Körperhälften. Tiere, die bei lebendigem Leib zerstückelt werden, Tiere, bei denen die Betäubung nicht richtig funktioniert hat.

Plötzlich ein Szenenwechsel zu einer jungen Frau mit einem kleinen Baby, welches sie zu ihrer Brust führt. Dann die Bilder von Milchkühen, die in ihren Ställen angebunden sind und permanent geschwängert und gemolken werden. Dann der Weg zum Schlachthaus, Tiertransporte, überfüllte Lastwagen. Kühe, die nach einem Autounfall plötzlich über eine Fahrbahn laufen. Dann wieder

Bilder aus dem Schlachthof, ungeborene Kälber, die aus den leblosen Körpern ihrer Mütter geholt werden. Kälberschlachtungen. Rinderschlachtungen. Wieder überall das Blut.

Der nächste Cut. Ein Behälter, darin unzählige flauschige gelbe Küken. Plötzlich fliegen nur noch Fetzen und Federteile durch's Bild, die allmählich in den Messern unter dem Behälter verschwinden – bis er wieder mit neuen Küken befüllt wird und auch diese zerhäckselt. Hühner ohne Federn, mit eitrigen Entzündungen, aus denen Eier kommen. Und wieder Schlachthäuser, in denen den Hühnern die Kehle am Fließband durchtrennt wird.

Tote Bienen am Boden, und Menschen, die in Schutzanzügen den Honig aus deren Bienenstock entwenden und durch billiges Zuckerwasser ersetzen. Pestizide, die auf Feldern versprüht werden. Wälder, die gerodet werden, um Futtermittel anzubauen. Dann wird erklärt, wie viel mehr Pflanzen man benötigt, um Fleisch herzustellen. Längst werden ausreichend Lebensmittel angebaut, um alle Menschen auf diesem Planeten zu versorgen, die Pflanzen gehen aber für die Tiermast drauf. Ich muss wieder an die abgemagerten Kinder aus dem ersten Teil des Films sowie an meinen Döner denken.

Plötzlich eine Übersicht, die zeigt, wie viel CO_2 durch die Tierhaltung verursacht wird, wie Unmengen an Gülle die Umwelt und das Trinkwasser verschmutzen und wie durch den massiven Einsatz von Antibiotika immer neue resistente Keime herangezüchtet werden.

In weiteren Animationen werden Studien vorgestellt: Sie belegen dass der hohe Verbrauch an tierischen Produkten unzählige Krankheiten wie Krebs und Diabetes fördert, und dass Menschen, die kein Fleisch essen, in der Regel länger und gesünder leben. Es wird erklärt, dass man überhaupt keinerlei Erzeugnisse von Tieren essen muss, um sich gesund zu ernähren. Plötzlich werden Bilder von Burgern, Dönern, Pizzen und Torten eingeblendet. Sie sehen alle köstlich aus. Dann erklärt die Stimme, dass diese auch komplett ohne Tieren hergestellt werden können und genauso schmackhaft sind.

Schließlich wird dargestellt, wie viel CO_2, Wasser und Lebensmittel man einspart, wenn man keine Tiere mehr isst, und wie vielen Tieren man jedes Jahr das Leben rettet. Dann geht das Licht langsam wieder an.

Ich sitze auf dem Sofa und versuche, das Gesehene zu verarbeiten. Noch nie zuvor habe ich etwas so Grausames, so Abscheuliches gesehen. Gleichzeitig wird mir bewusst, dass ich selbst all diese Vorgänge Jahre lang unterstützt und mit finanziert habe. Ich habe mir darüber zuvor nie Gedanken gemacht. Ich hielt den Konsum tierischer Produkte für natürlich, für okay, weil es doch alle so machen und weil es mir meine Eltern so beigebracht haben. Aber jetzt, nachdem ich diesen Film gesehen habe, ist das anders.

Der Mann betritt wieder den Raum und bemerkt, dass ich gar keine Kekse gegessen habe. „Möchten Sie keinen Keks?". „Mir ist der Appetit vergangen, wer weiß was da drin ist!", meine ich nur. Der Fremde lacht. „Das ist veganes Gebäck, da können Sie ruhig zugreifen. Da sind keine Tiere drin."

Ich erzähle ihm geschockt, dass mir das alles neu war, und frage ihn, warum er nicht mehr Leute darauf aufmerksam macht. Er lacht nur und erzählt mir, dass all diese Informationen im Internet für jeden verfügbar sind, dass jeder permanent darauf Zugriff hat, dass Zeitungen und Wissenschaftler durchaus über diese Probleme berichten, dass sie aber niemanden interessieren. Ich gestehe, dass ich, wenn er mich darauf vorbereitet hätte, worum es geht, dieses Zelt wohl nicht betreten hätte. Aber im Nachhinein bin im ihm dankbar dafür, dass er mir die Augen geöffnet hat.

Wir verlassen gemeinsam das Zelt, der Mann drückt mir noch ein paar Flyer in die Hand und wünscht mir einen schönen Tag. Ich betrete wieder das Einkaufszentrum. Überall sehe ich tote Tiere, sehe, wie die Menschen Burger und Döner essen, sehe die sich drehenden Hühnchen am Imbissstand, sehe überall Lederschuhe, Pelzbommel und Wollpullover. Darauf hatte ich zuvor nie geachtet, aber jetzt habe ich es ganz klar vor Augen. Überall diese unnötige Gewalt!

Im Geschäft gebe ich meine Schuhe zurück und suche mir neue aus Kunstleder aus. Sie sind auch sehr schön und sogar günstiger.

Auf dem Heimweg sehe ich plötzlich überall die Werbung für Fleisch, die Tiertransporter, die Mastställe. Und überall Menschen, denen all das egal ist. So wie es mir selbst heute Morgen auch noch egal war. Aber jetzt, da ich dies alles weiß, kann ich nicht mehr so weiter leben wie vorher. Ich glaube, der Fremde hatte recht: Die rote Pille hat tatsächlich mein Leben verändert.

Jeder Mensch will lieber glauben, als sich selbst ein Urteil zu bilden.

Lucius Annaeus Seneca (4 v. Chr. – 65 n. Chr.)
Römischer Schriftsteller

DARF'S EIN BISSERL MEHR SEIN?

Wir bekommen einfach nie genug. Weniger ist mehr? Von wegen! Mehr ist mehr! Warum sollte weniger auch mehr sein? Weniger bedeutet doch Verzicht, und dazu haben wir so gar keine Lust. Schließlich hat man uns ewiges Wachstum versprochen. Und so wächst unser Fleischkonsum von Jahr zu Jahr. Wachstum ist schließlich wichtig: mindestens 3% pro Jahr. Auch unser Bauch bekommt davon etwas ab – auch in der Größenordnung 3% pro Jahr.

Darf's ein bisserl mehr sein? Wie oft ist man das schon in der Obstabteilung gefragt worden? Mehr darf's nur beim Fleisch sein – und beim Käse. Das bisserl mehr hat allerdings auch seinen Preis. Wir verzeichnen, neben dem erhöhten Fleisch- und Milchkonsum, jedes Jahr auch ein bisserl mehr Klimaerwärmung.

Darf's wirklich noch mehr Klimaerwärmung sein? Wollen wir wirklich noch ein bisserl mehr Dürre und ein bisserl mehr Hurrikan haben? Darf es das? Wollen wir das wirklich?

Ein bisserl mehr bedeutet aber auch ein bisserl weniger. Jedes bisserl mehr für uns bedeutet nämlich auch ein bisserl weniger für andere zu essen. Nahrungsmittel sind schließlich kein unbegrenzter Rohstoff. Was wir uns mehr auf den Teller stapeln, haben andere weniger. Wenn's ein bisserl mehr Wurst ist, fehlt die siebenfache Menge anderswo. Darf's wirklich noch ein bisserl weniger sein für all die hungernden Menschen der Welt? Es geht schließlich um knapp eine Milliarde Menschen. Ein bisserl weniger bedeutet für viele Menschen einfach gar nix mehr. Darf das wirklich sein?

Darf's auch ein bisserl günstiger sein? Unbedingt! Ein bisserl günstiger bedeutet nämlich, dass man sich ein bisserl mehr leisten kann. Und das wollen wir schließlich alle. Ein bisserl günstiger bedeutet ein bisserl mehr im Geldbeutel. Das finden wir toll, weil wir uns so ein bisserl mehr kaufen können. Ein bisserl günstiger heißt aber in anderer Hinsicht auch ein bisserl weniger. Beispielsweise ein bisserl weniger Platz für die armen Schweine. Auf der Fläche eines Ehebetts von 2m x 2m dürfen derzeit mehr als fünf Schweine mit je 110 kg Gewicht gehalten werden. Das bedeutet: es gibt keinen extra Platz zum Scheißen. Ihr ganzes Leben lang stehen die fünf Schweine auf dem bisserl Raum in ihrer eigenen Scheiße. Darf's ein bisserl weniger sein? Klar! Ein bisserl weniger geht immer: Auf der Fläche eines Ehebetts von 2m x 2m darf man nämlich auch 36 Legehennen halten. Das ist die so genannte Bodenhaltung. Übrigens ist das immer noch ein bisserl mehr Platz als bei der klassischen Käfighaltung. Aber es geht auch noch ein bisserl weniger. In dasselbe Ehebett dürfen nämlich auch 100 Masthühner! Noch ein bisserl weniger geht gar nicht mehr. Da ist einfach kein bisserl Luft mehr da, um noch mehr Tiere reinzuquetschen.

Darf's noch ein bisserl mehr sein? Ein bisserl mehr Keimbelastung zum Beispiel? 90% des Fleischs ist mit antibiotikaresistenten Keimen belastet. Darf es davon wirklich ein bisserl mehr sein? Eigentlich geht das kaum noch. Ein bisserl mehr wären 100%. Die Wissenschaft schlägt schon jetzt Alarm wegen der Keime.

Darf's immer noch ein bisserl mehr sein? Ein bisserl mehr Umweltverschmutzung zum Beispiel? Ein bisserl mehr Scheiße, buchstäblich. Ein bisserl mehr Wurst heißt ein bisserl mehr Scheiße, die auf die Felder muss. Dort steckt man aber jetzt schon nicht nur ein bisserl in der Scheiße. Die Felder sind voll davon. 30% unseres Grundwassers ist nicht mehr genießbar.

Darf's immer noch ein bisserl mehr sein? Der Arzt würde wahrscheinlich nein sagen. Ein bisserl mehr Bluthochdruck würde wahrscheinlich den Tod bedeuten. Ein bisserl mehr Fleisch erhöht auch das Krebsrisiko – und nicht nur ein bisserl. Ein bisserl Diabetes ist auch nicht ganz ungefährlich.

Darf's immer noch ein bisserl mehr sein? Wie wäre es mit ein bisserl mehr emotionaler Kälte? Aktuell darf man einem Schwein seinen Kringelschwanz abschneiden – ohne Betäubung. Das tut auch nur ein bisserl weh. Ebenso darf man ein Schwein kastrieren, ihm im wahrsten Sinne des Wortes die Eier rausreißen – ohne Betäubung. Das tut auch nur ein bisserl weh, wie sich jeder Mann gut vorstellen kann. Kleine männliche Küken werden millionenfach direkt nach der Geburt in den Schredder geworfen. Weil sie ein bisserl zu langsam wachsen. Ein bisserl mehr emotionale Kälte? Da ist kaum noch Luft nach oben. Wir sind schon so ziemlich am Maximum angelangt, was Grausamkeit gegenüber Tieren anbelangt. Mir fallen jedenfalls auf Anhieb keine Steigerungsmöglichkeiten ein.

Und wir wollen trotzdem immer noch ein bisserl mehr – obwohl all dieses Informationen in unserer Gesellschaft verfügbar sind. Vernunft? Kein bisserl! Mitleid? Fehlanzeige! Nachhaltigkeit? Interessiert nicht! Verantwortung? Ein Fremdwort! Herz? Auch kein bisserl! Aber ein bisserl mehr Fleisch, das darf's schon sein!

> ## Wollte man die Gesellschaft schildern, wie sie ist, man würde sich dem Tadel der Übertreibung aussetzen.
>
> *Emanuel Wertheimer (1846 –1916)*
> *Deutsch-Österreichischer Philosoph*

FREILANDHALTUNG

Ich parke in der Parkgarage auf dem Frauenparkplatz, gehe durchs Treppenhaus und auf die Straße. Es ist spät, ich schätze 3 Uhr nachts, und entsprechend ist die Stadt wie ausgestorben. Als ich mich auf den Weg zu meiner Wohnung mache, erstarre ich plötzlich. Ich kann mich nicht mehr bewegen. Mit aller Kraft versuche ich den nächsten Schritt zu tun, aber mein Fuß bewegt sich nicht mehr. Plötzlich packt mich dieses Licht und ich beginne zu schweben. Dann wird plötzlich wieder alles dunkel und mir wird schwindlig.

Als ich zu mir komme, liege ich splitternackt auf einer Art Operationstisch. Über mir Kreisen Roboterarme. Ich will mich aufrichten, doch meine Arme und Beine sind fixiert. Es blitzen immer wieder Lichter auf, ich weiß nicht genau, was hier passiert. Auf einmal rammt mir einer der Roboter etwas in mein Geschlecht. Ich spüre wie etwas hineinläuft. Die Arme bewegen sich wie verrückt weiter. Im Hintergrund läuft klassische Musik. Ich werde wieder ohnmächtig.

Als ich aufwache, liege ich in meinem Bett. War das etwa alles nur ein Traum? Ich stehe auf, gehe unter die Dusche. Anschließend ziehe ich mir etwas über und lasse mir einen Kaffee raus. Es hatte sich alles so real angefühlt, aber warum sollte ich dann wieder hier in meiner Wohnung sein?

Ich packe meinen Laptop in die Tasche und will das Haus verlassen. Doch die Türe ist verschlossen. Mein Schlüssel passt nicht mehr ins Schloss. Ich renne zum Balkon, doch dort bietet sich mir ein komplett unerwartetes Bild: Aus meinem Balkon ist plötzlich eine Terrasse geworden, davor eine grüne Wiese und dahinter die Berge. Wo bin ich hier?

Beim Kochen stelle ich erstaunt fest, dass wie durch ein Wunder mein Vorratsschrank nie leer wird. Ich kann so viel daraus essen wie ich möchte, kaum schließe ich die Tür, ist er wieder voll. Das ist total verrückt. Nachdem tagelang nichts passiert, beginne ich die Umgebung zu erkunden. Ich gehe in Richtung der Berge, aber es ist alles wie ausgestorben. Ich finde weder Tiere noch Menschen. Nichts, das auch nur auf deren Existenz hinweisen würde. Abgesehen von meiner Wohnung.

Mein Bauch wird größer und größer. Die Vergewaltigung durch die Außerirdischen habe ich mir also nicht eingebildet. Ich schlürfe meinen Cappuccino auf meiner Terrasse. Komischerweise geht sogar der Fernseher, ich verbringe entsprechend viel Zeit vor der Glotze. Eigentlich ist das hier eine echt nette Ferienwohnung, denke ich mir. Sobald mein Baby da ist, werde ich bestimmt eine schöne Zeit mit ihm hier haben.

Als ich am nächsten Morgen aufwache, ist mein Bauch plötzlich wieder klein. Wo ist mein Baby hin? Was ist letzte Nacht passiert? Ich kann mich nicht erinnern. Aber es ist weg. Als ich aus der Dusche steige, steht plötzlich ein blaues, großes Wesen vor mir. Es betrachtet voller Freude meine Brüste. Ich schreie, schlage um mich. Das Wesen hebt beruhigend die Hand. „Keine Angst, ich werde Ihnen nichts tun" sagt er mit sanfter Stimme. „Was wollen Sie hier? Wo bin ich?" frage ich ängstlich. „Sie sind hier auf dem Planeten Xomo. Wir haben Sie geholt, weil wir Ihre Brüste brauchen". Er schaut wieder fasziniert auf meine Brüste, ich verdecke sie mit meinen Armen. „Was wollen Sie von meinen Brüsten?" „Ich brauche die Milch. Ihre Milch ist köstlich, ein Traum!".

„Lassen Sie mich in Ruhe!" schreie ich ihn an. „Na hören Sie mal. Sie haben hier doch auch tagtäglich Milch getrunken. Die haben wir extra von Ihrem Planeten besorgt. Weil diese Milch für Sie so lecker ist. Wir haben alles getan, um es Ihnen hier so angenehm wie möglich zu machen. Mit Hilfe von Gehirnscans haben wir rekonstruiert, wie es in Ihrer Wohnung aussieht und alles nachgebildet. Sie haben Freilauf so viel Sie möchten. Diese Einrichtung ist mit unzähligen Menschenschutzpreisen ausgezeichnet worden, besser als hier wird es Ihnen nirgendwo ergehen. Außerdem hatten Sie ja, bevor sie hierher gekommen sind, ein wunderbares Leben. Seien Sie froh, dass die Welt es so gut mit Ihnen meint!"

„Das interessiert mich nicht! Ich will heim zu meiner Familie. Ich will weg von hier! Lassen Sie mich in Ruhe!". Der Außerirdische drückt einen Knopf auf einem kleinen Gerät, dass er mit sich führt. Ich beginne plötzlich wieder zu schweben. Meine Arme strecken sich wie von Geisterhand aus, ich kann nichts dagegen tun. Die Gestalt kommt näher, ich kann mich nicht bewegen. Mit seinen Lippen umschließt er meine Brustwarze und beginnt daran zu nuckeln. Er sabbert dabei, und ihm läuft Milch den Hals hinunter.

Plötzlich steht eine zweite Gestalt im Raum. „Liebling, was machst du da?" fragt sie. Es scheint seine Frau zu sein. Hoffentlich bereitet sie diesem perversen Spiel ein Ende. „Sie ist soweit, mein Schatz. Die Milch ist köstlich!". Strahlend kommt auch seine Frau auf mich zu und beginnt an meiner zweiten Brust zu nuckeln. Beide sabbern und stöhnen vor Freude. Anschließend füllen Sie etwas von meiner Milch in Fläschchen ab und lassen mich wieder hinunter.

„Ihr perversen Arschlöcher, das ist widerlich!" brülle ich die beiden an. Doch es interessiert sie nicht. Ich solle mich lieber freuen, dass es mir hier so gut geht, betonen sie. Es gebe schließlich auch Massenfrauenhaltung, dort würden die Frauen in engen Kammern in vollständiger Dunkelheit gehalten. Ich solle mich über mein Glück freuen!

Als ich fragte, wo mein Baby ist, schauten die beiden einander erst kurz an, dann meinte die Frau: „Machen Sie sich darüber keine Sorgen, dem Baby geht es gut".

Nachts wache ich auf. Ich liege nicht mehr in meinem Bett, sondern wieder auf dem Operationstisch. Die Geräte fahren wieder um mich herum. Und wieder werde ich, gegen meinen Willen, von dieser Maschine befruchtet.

Seit diesem Tag trinke ich meinen Kaffee mit Mandelmilch. Ich habe die Außerirdischen gefragt, ob sie nicht auch einmal Mandelmilch testen möchten, sie sei köstlich. Aber die Außerirdischen beteuerten, dass Mandeln nicht ganz so lecker seien wie meine Milch. So vergehen die Tage. Ich genieße das schöne Wetter auf der Terrasse, mache Ausflüge, und abends hängen die beiden Wesen nuckelnd an meiner Brust. Mit der Zeit beginne ich mich daran zu gewöhnen, ich habe schließlich sowieso keine Wahl.

Die Befruchtungen wiederholen sich noch drei weitere Male. Nach der letzten Geburt schauen mich die Wesen, nachdem sie wieder an meiner Brust gesaugt haben, entsetzt an. Ich gebe nicht mehr genug Milch, erklären sie mir. Sie schimpfen und fluchen, dann meint die Frau, der Mann müsse ihnen jetzt eben einen neuen Milchmenschen besorgen. Der Außerirdische drückt wieder einen Knopf auf seinem Gerät, dann wird alles schwarz.

> Genuss kann unmöglich das Ziel des Lebens sein. Genuss ohne etwas darüber ist etwas Gemeines.
>
> *Christian Morgenstern (1871 – 1914)*
> *Deutscher Schriftsteller*

DEAL WITH IT

„Sven haben sie gestern erwischt", erzählt mir Kalle. „Volles Programm. Razzia mit Spürhunden, komplette Hausdurchsuchung, alles beschlagnahmt." Kalle schaut sichtlich besorgt. „Hoffentlich hält der Junge dicht, sonst sind wir ziemlich im Arsch".

Kalle ist mein Lieferant, Sven ein „Kollege", er dealt auch. Hoffentlich hält er die Klappe! Eigentlich ist Sven ein guter Junge. Aber die Staatsanwaltschaft spielt fiese Spiele mit Dealern. Wenn er uns verpetzt, winkt ihm Strafmilderung. Das ist natürlich verlockend. Aber wir haben uns, als wir angefangen haben, geschworen, dass im Fall der Fälle niemand plaudert. Sven wird schon dicht halten.

Sven hat Frau und zwei Kinder. Auch das hatten wir besprochen. Seiner Frau Heike werden wir jeden Monat Geld zustecken. Heimlich natürlich, sie wird bestimmt auch überwacht. Aber wir haben versprochen, dass jeder der Familie des anderen hilft, wenn es einen erwischt. Daran halten wir uns.

Aber ich muss weiter Geld verdienen, ich habe schließlich auch Familie. Auch wenn ich Angst habe, ziehe ich heute wieder durch die Straßen. In der Nähe des Stadtwalds läuft es immer am besten. Kalle hat mir heute richtig guten Stoff geliefert. Aus Brasilien. Spitzenqualität. Der Geruch hat mich fast umgehauen. Meine Kunden werden es lieben.

Nach 20 Minuten sehe ich in der Ferne schon Olaf mit seinem Hund. War klar – jeden Sonntag kommt er hier vorbei. „Hast du das mit Sven gehört?", fragt er mich. Scheiße, es spricht sich rum. Hoffentlich bekommen die anderen Kunden jetzt keine Angst und trauen sich überhaupt noch raus. Ich beruhige Olaf. Die sind hinter den Dealern her, nicht hinter den Käufern. Und Sven war unvorsichtig. Er hatte eine große Lieferung im Zug transportiert. Dann kam eine zufällige

Durchsuchung vom Zoll. Die haben den Stoff gefunden. Kurz darauf waren dann auch schon die Polizisten in seinem Haus.

Olaf lacht. „Mit dem Zug?", fragt er, „das ist ja wirklich selten dämlich!" „Hast du es?" fragt er mich. Ich gebe ihm unauffällig einen Umschlag, darin ein Gefrierbeutel mit der Ware. Olaf schnuppert daran, steckt seinen Finger in den Beutel und probiert. „1A Ware. Super! Ich nehme den ganzen Beutel." Er schiebt mir unauffällig 500 Euro rüber. Ich wünsche ihm viel Spaß, er geht strahlend davon.

Ich bediene noch ein paar Kunden und mache mich dann vom Acker. Man sollte niemals zu lange an derselben Stelle stehen. Das ist gefährlich. Alte Dealer-Weisheit.

Es ist schon eine verrückte Welt. Seit den Klimakatastrophen haben alle angefangen zu spinnen. Die Öko-Fuzzies haben alle Wahlen haushoch gewonnen. Und so kam es, wie es kommen musste. Die haben erst diese Hippie-Masche durchgezogen und gleich alle leichten Drogen legalisiert. Ich als Berufsdealer stand da natürlich blöd da. Meine ganze Existenz stand vor dem Zusammenbruch. Doch dann kam das Fleischverbot. Die sagten damals, es gebe genügend Alternativen. Man hat das Fleisch mit FCKW verglichen. Nur dass Fleisch eben noch klimaschädlicher ist als das Treibhausgas. Die Hersteller haben dann statt FCKW einfach andere Stoffe verwendet, die einen ähnlichen Effekt hatten, aber nicht so klimaschädlich waren. So auch mit dem Fleisch. Seitan und Soja sollten wir essen, um unser Klima zu schonen.

Ich stand damals kurz vor dem Ruin, dann kam Kalle auf die rettende Idee. Er war früher Schweinezüchter gewesen und kannte sich in dem Geschäft aus. „Warum nicht mit Fleisch dealen?", fragte Kalle damals. Ich lachte. Aber so unrecht hatte er nicht, wie sich herausgestellt hat. Die Leute wollen Fleisch, ob es verboten ist oder nicht, interessiert sie nicht. Fleischbesitz in kleinen Mengen wird vom Staat auch toleriert, ähnlich wie bei Cannabis früher. Dadurch besteht für die Konsumenten keine ganz so große Gefahr. Und für mich ist es dasselbe Geschäft wie früher. Ich beschaffe und verkaufe den Stoff und kassiere dafür ordentlich Kohle. Das Risiko für mich ist gleich geblieben.

Kalle hat ein paar Schweine im Keller, aber man muss höllisch aufpassen. Hat man zu viele Schweine, fängt es an zu stinken. Sobald die Nachbarn das merken, rufen sie die Bullen. Drei Schweine sind das Maximum. Richtig schwierig ist Rindfleisch. Die machen extrem viel Lärm und sind einfach zu groß für den Keller. Das Zeug beschafft Kalle immer über Freunde aus Brasilien. Besonders gutes Rindfleisch, wie er sagt.

Was die Leute für Drogen nehmen, ist mir eigentlich auch egal. Ab und an verticke ich auch noch Heroin, das wurde damals nicht legalisiert. Aber durch die Legalisierung von Cannabis sank schlagartig die Nachfrage nach den illegalen härteren Drogen. Fleisch hingegen läuft richtig gut. Es verdirbt mir selten etwas. Ich werde eigentlich jeden Abend alles los. Die Leute brauchen einfach ihr tägliches Fleisch. Damit verdiene ich jetzt mein Geld. Und mit mir tausende weitere Dealer. Denn so ganz auf Fleisch verzichten wollen die Deutschen schließlich trotz Verbots nicht.

Jeder Verbrecher sträubt sich,
seine Verbrechen einzugestehen.
So auch die Gesellschaft.

Christian Friedrich Hebbel (1813 – 1863)
Deutscher Schriftsteller

ENDLICH VOLLJÄHRIG

Endlich ist es soweit – heute ist mein 18. Geburtstag, seit heute bin ich volljährig. Jetzt können mir meine Eltern nicht mehr vorschreiben, was ich zu machen habe. Auf diesen Tag habe ich mich schon so lange gefreut! Zum Abendessen an diesem besonderen Tag habe ich mir Lammragout gewünscht – meine Mutter kocht das immer hervorragend, es ist mein absolutes Lieblingsgericht.

Ich steige mit meiner Mutter ins Auto, und wir fahren los zum Supermarkt. Für das Festessen müssen wir schließlich noch einkaufen. Meine Mutter sammelt auf der Gemüsetheke fleißig die Zutaten für die Beilagen zusammen, ich mache mich auf in die Fleischabteilung.

Seit der Reform des Schlachtgesetzes ist alles anders. Früher konnte man das Lammfleisch direkt aus einer Kühltheke kaufen, doch heute nicht mehr. Seit das Verfassungsgericht die Arbeit in einem Schlachthof als unzumutbar eingestuft hat, gibt es kein abgepacktes Fleisch mehr. Für die Mitarbeiter in den Schlachthäusern war es eine zu große psychische Belastung, jeden Tag tausenden von Tieren die Halsschlagader zu durchtrennen. Das ist eine für Menschen unwürdige Arbeit, die Leute dort wurden geplagt von Albträumen und Depressionen.

Wer seither Fleisch haben möchte, muss es auch selbst schlachten. So sind andere nicht mehr gezwungen, diese enorme psychische Belastung auf sich zu nehmen. Wer Fleisch haben möchte, muss das von jetzt an selbst erledigen. Und wer damit nicht zurechtkommt, der bekommt eben kein Fleisch mehr. So einfach ist es.

Schlachten darf man allerdings erst ab seinem 18. Lebensjahr – Kinder müssen laut Gesetzgeber weiterhin vor solch unangenehmen

Eindrücken geschützt werden. Wie es der Zufall will, bin ich heute 18 Jahre alt geworden – das heißt, ich darf heute zum ersten Mal in meinem Leben selbst ein Tier schlachten.

Am Eingang der Fleischabteilung zeige ich meinen Ausweis vor. Der Mitarbeiter lacht, gratuliert mir zum Geburtstag und wünscht mir viel Erfolg. Ich ziehe mir den bereitgelegten Overall, Handschuhe und Haarnetz über. Bei der nächsten Mitarbeiterin wähle ich die Schlachttierspezies: Lamm. Sie führt mich in einen benachbarten Raum. Er hat keine Fenster und ist komplett weiß gefliest. In einer Ecke sitzt ein Lamm, um den Hals trägt es eine Kette. Die Mitarbeiterin lächelt mich an, zeigt mir die an der Wand hängende Schlachtanleitung und wünscht mir viel Erfolg. Als sie den Raum verlässt, schließt sie die Tür hinter sich. Jetzt sind nur noch wir zwei hier: das Lamm und ich. Ich lese die Anleitung an der Wand. Darin wird Schritt für Schritt erklärt, mit welchem Werkzeug und in welcher Reihenfolge das Tier zu zerlegen ist.

„Määäh." Ich drehe mich um. Das Lamm scheint an mir Interesse gefunden zu haben, es ist ein paar Schritte in meine Richtung gelaufen und blickt mich an. „Määäh." Das Tier hat ein glänzendes, weißes Fell und zwei stark abstehende Ohren. Auf einem Tisch steht ein Plastikschild mit den Daten des Lamms. Es ist weiblich, acht Wochen alt und stammt von einem Hof aus Brandenburg. „Da hast du aber eine lange Reise bis zu uns nach Bayern gehabt", sage ich zu dem Lamm, wohl wissend, dass es mich nicht versteht. Das Lamm starrt mich weiter neugierig an. „Määääh." Ich gehe hin, streichle es am Kopf, es gefällt ihm offensichtlich.

Es klopft an der Tür. „Sind sie schon fertig? Es warten bereits andere Kunden!" „Einen Moment noch", rufe ich zurück.

„Määääh." Ich muss langsam zur Sache kommen und greife nach dem Bolzenschussgerät. Das Lamm merkt, dass etwas faul ist, es wird bösartig und panisch und versucht mir zu entkommen. An der Kette ziehe ich es in die Fixierstation und schließe es dort ein. Die plötzliche Enge gefällt ihm überhaupt nicht, es verhält sich furchtbar wild. Ich schaue ihm in die Augen, setze das Bolzenschussgerät an und drücke ab.

Das Lamm fällt zu Boden, springt aber Sekunden später wieder auf. In der Anleitung stand, dass so etwas häufig passiert, deshalb bin ich vorbereitet. Ich setze das Bolzenschussgerät erneut an, während ich dem jungen Lamm in die vor Schmerz weit aufgerissenen Augen blicke. Nach dem zweiten Schuss blieb es liegen.

An der Kette ziehe ich das Lamm in die Mitte des Raums und hänge es an der Decke auf. Ich hole das bereitgelegte Messer und schlitze dem Tier längs die Kehle auf. Das Blut strömt über sein Fell, welches innerhalb von Sekunden mit Blut durchtränkt ist. Von dem wunderschönen weißen Fell ist nicht mehr viel zu erkennen. Das Blut spritzt über meinen Overall und an die Fliesen.

Nachdem das Lamm ausgeblutet ist, schneide ich längs den Bauchraum auf. Gemäß Anleitung entferne ich Organe und Innereien. Ich trenne das Fell vom Fleisch und beginne, das kleine Lamm zu zerlegen. Die Knochen werfe ich in einen großen Müllschlucker in der Ecke des Raums. Nachdem ich alles in Frischhaltefolie verpackt in meinen Einkaufskorb gelegt habe, beginne ich mit dem bereitliegenden Hochdruckreiniger den Raum zu säubern. Ich spritze das Blut von den Fliesen und Werkzeugen.

Anschließend ziehe ich meinen Overall aus und werfe ihn ebenfalls in den Müllschlucker. Beim Verlassen des Raums wiegt die Mitarbeiterin noch mein Fleisch und versieht es mit einem Preisschild. Vor der Fleischabteilung wartet bereits meine Mutter mit dem vollen Einkaufswagen ungeduldig.

Beim Abendessen – das Lammragout schmeckt wie erwartet vorzüglich – erzähle ich von meinem ersten Mal Schlachten. Voller

149

Freude berichte ich von dem Gefühl, mit dem Messer die Halsschlagader zu durchtrennen. Man fühlt sich dabei so mächtig. Meine kleine Schwester, sie ist 16, kann es auch schon kaum erwarten, endlich selbst zu schlachten!

> ## Kinder sind unsere besten Richter.
>
> *Otto von Bismarck (1815 – 1898)*
> *Deutscher Reichskanzler*

RUHET IN FRIEDEN

„Möge ihre Seele Frieden finden!" beendet der Priester seine Grabesrede. Der Sarg von Larissa wird langsam heruntergelassen, die versammelten Trauergäste gedenken Larissas mit einer letzten Schweigeminute. Nachdem der Sarg in das Grab gesunken ist, werfen die Gäste noch eine Hand voll Erde in die offene Grube. Anschließend wird das Grab zugeschüttet.

Seit 2043 gibt es ein Gesetz, wonach auch Larissa das Recht auf ein Grab hat. Larissa war eine Pute und wurde vergangene Woche geschlachtet. Ihre Knochen wurden jetzt beigesetzt. 1,5 m² je Grab schreibt der Gesetzgeber neuerdings vor. Außerdem müssen die Gräber für zehn Jahre erhalten bleiben, bevor sie aufgelöst werden dürfen. Entsprechend kann Larissa jetzt auch Frieden in ihrer letzten Ruhestätte finden.

Was allerdings niemand bedacht hatte, war das enorme Ausmaß an Tieren, welche Jahr für Jahr in Deutschland geschlachtet werden. Bei 9.000 Pferden hielt sich der Aufwand wahrlich noch in Grenzen, nur 25 von ihnen mussten in Deutschland pro Tag beigesetzt werden. 2.740 Gänse und 2.740 Schafe pro Tag waren auch noch im Bereich des Machbaren. 10.411 Rinder sowie 68.493 Enten am Tag sorgten allerdings schon für einige Bedenken bei den Bestattungsunternehmen. Bei 120.548 Truthühnern je Tag wurde das Vorhaben schon schwieriger, und zusätzliche 153.425 Schweine, Tag für Tag, brachten die Bestatter im wahrsten Sinne des Wortes tierisch ins Schwitzen. 1,6 Millionen Hühnern, ebenfalls jeden Tag fällig, brachten das Fass jedoch zum Überlaufen. Staatliche Unterstützung wurde erforderlich.

Bei 1,5 m² je Tier und zusätzlichen 20% für Gehwege machte das 3,5 Millionen Quadratmeter Friedhofsfläche, die jeden Tag geschaffen werden mussten – das entspricht in etwa 490 Fußballfeldern je Tag. Doch Gesetz ist Gesetz, und die Umsetzung begann. Das

Friedhofsareal wurde von Tag zu Tag größer, immer mehr Menschen wurden umgesiedelt, um Platz für die Mega-Begräbnisstätten zu schaffen.

Bei 20 Beerdigungen je Tag und Priester waren ganze 100.000 Priester erforderlich, die sich mit nichts anderem als der Beisetzung unserer Nutztiere beschäftigen mussten. Millionen von Menschen sind mit der Grabpflege, dem Ausheben der Gräber und der allgemeinen Logistik beschäftigt.

Je Jahr 715 Millionen Lebewesen machen innerhalb der zehn Jahre, in denen ein Grab unangetastet bleiben muss, 7,15 Milliarden Gräber, oder 12.900 Quadratkilometer. Zusätzliche 25% der Fläche wurden für Straßen und Unterkünfte von Friedhofspflegern benötigt, so dass der Friedhof mittlerweile eine Gesamtfläche von 16.100 Quadratkilometern umfasst – das entspricht der Fläche von Thüringen. Geschaffen zum friedlichen Gedenken an die Tiere, die in den letzten zehn Jahren für unser Mittagessen in Deutschland ihr Leben lassen mussten. Fische nicht eingerechnet.

Ein Grab auf dem Kirchhof predigt in seiner tiefen Lautlosigkeit oft eindringlicher als der Priester auf der Kanzel.

Peter Rosegger (1843 – 1918)
Österreichischer Schriftsteller

ES KÖNNT ALLES SO EINFACH SEIN

„Sag mal, warum ernährst du dich eigentlich vegan?", fragt mich ein Unbekannter auf einer Party.

Ich hole tief Luft und antworte: „Nun ja, also man muss gar keine Tiere ausnutzen und töten, um gesund zu leben. Außerdem ist es sehr gut für das Klima, super für die Umwelt, es verschwendet weniger Wasser und hilft dem Welthunger entgegen zu wirken. Außerdem ist es so, dass antibiotikaresistente Keime hauptsächlich in Mastställen entstehen und diese sehr gefährlich für den Menschen werden können. Ja, und da ich das alles ziemlich unnötig finde, lasse ich es einfach bleiben. Vor allem, da man auch vegan sehr lecker essen kann."

„Wow!", erwidert mein Gegenüber. „Das hört sich ja alles total logisch und wichtig an. Danke für das Gespräch, das werde ich ab sofort auch so machen!"

Traum ist ein Stück vom Leben.

Rainer Maria Rilke (1875 – 1926)
Österreichischer Erzähler

AUS DEM LEBEN EINES SCHWEINES

Mein Name ist Penny. Heute habe ich das Licht der Welt erblickt. Wenn man das so nennen kann. Das Licht der Welt, die Sonne, ist nämlich nicht zu sehen. Aber dafür leuchtet ein rotes, warmes Licht. Ich habe insgesamt 13 Geschwister, glaube ich zumindest. Diese 13 sind mit mir zur Welt gekommen. Ob ich noch ältere Geschwister habe, weiß ich nicht. Jedenfalls kann ich keine sehen. Bei unserer Mama bekommen wir immer total leckere Milch. Leider spielt sie nie mit uns. Sie bewegt sich auch nicht, sie liegt einfach nur am Boden, den ganzen Tag. Ich glaube, wegen der vielen Eisenstangen kann sie sich auch nicht viel bewegen, selbst wenn sie wollte. Warum die Stangen da sind, weiß ich nicht so genau. Die Milch ist zwar lecker, aber es ist nie genug davon da. Unsere Mama hat nur 12 Zitzen, wir sind aber 14 Ferkel. Deshalb geht immer mal wieder einer von uns leer aus.

Immer wieder kommt ein Mensch vorbei, die anderen nennen ihn nur „den Bauern". Er sieht einmal kurz nach uns und wirft uns etwas Stroh zu. Dann verschwindet er wieder.

Heute ist mein zweiter Tag auf dieser Welt, ich wache auf. Es stinkt. Ich nutze die Zeit, um mit meinen Geschwistern zu spielen und sie besser kennen zu lernen. Meine Lieblingsgeschwister sind Chris und Sandy, mit ihnen spiele ich am liebsten. Chris ist ein kleiner Racker und Sandy total verspielt.

Tag 3: Ich wache auf. Und ich höre Schreie. Ich schaue mich um. Nicht weit entfernt liegt Chris blutend und schreiend am Boden. Ich will zu ihm laufen und ihm helfen. Da werde ich an meinen Hinterbeinen gepackt. Der Bauer. Er zieht mich nach oben und begutachtet mich. Ich habe Angst. Dann holt er eine Zange raus. Bevor ich mich wehren kann, macht es Klack. Mein kleiner Kringelschwanz ist ab. Ich schreie vor Schmerzen und trete um mich. Das Blut spritzt. Ich lande auf dem Boden. Überall das Blut. Der Bauer schnappt sich einen meiner Brüder, Pete. Klack. Der nächste Kringelschwanz ist ab. Jetzt holt er plötzlich ein Messer raus. Pete schreit wie verrückt und versucht zu entfliehen. Der Bauer nimmt das Messer und schneidet einen Schlitz zwischen Petes Hinterbeine. Dann nimmt er seine Hand und reißt ihm die Hoden mit bloßen Händen heraus. Ein lauter Schrei. Welch Glück, dass ich weiblich bin. Nachdem der Bauer die brutale Prozedur bei allen meinen Geschwistern durchgeführt hat, zieht er ab, als wäre nichts, aber auch gar nichts gewesen. Ich höre ihn sogar noch pfeifen. Zurück bleiben wir, voller Blut. Die Schmerzen sind kaum zu ertragen.

Am vierten Tag kommt der Bauer wieder. Er begutachtet uns. Plötzlich packt er sich Sandy. Er packt sie an den Hinterbeinen und holt aus. Sandy schreit um Hilfe und tritt um sich. Sie versucht zu entkommen. Doch der Bauer ist viel zu stark. Er donnert ihren Kopf mit voller Wucht gegen den Boden. Wieder und wieder. Danach wirft er sie in einen großen Eimer hinter sich. Nach dem zweiten Schlag hörte man keine Schreie mehr. Er schaut sich weiter um. Hilfe! Hoffentlich nimmt er nicht mich. Er sieht mich an und kommt auf mich zu. Er greift mich, lässt aber wieder von mir ab. Scheinbar hat er ein anderes Opfer gefunden. Er schnappt sich einen meiner anderen Brüder, Paul, und schlägt ihn wie Sandy einfach tot. Danach entsorgt er ihn ebenfalls in dem großen Eimer. Schließlich verschwindet er wieder, zusammen mit dem Eimer. Als wäre nichts gewesen. In der Ferne höre ich ihn wieder pfeifen.

Wir sind alle entsetzt. Dieser Bauer muss so was wie der Teufel sein. Aber was haben wir falsch gemacht? Wofür werden wir bestraft? Zumindest gibt es jetzt genügend Milch für uns. Allerdings nicht lange. Nach wenigen Tagen kommt der Bauer wieder, diesmal mit weiteren Helfern. Sie packen uns und bringen uns in eine enge Bucht.

Unsere Mutter darf nicht mit. An diesem Tag hab ich sie das letzte Mal gesehen. Ich habe leider nie erfahren, was aus ihr geworden ist.

Wir sind jetzt zu zwölft in unserer 9 m² großen Bucht. Es stinkt. Es ist eng, und es ist dunkel. Dafür gibt es jetzt jede Menge zu essen. Allerdings jeden Tag denselben Brei. So geht das mehrere Wochen lang. Es gibt keine Toiletten oder ähnliches, wir müssen unsere Notdurft einfach in unserer Bucht verrichten. Daher auch der unerträgliche Gestank. Nicht mal einen anständigen Boden haben wir unter uns, überall sind Spalten. Sie sind wohl dazu da, dass unsere Scheiße dadurch verschwinden kann. Wenn wir schlafen wollen, müssen wir uns in unsere eigene Scheiße legen. Es ist widerlich.

Alle drei Tage kommt der Bauer vorbei und bringt uns eine Hand voll Stroh. Warum weiß ich nicht. Wirklich etwas damit anfangen können wir nicht. Es schmeckt auch nicht. Und es gibt weiterhin jeden Tag denselben Brei. Immer mal wieder schmeckt unser Essen anders als sonst. Als wäre etwas untergemischt. Ich fühle mich nicht gut, ich würde mich gerne mehr bewegen. Aber in diesem engen Raum kann ich das nicht. Deshalb liege ich meistens in der Ecke, zwischendurch esse ich. Und ich hoffe, dass all das irgendwann ein Ende hat.

So geht das mehrere Wochen lang. Nach drei Monaten geht es Chris sehr schlecht. Er klagt über furchtbare Schmerzen im Magen. Er liegt nur noch in der Ecke und regt sich kaum noch. Essen will er auch nicht mehr. Er hat auch schon richtig Gewicht verloren. Der Bauer kommt vorbei, heute ist er nicht allein. Er hat einen weiteren Mann in einem weißen Kittel dabei. Dieser begutachtet Chris. Die nächsten Tage schmeckt unser Essen wieder anders als sonst. Nachdem sich Chris seit gestern Abend gar nicht mehr bewegt hat, hat ihn der Bauer abgeholt. Ich habe ihn nie wieder gesehen. Manchmal frage ich mich, wie es ihm ergangen ist.

Die Tage vergehen, wir wachsen und langweilen uns dabei zu Tode. Tagein tagaus dasselbe Essen, dieselbe Bucht, derselbe Bauer, derselbe Ablauf. Da wir immer größer werden, wird es von Tag zu Tag enger in unserer Bucht, wir können uns kaum noch bewegen.

Einige Wochen später, wir fühlen uns mittlerweile alle richtig träge und voll, kommt wieder der Bauer. Diesmal hat er wieder seine Helfer dabei. Der Bauer öffnet das Tor unserer Bucht. Zum ersten Mal seit Monaten dürfen wir diesen engen Ort verlassen. Wir sind alle ganz aufgeregt. Vielleicht hat der Wahnsinn endlich ein Ende, denke ich mir. Aber scheinbar wird es nicht besser: Man zwängt uns durch die Gänge, und wenn wir nicht schnell genug laufen, werden wir mit einem Stock geschlagen. Da ich mittlerweile so viel zugenommen habe, fällt es mir schwer, mich schnell zu bewegen. Meine Gelenke schmerzen bei jedem Schritt.

Wir verlassen die grauen Mauern. Ich hätte nicht gedacht, dass man da überhaupt rauskommen kann. Aber da ist ein großes Tor in einer der Wände, das ich bisher nicht sehen konnte. Außerhalb der Mauer ist plötzlich dieser stechende Gestank weg. Es ist zwar etwas kälter, aber es riecht viel besser – irgendwie frischer und sauberer. Die Farben sind überwältigend. Ich sehe grüne Wiesen, das erste Mal in meinem Leben, dass ich etwas Grünes sehe. Und über den Wiesen ist der Himmel, strahlend blau. Nie zuvor in meinem Leben habe ich etwas Blaues gesehen. Ich drehe mich um, und da sehe ich sie zum ersten Mal: ein goldener, warmer Fleck am Himmel – die Sonne. Ich spüre das Sonnenlicht auf meiner Haut, zum ersten Mal in meinem Leben. Es fühlt sich warm an, es gibt mir Kraft und Hoffnung. Heute scheint der beste Tag meines Lebens zu sein.

Ich will in Richtung der Wiese laufen, bekomme aber einen Schlag von einem der Helfer und gehe zu Boden. Wir werden alle in ein großes Fahrzeug mit Gittern an den Seiten getrieben. Es ist eng, fast noch enger als in unserer Bucht. Plötzlich beginnt sich der Boden unter uns zu bewegen – wir fahren. Und fahren. Und fahren. Wir schauen alle gespannt durch die Gitter nach draußen. Es ist alles neu für uns. Nach einigen Stunden bekomme ich furchtbaren Durst. Aber es gibt hier nichts zu trinken und nichts zu essen. Als das Fahrzeug hält, ist es schon fast dunkel. Mir ist schwindlig, ich brauche etwas zu trinken. Es ist geschafft, wir sind da. Jetzt kann alles nur noch besser werden.

Wir werden direkt in ein weiteres Gebäude gebracht. Es stinkt. Oh nein, denke ich mir. Ich hatte gerade begonnen, mich an die frische Luft zu gewöhnen. Zumindest ist der Boden hier schön warm. Wir stehen in einer langen Schlange in einem engen Gang. Immer wieder werden wir geschlagen damit wir weiter laufen. Ich höre Schreie. Ich bekomme Panik, und meine Geschwister auch. Wo kommen die Geräusche her? Und wer schreit da? Das kann nichts Gutes bedeuten. Wir wollen umdrehen. Aber die Gänge sind zu eng, wir können uns nicht einmal umdrehen. Von hinten kommen die Schläge. Es ist ausweglos, wir müssen immer weiter gehen. Wir werden um eine Kurve getrieben.

Jetzt sehe ich es. Am Ende des Gangs steht ein Mensch mit einer Zange. Damit geht er auf meine Geschwister los. Werden sie von der Zange getroffen, fallen sie um. Sie töten uns! Ich sehe, wie vor mir eines meiner Geschwister mit dem Bein an eine Art Förderanlage gekettet wird. Es regt sich nicht mehr. Vor ihm baumeln weitere leblose Körper. Sie bewegen sich – auf einen Mann zu, der mit einem Messer in der Hand auf sie wartet. Wenn sie ankommen, rammt er ihnen das Messer in den Hals. Und das Blut, überall Blut.

Ich will hier raus. Aber ich kann nicht. Von hinten drücken die anderen. Und vor mir wartet der blanke Horror. Der Mann kommt mit der Zange auf mich zu. An mehr kann ich mich nicht erinnern, ich muss ohnmächtig geworden sein. Als ich wieder zu mir komme, baumle auch ich kopfüber an einem Haken. Ich kann mich nicht bewegen. Ich habe keine Kraft. Von meinem Hals tropft Blut. Die Fördertechnik beginnt sich zu bewegen. Vor mir, hinter mir, überall meine Geschwister, blutverschmiert. In der Ferne sehe ich nur noch

Hälften von Ihnen am Haken hängen. Wir kommen zu einem großen Becken. Ich verliere an Höhe. Die Anlage taucht mich unter Wasser. Das Wasser ist kochend heiß, die Schmerzen sind unerträglich. Ich bekomme keine Luft mehr. Ich will hier raus. Ich will hier raus! Dann wird es langsam dunkel.

> **Für ein kleines Stücklein Fleisch
> nehmen wir den Tieren die Seele
> sowie Sonnenlicht und Lebenszeit,
> wozu sie doch entstanden
> und von Natur aus da sind.**
>
> *Plutarch (45 – 120)*
> *Griechischer Schriftsteller*

DAS SCHNITZEL FREUT SICH NICHT

Traurig aber wahr: Wissenschaftler haben in einer über 30 Jahre andauernden Studie mehr als 50 Millionen Schnitzel untersucht. Während der Untersuchung haben sich viele der Beteiligten gefreut: der Metzger, der Koch, der Konsument. Aber die Forscher konnten unter den 50 Millionen Fleischstücken kein freudestrahlendes Schnitzel finden. Entsprechend ist jetzt auch wissenschaftlich erwiesen: Schnitzel können sich gar nicht freuen! Konsequenterweise wird die Redewendung „sich wie ein Schnitzel freuen" künftig in Deutschland nicht mehr erlaubt sein. Für die Beschreibung von überschwänglichem, fast unbeschreiblichem Glück darf man jetzt kein Schnitzel mehr zum Vergleich heranziehen.

Die Studie der Wissenschaftler ging sogar noch weiter: Mehrere tausend Schweine wurden zu Forschungszwecken bei lebendigem Leib auf Spieße gesteckt. Das Problem: Nachdem das Tier durchstochen war, war es tot, und zwar bei jedem Versuch. Entsprechend wurden auch keine Tiere gefunden, die wie am Spieß geschrien haben. Im Anschluss an dieses Experiment wurden 10.000 zufällig ausgewählten Schweinen Witze erzählt. Richtig gute Witze sogar. Sogar der Witz mit dem Jäger. Keine Sau hat gelacht. Die Schweine fanden die Witze scheinbar nicht so saulustig wie die Wissenschaftler.

Die ließen aber nicht locker. Im nächsten Test traten Schweine gegen Hunde im Quizduell an. Das Duell endete 0:0. Weder Schweine noch Hunde hatten die Fragen verstanden. Entsprechend wurden einfachere Intelligenztests durchgeführt. Ergebnis: Saudumm war am Ende der Hund, nicht die Sau. Saugeil!

Eine weitere Gruppe von Wissenschaftlern beschäftigte sich mit Kühen. Auch hier taten sich die Wissenschaftler schwer, eine dumme Kuh zu finden. Auch die Beobachtung der Milch, die es ja, wie allgemein bekannt ist, „macht", führte zu keinen neuen Erkenntnissen. Die Milch wurde über mehrere Wochen untersucht und beobachtet, aber sie ist einfach nur herum gestanden und hat nichts gemacht. Abgesehen davon, dass sie sauer wurde. Entsprechend konnte das Rätsel, was die Milch denn nun macht, ebenfalls nicht gelöst werden. Die Untersuchung war entsprechend für die Katz.

Einer Umfrage zufolge finden 50% der Affen es nicht affengeil, zum Rauchen gezwungen zu werden und würden gerne aus diesem Affenzirkus aussteigen. 25% der befragten Affen wollten hingegen mehr Zigaretten haben. Die restlichen 25% der abgegebenen Stimmen waren ungültig, da die Sauklaue der Affen nicht entziffert werden konnte.

Als unsere Bundeskanzlerin auf die Forschungsergebnisse angesprochen wurde, meinte diese nur: „Was für ein Käse! Ist mir doch wurscht, was diese Herren Wissenschaftler sich da wieder zurechtgesponnen haben."

Sprüche kann man wohl konfutieren, widerlegen, aber nicht erlegen und niederlegen.

Martin Luther (1483 - 1546)
Deutscher Theologe

SPEED DATING

Donnerstag, 17 Uhr. Es ist mal wieder so weit. Wie jeden zweiten Donnerstag im Monat geht es heute wieder zum Speed-Dating. Ich bin seit 5 Jahren Single, und ich schaffe es einfach nicht, den richtigen Deckel für meinen Topf zu finden. Seit ein paar Monaten gehe ich deshalb regelmäßig zu dieser Veranstaltung. Es ist eine ganz angenehme Art und Weise, Menschen kennen zu lernen. Alles passiert nicht in der virtuellen Anonymität des Internets, sondern man lernt die Menschen im echten Leben kennen. Über das Internet hatte ich zwar auch schon einige Dates, diese sind allerdings nie erfreulich verlaufen. Entsprechend versuche ich neuerdings mein Glück beim Speed-Dating. Zumindest können sich dort 60-jährige nicht als 30 ausgeben. Es kommt mir ehrlicher vor. Und der Vorteil: Wenn beide sich gegenseitig sympathisch fanden, werden die Nummern ausgetauscht. Ansonsten nicht. Jedes „Date" dauert 10 Minuten. Wenn also ein Totalausfall dabei ist, muss man diesen wenigstens nur 10 Minuten lang aushalten. Außerdem muss man keine Absagen übermitteln – das übernimmt der Veranstalter. Am Ende überprüft dieser, ob beide sich sympathisch fanden, falls ja werden die Kontaktdaten verschickt.

Ich stehe also vor dem Spiegel und mache mich hübsch. Meine Augen möchte ich heute besonders betonen. Nach 30 Minuten ist mir ein wahrliches Meisterwerk gelungen. Ich bin richtig stolz auf mich, mache ein paar Selfies und poste das beste Foto auf Facebook. Meine Mädels sind ebenfalls begeistert. Nach 15 probierten Kleidern kann ich mich noch immer nicht entscheiden. Ich mache ein Selfie von meinen beiden Favoriten und schicke die Fotos an meine beste Freundin Bianka. Bianka hat einen guten Geschmack, und wie erwartet erhalte ich nach nur 137 Sekunden eine Antwort. „Ganz klar Nummer 2." So soll es sein. Ich esse noch eine Kleinigkeit und mache mich auf den Weg.

Das Speed-Dating findet wie immer in Bob's Bar statt und dauert insgesamt 90 Minuten – von 19 Uhr bis 20:30 Uhr. In der Zeit gibt es sechs Speed-Dates, zwischen den Dates immer eine kurze Pause, um sich zu sammeln, und nach der Hälfte der Veranstaltung eine etwas längere Raucherpause. Bob's Bar verwende ein durchdachtes System für die Speed-Dates: Man registriert sich dort mit einem Benutzernamen, und das System wählt zufällige Partner aus. Der Vorteil: Man trifft nicht wieder auf jemanden, den man bereits vor zwei Monaten kennen gelernt hat. Das wird automatisch durch die Software ausgeschlossen. Somit hat man immer neue Gesprächspartner – eine clevere Lösung.

Ich setze mich an den mir zugeteilten Tisch. Die Damen nehmen immer als erstes Platz. Wenn es losgeht, setzen sich die Männer dann an den ihnen zugeteilten Tisch. Hoffentlich finde ich heute endlich jemanden. Vor drei Monaten hatte sich ein Folgedate ergeben. Aber leider verlief das nicht so, wie ich es mir vorgestellt hatte. Aber vielleicht habe ich heute ja mehr Glück.

Ein Gong ertönt. Es geht los. Es setzt sich ein Mann mir gegenüber – ich brauche nicht lange. Er ist Buchhalter und mir zu alt. Wir machen trotzdem etwas Small-Talk. Ich glaube, er war an mir interessiert – aber leider nicht mein Typ.

Der nächste Kandidat ist eher in meinem Alter, macht aber einen ungepflegten Eindruck. Er benutzt keine Seife, kein Deo und kein Parfüm – wegen den Chemikalien, wie er erzählt. Entsprechend riecht er etwas streng. Auch nicht mein Fall.

Nach dem nächsten Gong sitzt mir ein 23-jähriger Arbeitsloser gegenüber. Im Gespräch wird mir klar, dass er überhaupt keine Lust hat, zu arbeiten. Er erzählt ständig nur von Computerspielen. Macht ein wenig den Eindruck, als wäre er zu diesem Speed-Dating gezwungen worden.

Halbzeitpause. Ich schnaufe durch. Bisher nicht wirklich erfolgreich. Aber ich gebe die Hoffnung nicht auf. Der nächste Gong.

Als der junge Mann auf mich zukommt, lächle ich ihn an. Als er dann aber Platz nimmt, vergeht mir das Lächeln. Starker Raucher. Ich kann diesen Gestank nicht ab.

Das vorletzte Date steht an. Krasser sächsischer Dialekt. Ich muss mir die vollen 10 Minuten die Lippen zusammen pressen, damit ich nicht laut lache. Mein Gegenüber merkt das nicht einmal – er erzählte fleißig von seiner letzten Radtour. Ich bin heilfroh, als die zehn Minuten vorbei sind. Auch wenn ich heute keinen perfekten Partner finde, so hatte ich zumindest etwas zu lachen.

Es gongt. Er kommt auf mich zu. Irgendwie spüre ich wie etwas Besonderes in der Luft liegt. „Jetzt bloß nichts falsch machen", denke ich mir. Er setzt sich, bestellt ein Glas Wasser. Ich bestelle eine Saftschorle. Er lächelt mich an mit seinen perfekten weißen Zähnen.

Er fragt mich nach meinem Namen, meinem Alter, meinen Hobbys. Danach drehe ich den Spieß um. Er heißt Tim, ist 36 Jahre alt. Er geht gerne Spazieren und fährt Rad, mag Filme, kocht gerne. „Wow!", denke ich mir. Auch Strandurlaub liegt ihm mehr als Action-Urlaub. Wenn ich seine Zeichen richtig deute, scheine ich ihm auch zu gefallen. Das könnte tatsächlich etwas werden. Aber da ist noch etwas: Ich frage ihn nach seinem Beruf.

Er hat Maschinenbau studiert, erzählt er mir. Klasse, denke ich mir – das hört sich nach einem gesicherten und ordentlichen Einkommen an.

Mittlerweile arbeitet er bei einem großen Maschinenbauer in Deutschland in der Entwicklungsabteilung. Sein Aufgabengebiet ist die Produktion von Maschinen für die Landwirtschaft, wie er erzählt. „Traktoren also?", frage ich. Er lacht. Und erzählt. Seine letzte Erfindung war eine Maschine, welche Küken schreddert. So was gab es natürlich schon, erzählt er mir. Aber mit seiner neuen Erfindung lassen sich die überzähligen Küken noch schneller und günstiger vernichten, berichtet er voller Stolz.

Auch hat er schon ganze Schlachthöfe umgerüstet – er erzählt mir von Gaskammern, in denen Schweine getötet werden. Seine neueste Konstruktion kann noch mehr dieser Tiere in die Gaskammer quetschen, wodurch die Kosten für die Schlachthäuser weiter gesenkt werden. Seine Augen funkeln, als er von seinen Erfindungen erzählt. Generell hat er sich mit allem schon einmal beschäftigt, was es so in der Tierhaltung gibt. Von Melk-Karussellen über Brutmaschinen und voll automatisierten Schlachthäusern. Aktuell arbeitet er an Robotern, die Hühner aus den Kisten der Mastbetriebe packen und auf das Förderband hängen. „Die Roboter sind günstiger als Menschen", meint er. Seine Erfindungen haben im letzten Jahr bei der Schlachtung von 25 Millionen Tieren mitgeholfen, erzählt er voller Stolz.

Der Gong ertönt. Leider. Ich hätte Tim noch stundenlang zuhören können. Er ist ja so ein kluger Mann. Ich bin höchst beeindruckt. Er bedankt sich für das nette Gespräch. Ich klicke am Computer bei Tim auf „positiv". Wie es der Zufall will, landet in meiner Mailbox am nächsten Tag seine Nummer. Ich kreische vor Freude. Endlich wieder ein erfolgreiches Speed-Date. Ich simse ihm, und wir verabreden uns zum Essen im Steakhaus. Ich kann es kaum erwarten ihn wieder zu sehen.

Liebe macht blind.

Platon (427 v. Chr. – 347 v. Chr.)
Griechischer Philosoph

DAS INTERESSIERT DOCH KEINE SAU

„Ich schwitz wie ein Schwein" höre ich eine junge Dame schnaufend sagen, nachdem sie gerade noch den Zug erwischt hat. Lustig, da Schweine doch gar nicht schwitzen können. „Nochmal Schwein gehabt!" meint der Schaffner, während er ihr Zugticket kontrolliert. Ein Bayernticket. „Mit der Sauklaue geht das aber nicht, schreiben Sie Ihren Namen bitte nochmal richtig hin". Was hat eine Sauklaue eigentlich mit Schreiben zu tun?

Einer der Fahrgäste beschwert sich beim Schaffner. „Hier ist es schweinekalt. Können Sie die Heizung anmachen?". Warum sind Schweine eigentlich kalt? „Ich eile im Schweinsgalopp" versichert der Schaffner.

Eine Reihe weiter sitzen zwei ältere Herren, sie wirken ungepflegt. Die ältere Dame, die mir gegenüber sitzt, meint nur abfällig: „Wie die Schweine schauen die aus. Saudreckig und ungepflegt – bei denen daheim sieht es bestimmt auch aus wie im Schweinestall". Einer der beiden pfurzt. „Du Ferkel!" meint der andere nur. Irgendwie verhalten die beiden sich saudumm.

Die Dame mir gegenüber muss mir unbedingt noch einen „saulustigen Witz" erzählen, den sie letztens gehört hatte. Lustig war er allerdings nicht, sondern eher sehr versaut. Ich finde das unter aller Sau, fremde Menschen mit solchen Witzen zu belustigen. Das geht mir saumäßig auf den Zeiger.

Komisch. Wir neigen dazu, alles Extreme mit unserem Essen zu verbinden. Das ist mittlerweile tatsächlich tief in unserem Wortschatz verwurzelt. Schweine können gar nicht schwitzen? „Na und? Das sagt man halt so!". Aber diese Verbindung macht auch tatsächlich Sinn. Mit unserem Essen verbinden wir nämlich hauptsächlich negative Redewendungen. „Du siehst aber aus wie eine Sau" ist schließlich kein Kompliment. Vielleicht versuchen wir damit aber auch ein wenig unser schlechtes Gewissen zu beruhigen. Negative und extreme Dinge assoziieren wir mit Schweinen, manchmal auch mit Rindern. Eigentlich ein ganz passender Vergleich. Denn wie mit diesen Lebewesen umgegangen wird, ist wahrlich auch sehr negativ und extrem. Spricht man darauf aber jemanden an, interessiert das leider keine Sau ...

Das Schwein und der Künstler werden erst nach ihrem Tode geschätzt.

Max Reger (1873 – 1916)
Deutscher Komponist

LIVE DABEI

Heute war ein großer Tag für mich, ich war bei „Polit24" zu einer Talkshow eingeladen. Als Vertreter der DBG, der Deutschen Bauern Gewerkschaft, konnte ich die Interessen der Bauern in der Live-Sendung vertreten. Titel der Sendung war „Ist Massentierhaltung okay?" – gerade für uns Landwirte ein schwieriges Thema, aber ich habe die Herausforderung mit Bravour gemeistert.

Es wurden Videos aus einigen Mastställen gezeigt – grausam, keine Frage. Das will vermutlich kein Mensch gerne sehen. Menschen lassen sich von Videos leicht beeinflussen, aber noch mehr lassen sie sich vom gesprochenen Wort beeinflussen. Hierin bin ich Experte. Als erstes habe ich die Bilder als „Einzelfälle" abgetan. Ich weiß natürlich, dass dem nicht so ist, aber ich erzähle den Leuten, was sie hören wollen. Dann habe ich erklärt, dass das wie bei Tomaten ist – geht es der Tomate nicht gut, wächst sie nicht. So auch bei Schweinen. Jeder Landwirt hat deshalb einen sehr genauen Blick darauf, dass es den Tieren sehr gut geht. Ansonsten wachsen sie nicht und der Bauer verdient kein Geld. Tosender Applaus kam aus der Menge. Daran erinnere ich mich gern zurück. Mit „Verbote sind immer der falsche Schritt" ergänzte ich meine Aussage. Die Menge tobte förmlich, es ging schließlich um die Wurst.

Dann machte ich noch mal klar, dass Massentierhaltung etwas richtig Gutes ist. Nur weil jemand mehr Tiere hat, ist das doch nicht automatisch etwas Schlechtes. Wir sehen das schließlich in der freien Marktwirtschaft überall: Je größer und erfolgreicher das Unternehmen, desto besser für den Kunden. Bedeutende Investitionen in den Tierschutz lohnen sich beispielsweise erst ab einer gewissen Unternehmensgröße, da ansonsten die Kosten dafür je Schwein zu hoch sind. Deshalb brauchen wir mehr und nicht weniger Massentierhaltung in Deutschland. Applaus aus der Menge, ein nickender Moderator. Mit einem breiten Grinsen ging ich von der Bühne.

„In 500 Metern rechts abbiegen", ertönt es aus meinem Navi. Sehr gut, ich bin bald daheim. Es war schließlich ein langer Tag im Studio. Plötzlich werde ich geblendet. Ich versuche noch auszuweichen, aber es hilft nichts. Ein Aufprall, der Airbag springt auf. Mehr weiß ich nicht mehr.

Als ich aufwache, ist es dunkel. Ich sehe nichts. Noch etwas benebelt reibe ich meine Augen, aber es bleibt dunkel. Als ich mich aufsetzen will, schlage ich mit dem Kopf gegen die Decke. Es läuft Blut über meine Stirn. Ich taste meine Umgebung ab. Wobei es da nicht viel abzutasten gibt. Ich bin eingesperrt, der Raum bietet circa 180 cm in der Länge, 50 cm in der Breite und 70 cm in der Höhe. „Scheiße", dämmert es mir. Ich beginne zu brüllen. „Hilfe! Hilfe!". Aber niemand kommt, niemand hört mich. Ich bin doch nicht etwa lebendig begraben worden? Bin ich in einem Sarg?

Ich taste noch einmal die Wände ab. Sie sind aus Beton, das ist kein Holz. Also kein Sarg. Ich bin erstmal etwas beruhigt. Aber auch nur etwas. Die Luft ist stickig. Ich taste weiter alles ab. Etwas Sonnenlicht wäre sehr hilfreich. Aber es ist stockdunkel. Am unteren Ende ist ein Gitter im Boden eingelassen. Auf der rechten Seite ist eine Vertiefung in der Wand. Ich taste sie ab und greife in etwas Flüssiges. Daneben noch eine Vertiefung, eine breiartige Konsistenz. Ich greife in den Brei und rieche daran. Es riecht nach Haferbrei. Widerwillig schlucke ich etwas davon hinunter, es schmeckt wie Brei mit Hustensaft. Dann forme ich mit meinen Händen eine Schale und bringe etwas Wasser an meinen Mund. Die Hälfte geht auf dem Weg verloren. Abgestandenes Wasser.

Ich brülle noch mal. Aber niemand antwortet, es scheint niemanden zu interessieren oder es hört niemand hin. Oder beides. Ich schlucke. Wie bin ich hier her gekommen? Ich taste meinen eigenen Körper ab – ich bin komplett nackt. Das war mir vorher noch gar nicht aufgefallen. Will mich hier jemand verarschen? Ich erinnere mich noch dunkel an den Unfall. Aber warum bin ich jetzt hier? Nach einiger Zeit schlafe ich ein. Ich kann hier eh nicht mehr tun. Als ich aufwache, muss ich dringend auf Toilette. Aber hier gibt es keine. Je länger ich es zurückhalte, desto schmerzhafter wird es. Schließlich entleert sich mein Darm und meine Blase gleich mit. Es stinkt fürchterlich, das liegt wohl an dem Rührei von heute Mittag. Ein Teil meines Kots verschwindet durch die Gitter, den Rest versuche ich hinterher zu schieben. Mit etwas Wasser versuche ich meinen Körper etwas sauber zu machen, aber so richtig gelingt es mir nicht.

Ich verliere jegliches Gefühl von Zeit. Es ist immer Brei da, immer Wasser. Mein Bauch wächst und wächst, ich esse wohl zu viel Brei. Aber viel mehr kann ich hier schließlich nicht machen. Ich kann mich auch nicht wirklich bewegen, dadurch ist mein Kalorienverbrauch ausgesprochen niedrig. Ich weiß nicht einmal, ob Tag oder Nacht ist. Anhand der Länge meiner Barthaare versuche ich abzuschätzen, wie lange ich hier schon gefangen bin. Sie sind mittlerweile circa zwei Zentimeter lang. Dann dürfte ich hier schon seit fast zwei Monaten sein. Ich brülle mal wieder. Aber es passiert nichts.

Plötzlich wache ich auf. Jemand packt mich an den Schultern, zieht mich aus meiner Kammer. Ich falle aus circa einen halben Meter Höhe auf den Boden. Ich versuche mich zu wehren, aber man fesselt meine Hände. Durch das plötzliche Licht habe ich nichts gesehen, so stark war ich geblendet.

Ich werde irgendwo hin gezogen, langsam beginnen meine Augen wieder zu funktionieren, da ist aber schon eine Kette an meinem Fuß. Ein Mann in weißem Kittel und mit einem Messer in der Hand grinst mich an. Ein zweiter Mann kommt mit einem Elektroschocker auf mich zu. Im Hintergrund sehe ich Menschenhälften von der Wand baumeln. Ich brülle die Leute an, sie sollen mich gehen lassen. Dann spüre ich den Stromschlag. Danach wird alles dunkel, und ich merke wie ich umfalle.

Ich wache in einem Bett auf. Alles ist weiß. Ich brülle wieder. Zwei Krankenschwestern kommen in mein Zimmer gestürmt. Sie halten mich fest, während ich um mich schlage. Eine der Frauen sticht mir mit einer Spritze in den Arm. Ich höre langsam auf zu toben. Es hat ja eh keinen Sinn. „Jetzt wird alles wieder gut", meint eine der Schwestern zu mir. Ein Polizist betritt den Raum. Er fragt mich, ob ich noch weiß was passiert ist. Ich erzähle ihm alles. Beschreibe ihm den Mann mit dem Kittel und dem Messer, ich beschreibe ihm mein Gefängnis. Der Polizist schüttelt verwundert den Kopf. „Wir haben Sie nur wenige Stunden nach Ihrem TV-Auftritt bewusstlos in Ihrem Auto gefunden. Sie hatten einige Verletzungen und lagen eine Woche im Koma. Das müssen Sie geträumt haben. Können Sie sich denn noch an den Unfall erinnern?"

Ich erzähle von dem grellen Licht, mehr weiß ich auch nicht mehr. Der Polizist notiert sich alles, wünscht mir eine gute Besserung und verschwindet wieder. Anschließend kommen wieder die Schwestern, fragen, ob ich etwas essen oder trinken möchte. Ich frage nach einem Kaffee und einer Wurstsemmel. Beim Biss in die Semmel schnaufe ich erleichtert durch. Es war alles nur ein böser Traum.

> # Die Verzerrung der Realität im Bericht ist der wahrheitsgetreue Bericht über die Realität.
>
> *Karl Kraus (1874 - 1936)*
> *Österreichischer Schriftsteller*

EINE LANGE WOCHE

Heute geht es los – ich starte meinen Selbstversuch. Ich möchte mich eine Woche lang nogan ernähren. Meine Freundin lachte und meinte, das würde ich nicht durchhalten. Aber ich finde, man sollte alles einmal ausprobiert haben. Also warum nicht nogan? Die Grundregel der Noganen Ernährung: Esse nur Lebensmittel, die nicht vegan sind, also von Tieren stammen. Kein Gemüse, kein Obst, kein Brot, kein Salat, nein, nicht einmal Ketchup ist mehr erlaubt. Ich bin gespannt auf mein Experiment.

Tag 1: Ich wache auf, strecke mich, gehe unter die Dusche. Im Zuge meiner neuen Lebensweise fliegt erstmal die Hälfte der Shampoos raus. Schließlich finde ich noch eine Honig-Milch-Seife, die laut Hersteller definitiv an Tieren getestet wurde. Sehr gut!

Zum Frühstück will ich gerade meine Kaffeemaschine anwerfen, als mir klar wird, dass Kaffeebohnen vegan sind. Für mich also diese Woche verboten. Entsprechend trinke ich meinen Kaffee heute ohne Kaffee – es gibt also nur einen Schluck Milch. Als ich zum Zucker greife, läuft es mir kalt den Rücken runter. Wie soll ich eine Woche ohne Zucker überleben? Aber so ist das bei einer Ernährungsumstellung, da muss man konsequent bleiben. Ich süße meinen kaffeefreien Kaffee mit Honig. Schmeckt auch okay.

Zum Mittagessen gibt es wie immer eine Currywurst. Allerdings heute ohne Curry. Und ohne Soße. Ist schließlich alles vegan. Aber zumindest die Wurst bleibt übrig.

Abends gehe ich wie gewohnt zum Döner essen. Aber auch hier bleibt nicht viel übrig. Ich bekomme einen Teller mit Fleisch und Joghurtsoße. Zwiebeln gibt es leider nicht dazu, auch keinen Salat. Aber das Fleisch schmeckt allein auch ganz okay. Da muss man durch, auch wenn mich andere Gäste mit ihrem Döner in der Hand ganz mitleidig anschauen.

Am nächsten Morgen gibt es Rührei mit Speck – ganz akzeptabel, dazu wieder kaffeefreien Kaffee. Mittags dann Fisch – ohne Beilagen. Abends gehe ich mit Freunden zum Italiener. Der Termin war schon lange im Voraus vereinbart, entsprechend konnte ich ihn nicht mehr absagen. Beim Studieren der Karte stelle ich fest, dass alle Speisen mit veganen Zutaten sind. Zum Trinken bestelle ich mir ein Glas Milch, die Kellnerin bringt es, auch wenn es eigentlich nicht auf der Karte stand. Dazu bereitet man ausnahmsweise ein noganes Gericht in der Küche für mich zu. Das kann sich tatsächlich sehen lassen. Eine Pizza, deren Boden komplett aus Hackfleisch besteht, darauf Schinken, Käse, Eier. Ich bin begeistert von der kreativen Leistung der Küche und bedanke mich vielmals. Meine Freunde tranken alle Rotwein und Bier. Ich beneidete sie darum, denn für Noganer gibt es das alles nicht. Meine Freunde wurden im angetrunkenen Zustand zunehmend lustig, während ich nüchtern daneben saß und mich ausgeschlossen fühlte. Bis ich auf den rettenden Einfall kam: Ich bestellte einen Eierlikör, schmeckte lecker zu meiner Hackfleisch-Pizza.

Die Tage vergehen, ich vermisse meinen Kaffee immer mehr. Aber am meisten Lust habe ich auf einen Burger. Bei McDonald's hole ich mir gelegentlich Chicken McNuggets und kratze die Panade vorsichtig ab, dazu gibt es einen Milchshake.

Ich fühle mich immer kraft- und lustloser. Die nogane Ernährung scheint mir nicht gut zu tun. Ab Donnerstag beginne ich verzweifelt die Tage runter zu zählen, bis ich endlich wieder vegane Lebensmittel zu mir nehmen kann. Sonntagabend esse ich eine letzte Currywurst zusammen mit einem hart gekochten Ei.

Am nächsten Morgen springe ich aus dem Bett, renne zur Kaffeemaschine und lasse mir einen Kaffee raus. Ohne Milch – die kann ich nicht mehr sehen. Zum Frühstück gibt es eine Semmel mit Marmelade. Bereits beim Gedanken an Wurst und Käse kommt mir das Würgen. Bin ich froh, nicht mehr nogan essen zu müssen!

Manches ist nur schön, so lange wir es wünschen und wird fad, sobald wir es genießen.

Abbé Ferdinando Galiani (1728 – 1787)
Italienischer Schriftsteller

DAS MARS-PROJEKT

Im Jahr 2130 startete das Shuttle Freedom zum roten Planeten. Die NASA investierte mehr als 200 Milliarden US-Dollar, um das spektakuläre Projekt zu realisieren. An Bord des unbemannten Objekts: High-Tech-Equipment zum Aufspüren von Leben auf dem Mars.

Das größte Rätsel der Menschheit ist schließlich, ob wir allein sind im Universum oder ob es auch auf anderen Planeten Leben gibt – oder gab. Nachdem einige Jahre zuvor Spuren von Wasser auf dem Mars entdeckt wurden, war die Hoffnung der Wissenschaftler groß, dort weitere Lebenszeichen zu finden. Entsprechend wurde das Projekt Freedom gestartet.

Als Freedom schließlich auf dem Mars landete, strömten die an Bord befindlichen Aufklärungsdrohnen in alle Himmelsrichtungen aus. Es vergingen einige Tage, bis schließlich ein einziges Bild um die ganze Welt ging: Das Foto von einem Marsbewohner, welches eine der Drohnen aufgenommen hatte. Man sah darauf eine runde, rötliche Gestalt. Drei große Glubschaugen, keine Nase. Dafür fünf Beine. Die Körpergröße des Wesens betrug ungefähr 1,20 Meter. Das erste außerirdische Leben war gefunden. An diesem Tag wurde ein neues Kapitel der Menschheitsgeschichte aufgeschlagen.

Die restlichen Drohnen schwärmten zur Fundstelle, auf der Suche nach weiteren Bewohnern. Und sie wurden fündig. Die Marsianer versteckten sich hinter Steinen. Aufgrund ihrer Hautfarbe waren sie kaum zu erkennen. Das Projekt Freedom war zum Glück auf solch einen Fund vorbereitet. Während die Marsbewohner umher sprangen und auf die Drohnen deuteten, schossen diese ihre

Fangnetze aus. Und tatsächlich gelang es der Drohne RG-X77B einen Marsbewohner zu fangen.

Der gefangene Marsbewohner, Codename Heaven, wurde von den Drohnen zum Shuttle transportiert. Das startete unverzüglich, kaum dass die kostbare Ladung an Bord war.

Als das Shuttle einige Monate später die Erde erreichte, öffnete eine Delegation der weltweit renommiertesten Wissenschaftler das Raumschiff. Ein historischer Moment in der Geschichte der Menschheit. Heaven war im Kühlraum des Shuttles eingefroren. Voller Begeisterung öffneten die Wissenschaftler den Raum und brachten das leblose Wesen zur Untersuchung in die extra hierfür errichtete Forschungseinrichtung Heaven-One.

Wochenlang hörte man anschließend nichts mehr von den Wissenschaftlern. Bis eines Tages die NASA die Studienergebnisse veröffentlichte: Bei dem Marsbewohner handelte es sich um ein schätzungsweise 7.000 Jahre altes Lebewesen. Auch die restlichen Ergebnisse waren verblüffend: Das Blut der Marsbewohner hatte eine gigantische Energiedichte. In Versuchen konnte man mit nur einem Liter Blut mit einem Auto eine Strecke von 500 Kilometern zurücklegen. Das Knochenmaterial erwies sich in Experimenten als ausgezeichnet geeignet für die Herstellung von modernen Computer-Prozessoren. Die Knochen der Wesen waren federleicht, hitze- und kälteresistent, enorm stabil und hatten perfekte Leiteigenschaften. Aber die erstaunlichste Entdeckung machten die Wissenschaftler am Muskelfleisch von Heaven. Kurz in der Pfanne angebraten, schmeckte es nämlich vorzüglich. Das beste Fleisch, das je von Menschen gefunden wurde.

Plötzlich ging alles ganz schnell. Bereits wenige Wochen später startete die nächste Raumfähre mit dem Projektnamen Peace. Die Expedition verschlang insgesamt 4,1 Billionen US-Dollar. Aber es war ein gigantischer Erfolg. Peace brachte nach wenigen Monaten mehrere lebende Exemplare von Marsbewohnern auf die Erde. Diese wurden in großen Mastanlagen untergebracht. Die Forscher sorgten dafür, dass sich die Marsbewohner zügig vermehrten. Bereits kurz darauf war das Fleisch von Marsbewohnern weltweit flächendeckend in den Supermärkten verfügbar und entwickelte sich in kürzester Zeit zum Verkaufsschlager. Die Billionen-Investitionen für die Weltraumprojekte zahlten sich innerhalb kürzester Zeit aus.

Gewissenhafte Konsumenten gönnen sich allerdings ausschließlich Fleisch aus Wildhaltung. Hierfür fliegen seither wöchentlich hunderte Shuttles zum Mars auf der Suche nach Marsbewohnern – um dieses köstliche Fleisch weltweit für alle verfügbar zu machen.

Wahrlich ist der Mensch der König aller Tiere, denn seine Grausamkeit übertrifft die ihrige. Wir leben vom Tode anderer. Wir sind wandelnde Grabstätten.

Leonardo da Vinci (1452 - 1519)
Italienischer Maler

DAS IST JA ZUM HUNDEMELKEN

6:00 Uhr – kaum gibt mein Wecker den ersten Ton von sich, stehe ich auch schon hellwach in meinem Schlafzimmer. Die frühe Maus frisst bekanntlich den Seitan. Zum Frühstück gönne ich mir ein Brötchen und eine Tasse Kaffee. Als ich das Haus verlassen will, drehe ich noch einmal um und hole meinen Schal. Draußen ist es wirklich biberkalt! Ich bin spät dran und eile zum Bus. Da sehe ich aus der Ferne, wie der Bus an der Haltestelle hält. Ich beginne zu laufen. Ich habe ein wichtiges Meeting und muss pünktlich in der Arbeit sein. Jetzt geht es wirklich um den Tofu!

Ich ringe nach Luft, als ich in den Bus steige. Der Busfahrer hat freundlicherweise auf mich gewartet. Da habe ich aber noch mal richtig Elefant gehabt! Gerade will ich mich an einen freien Platz setzen, da sehe ich meinen alten Freund Torsten. „Torsten, alte Giraffe! Wie geht's dir?", frage ich ihn, während ich mich setze. Torsten freut sich richtig, mich zu sehen. Er war schon immer ein Scherzkeks, und natürlich erzählt er mir gleich wieder einen neuen Witz. Es geht um zwei Menschen beim nashornen. Torsten erzählt am liebsten verlöwte Witze. Der Bus hält, und mein Freund muss leider aussteigen. Wir vereinbaren nächste Woche wegzugehen und mal richtig die Spinne raus zu lassen.

Der Busfahrer beginnt plötzlich zu hupen. Jemand hat in zweiter Reihe geparkt. „Du dummer Löwe, du!", flucht der Busfahrer. Der Autofahrer, ein junger Mann in feschem Anzug, eilt zu seinem Wagen und macht eine abfällige Geste in Richtung Bus. „Du denkst, du bist ein ganz toller Clownfisch, was?", schimpft der Busfahrer.

Ich steige an meiner Haltestelle aus und gehe in Richtung meines Büros. Beinahe wäre ich auf dem Weg auf eine Schnecke getreten, zum Glück habe ich sie rechtzeitig gesehen. Ich könnte schließlich keiner Schildkröte etwas zuleide tun. Aus einem kleinen Supermarkt kommt eine junge Mutter mit ihrem Sohn. Dieser weint

Papageientränen und brüllt etwas von wegen Schokolade. Hach, da lachen ja die Fledermäuse! Da denkt der kleine Bub doch tatsächlich, er bekommt seine Schokolade, wenn er auf beleidigten Räuchertofu macht.

Im Büro angekommen, mache ich mir erst einmal einen Kaffee. Ein Kollege flucht in der Kaffeeküche. Ich frage ihn, was los ist. „Ach, das ist echt zum Hundemelken! Ich war so nah am Abschluss mit einem wichtigen Geschäftskunden, und dann überlegt er es sich doch noch einmal anders und geht zur Konkurrenz. Da wird die Katze in der Mikrowelle verrückt, das kann doch einfach nicht wahr sein!"

Ich versuche ihn zu beruhigen: „Keine Sorge, beim nächsten Mal läuft es bestimmt wieder besser. Und für die Konkurrenz fällt mir nur eines ein: Auch ein tauber Affe findet mal eine Banane!"

Ich gehe an meinen Arbeitsplatz, dort liegt ein Zettel von der Vertragsabteilung: „Wichtig – bitte Rücksprache!" Entsprechend eile ich dort hin. „Jetzt mal Margarine bei die Algen, was ist los?", frage ich meine Kollegin dort. „Das passt auf keine Elefantenhaut, du hast das Formblatt Z3 vergessen!", erwidert sie und wedelt mit ein paar Zetteln durch die Luft. Verdammt, ich wusste, ich habe etwas vergessen. „Keine Panik, ich weiß wie das Meerschweinchen läuft. Lass jetzt bloß nicht den Otter aus dem Sack, ich will nicht, dass der Chef was davon erfährt. Wir wollen schließlich keine schlafenden Eulen wecken! Ich fahre jetzt noch mal zum Kunden und schmiere ihm etwas Agavendicksaft ums Maul, dann wird er das bestimmt noch nachträglich unterschreiben!"

„Okay, aber beeil dich, ich muss die Unterlagen bis 13 Uhr weiterleiten", erwidert sie.

„Keine Panik, spätestens um 12 Uhr hast du das Formblatt, und dann ist der Tofu gegessen!", beruhige ich sie und eile los zu meinem Kunden.

> # Ein schlauer Spruch beweist überhaupt nichts.
>
> *Voltaire (1694 – 1778)*
> *Französischer Philosoph*

ENTSPANNUNG FÜR DEN WOHNUNGSMARKT

Der Wohnungsmarkt dürfte sich künftig wieder deutlich entspannen. Während die Mietpreise über die letzten Jahrzehnte drastisch angestiegen sind, droht nun eine gegenteilige Entwicklung. Denn es steht ein dramatischer Mietermangel bevor. Mehr als 90% der deutschen Bevölkerung könnten künftig auf Kosten des Steuerzahlers leben. Allerdings nicht in ihren bisherigen Wohnungen, sondern in der sich aktuell in Entwicklung befindlichen Massengefängnishaltung.

Grund dafür ist das Tierschutzgesetz. Es regelt u.a. die Haltung von Wirbeltieren. Dummerweise wurde bei der Erstellung des Gesetzes nicht bedacht, dass es sich beim Menschen ebenfalls um ein Wirbeltier handelt. Diese Tatsache könnte der Regierung künftig die Haltung von Menschen auf engstem Raum erlauben. Menschen mit einem Gewicht von unter 100 kg könnten dann auf einer Fläche von nur 0,75 m² untergebracht werden – Wenn man die vergleichbaren Regelungen für Schweine heranzieht. Allerdings muss man hier relativieren, da voraussichtlich auch ein Teil der Bevölkerung in Biogefängnishaltung leben würde, was einer Wohnfläche von großzügigeren 1,5 m² entsprechen würde[11].

Aber damit es überhaupt so weit kommen kann, muss der Staat zuerst in den Besitz so vieler Menschen kommen. Dies kann in Deutschland lediglich durch eine Verurteilung aufgrund einer begangenen Straftat erfolgen, da ansonsten die Freiheitsrechte des Menschen rechtswidrig eingeschränkt werden würden. Doch wie macht man 90% der deutschen Bevölkerung zu Straftätern?

Hier kommt wieder das Tierschutzgesetz ins Spiel:

§1 TierSchG

Zweck dieses Gesetzes ist es, aus der Verantwortung des Menschen für das Tier als Mitgeschöpf dessen Leben und Wohlbefinden zu schützen. Niemand darf einem Tier ohne vernünftigen Grund Schmerzen, Leiden oder Schäden zufügen.

Ein ehrenwertes Ziel. Nur leider ist der Bundesregierung bei der Formulierung des Gesetzes ein fataler Fehler unterlaufen: Anstatt nur irgendeinen Grund zu verlangen, fordert das Gesetz einen *vernünftigen* Grund. Dieser fatale Tippfehler könnte mehr als 90% der deutschen Bevölkerung in Kürze hinter Gitter bringen. Betroffen wären nämlich sämtliche Fleischkonsumenten in Deutschland.

Um die Problematik zu verstehen, muss man sich mit dem Begriff „vernünftiger Grund" auseinandersetzen. Der Begriff wird in Gesetzeskommentaren wie folgt definiert:

Ein vernünftiger Grund liegt vor, wenn er als triftig, einsichtig und von einem schutzwürdigen Interesse getragen anzuerkennen ist und wenn er unter den konkreten Umständen schwerer wiegt als das Interesse des Tieres an seiner Unversehrtheit und an seinem Wohlbefinden.

Lorz, Albert, Metzger, Ernst: Tierschutzgesetz - Kommentar, München, 6. Auflage 2008, § 1 Rn. 62.

So stellt sich die Frage, ob die Tötung eines Tieres für den menschlichen Verzehr überhaupt einen vernünftigen Grund darstellt. Vernünftig gemäß obiger Definition wäre es, wenn es für die menschliche Existenz zwingend erforderlich wäre. Doch hier machen unzählige Veganer und Vegetarier dem deutschen Fleischkonsumenten einen Strich durch die Rechnung: Denn die Pflanzenfresser wollen einfach nicht sterben. Vielmehr leben diese, wie unzählige Studien zeigen, sogar gesünder und länger als ihre

Fleisch essenden Mitbürger. Krebs, Diabetes, Adipositas und Herzkrankheiten treten bei diesen deutlich seltener auf. Es scheint also klar: Niemand muss Fleisch essen. Eher ist das Gegenteil der Fall: Wer Fleisch isst, handelt unvernünftig. Denn er schadet der eigenen Gesundheit und reduziert seine Lebenserwartung. Er handelt demnach ähnlich einem Raucher. Nur mit dem Unterschied, dass die meisten Raucher sich dessen bewusst sind, dass sie unvernünftig handeln. Sie rauchen aber trotzdem, mit der Begründung, dass es ihnen halt schmeckt.

Und das ist der übliche Einwand des deutschen Fleischkonsumenten: Fleisch schmeckt! Und auf dieses kulinarische Geschmackserlebnis wollen sie nicht verzichten – es würde ihre Lebensqualität massiv beeinträchtigen. Die Deutschen lieben schließlich Fleisch:

56 Millionen Schweine, 3,8 Millionen Rinder, 1 Million Schafe und 9.000 Pferde (die Dunkelziffer ist womöglich höher!), 584 Millionen Hühner, 25 Millionen Enten, 1 Million Gänse und 44 Millionen Truthühner wurden 2009 in Deutschland geschlachtet. Für Fische liegen keine konkreten Zahlen vor, da diese statistisch nur in Tonnen erfasst werden. 274.000 Tonnen Fisch kommen aus deutscher Produktion, zusätzlich importieren die Deutschen weitere 2 Millionen Tonnen Fisch pro Jahr. Umgerechnet entspricht das in etwa einem Konsum von mehr als 40 Milliarden Fischen jährlich.

Der Geschmack muss offenbar einzigartig sein. Entsprechend gehört Fleisch auch für die meisten Deutschen auf den täglichen Speiseplan. Ironisch, dass knapp 90% der deutschen Bevölkerung nichts merken würden, wenn man ihnen das Fleisch wegnähme. In einem Experiment wurde in der Mensa der Uni Bochum das Rindergulasch heimlich durch Sojagulasch ersetzt. 88% der Kantinenbesucher konnten keinerlei Unterschied zu echtem Rindergulasch feststellen. So einzigartig scheint der Geschmack dann doch nicht zu sein.

Hinzu kommt das Problem der Umweltverschmutzung. Der durch die Nutztierhaltung verursachte CO_2-Ausstoß ist höher als der des kompletten Transportsektors. Für das Klima entspricht ein Kilogramm Rindfleisch einer Autofahrt von mehr als 1.500 Kilometern. Zusätzlich schädigt die massive Überdüngung unsere Böden und unser Grundwasser.

Wir halten fest: Der Verzehr von Fleisch birgt massive Nachteile für die Gesundheit, Fleisch kann problemlos durch andere pflanzliche Nahrungsmittel ersetzt werden und Fleisch führt zu einer massiven Klima- und Umweltbelastung.

Ein vernünftiger Grund für den Konsum von Fleisch liegt entsprechend nicht vor, und 90% der deutschen Bevölkerung verstoßen gegen das Tierschutzgesetz. Naja, ist ja nur das Tierschutzgesetz, könnte man meinen.

§17 TierSchG

Mit Freiheitsstrafe bis zu drei Jahren oder mit Geldstrafe wird bestraft, wer ein Wirbeltier ohne vernünftigen Grund tötet.

Nun könnte der Einwand erhoben werden, dass die Tötung von Schlachttieren durch den Schlachter erfolgt. Aber dieser macht das ja nicht aus Lust und Laune sondern im Auftrag der Konsumenten. Im Strafgesetzbuch ist dieser Fall eindeutig geregelt:

§26 StGB

Als Anstifter wird gleich einem Täter bestraft, wer vorsätzlich einen anderen zu dessen vorsätzlich begangener rechtswidriger Tat bestimmt hat.

Bislang wurde noch kein derartiger Fall vor Gericht verhandelt. Problematisch wäre dann jedenfalls die Auswahl eines Richters, da ein nicht vegetarisch lebender Richter sich unter Umständen selbst strafbar gemacht hätte und deshalb als befangen abgelehnt werden müsste. Es wird bereits mit Hochdruck an der Entwicklung eines Fleisch-Schnelltests gearbeitet, mit welchem festgestellt werden kann, ob die getestete Person innerhalb der Verjährungsfrist Fleisch konsumiert hat. Damit könnten Straftäter zielsicher identifiziert und aus dem Verkehr gezogen werden.

Das erste Strafverfahren ist bereits eingeleitet worden: gegen Alfons Schubeck. Der prominente Fernsehkoch und Kochbuchautor sitzt derzeit in Untersuchungshaft, und der Prozess soll in Kürze beginnen. In seinen Kochshows hat Schubeck unzählige Personen mit Fleisch verköstigt und in den Bild- und Tondokumenten konnte sein Fleischkonsum auch zweifelsfrei nachgewiesen werden. Zusätzlich wurde Anklage erhoben wegen der Anstiftung zum Verzehr von Fleisch. Tausende Kochbücher von Schubeck wurden bereits beschlagnahmt, und seine Bücher dürfen in Deutschland nicht mehr verkauft werden.

Allerdings stellt sich der modernen Massengefängnishaltung noch ein Problem, weshalb für Vermieter vorerst Entwarnung gegeben werden kann:

Man geht davon aus, dass die Anklage gegen Schubeck, sowie sämtliche weiteren diesbezüglichen Anklagen, wegen mangelndem öffentlichen Interesse fallen gelassen werden.

Ich bin für die Rechte der Tiere genauso wie für die Menschenrechte. Denn das erst macht den ganzen Menschen aus.

Abraham Lincoln (1809 – 1865)
16. Präsident der Vereinigten Staaten

DER FAIRE PROZESS

Ich war auf der Landstraße unterwegs. Ich kann mich nur noch an aufblinkende Scheinwerfer erinnern. Alles andere ist weg. Ich weiß nicht mehr was passiert ist. Dann kam dieses grelle Licht, und ich bin darauf zugelaufen. Jetzt bin ich hier. An der Himmelspforte.

Ich klopfe an der großen Türe. Petrus macht auf. „Ja bitte?" fragt er. „Ich würde gerne eintreten" erwidere ich. Petrus führt mich in einen großen Raum, er erinnert mich an einen Gerichtssaal. Er bittet mich, auf dem Stuhl in der Mitte Platz zu nehmen. Ich setze mich.

Petrus setzt sich auf den Platz des Richters. „Herr Müller, erzählen Sie mir doch mal, warum Sie der Ansicht sind, in den Himmel zu gehören!"

Ich denke kurz nach und hole dann aus: „Ich war schon immer sehr fleißig. In der Schule gehörte ich stets zu den Klassenbesten. Über unsere Umwelt hatte ich mir schon immer Gedanken gemacht. Deshalb habe ich nach meinem Studium in der Branche der erneuerbaren Energien Fuß gefasst, um die Welt zu einem besseren Platz für nachfolgende Generationen zu machen. Ich habe mich verliebt und geheiratet. Meine Frau habe ich immer gut behandelt. Generell habe ich alle meine Mitmenschen immer fair und freundlich behandelt. Mit meiner Frau habe ich vier Kinder großgezogen. Alle hatten eine schöne Kindheit und konnten studieren. Ich würde behaupten, ich war ein guter Vater. Aber ich schaue auch mal über den Tellerrand hinaus. Deshalb habe ich mich ehrenamtlich engagiert. So habe ich beispielsweise jeden Samstag mit Jugendarbeit verbracht – damit nicht nur meine, sondern auch andere Kinder eine schöne Kindheit haben können. Zusätzlich war ich Mitglied bei der freiwilligen Feuerwehr. Außerdem habe ich immer zu Weihnachten einen Teil meines Weihnachtsgeldes gespendet, damit Kinder in armen Ländern auch Weihnachtsgeschenke erhalten können. Generell wage ich zu behaupten, dass ich ein guter Mensch war. Deshalb bin ich hier."

Stille. Dann holt Petrus tief Luft. „Herr Müller, hier steht, dass Sie Fleisch gegessen haben. Möchten Sie das kommentieren?"

„Gerne! Da ich mich gesund ernähren wollte, habe ich natürlich täglich Fleisch gegessen. Außerdem schmeckt Fleisch sehr lecker, weshalb es bei mir jeden Tag auf den Tisch kam."

Petrus holt einen dicken Stapel Papier aus seiner Mappe. „Herr Müller, hier steht, dass Sie den Tod von vier Rindern, vier Schafen, zwölf Gänsen, 37 Enten, 46 Truthähnen, 46 Schweinen und 945 Hühnern zu verantworten haben. Aufgrund der hohen Zahl an Opfern verzichte ich auf die Vorlesung der einzelnen Namen. Jedes einzelne dieser Tiere hat einen Antrag auf Ablehnung Ihrer Aufnahme in den Himmel eingereicht. Herr Müller, hätten Sie sich besser informiert, hätten Sie feststellen müssen, dass Fleisch Ihrer Gesundheit nicht zuträglich ist. Aufgrund der Ihnen seinerzeit vorliegenden Informationen hätten Sie davon in Kenntnis sein müssen. Ihre Behauptung, Sie hätten Fleisch aus gesundheitlichen Gründen gegessen, kann ich hier nicht gelten lassen."

Mir bleibt fast die Luft weg. Ich sehe mich um. Hinter mir sind plötzlich unzählige Tiere. Rinder, Schweine, Hühner. Scheinbar sind alle Tiere vertreten, die meinetwegen gestorben sind. Sie verhalten sich ruhig, schauen mich nur an. Ich beginne zu schwitzen.

„Lieber Petrus, es ist ja schließlich so, dass wir Menschen schon immer Fleisch gegessen haben. Natürlich habe ich schon davon gehört, dass Fleisch angeblich nicht gesund ist. Aber so ganz hundertprozentig konnte das nie nachgewiesen werden. Und so ist schließlich das Leben: Fressen und Gefressen werden. Das ist doch die Natur, so wie der Herr sie geschaffen hat."

Petrus schaut mich an. Seine Miene verzieht sich. „Herr Müller, nur weil etwas schon immer so war, ist das doch kein Grund, damit fortzufahren. Mord und Totschlag sind schließlich auch schon immer ein Teil der Menschheitsgeschichte gewesen. Das ist keine Rechtfertigung für Ihre Taten. Sie wussten, unter welchen Umständen Fleisch auf der Erde hergestellt wird, haben diese Informationen aber ignoriert. Entsprechend ist hier von Vorsatz auszugehen. Fressen und gefressen werden? Ja, es gibt tatsächlich Tiere, die Fleisch essen müssen – Diese sind allerdings nicht Teil der Schöpfung unseres Herrn – Gott ist schließlich kein Freund des Mordens. Aber Sie, Herr Müller, Sie gehören gewiss nicht zu diesen Tieren."

Ich schlucke. „Aber ich habe doch nur Bio-Fleisch gegessen!"

„Nun", holt Petrus aus, „gemäß meinen Unterlagen haben Sie nicht ausschließlich Bio-Fleisch konsumiert, eigentlich so gut wie nie. Außerdem liegen auch von Bio-Tieren Anträge vor, die Ihre Nicht-Aufnahme in den Himmel fordern. Wie Sie sich sicher vorstellen können, mussten auch die biologisch gehaltenen Tiere mit ihrem Leben für Ihre Fleischeslust bezahlen. Ich lese hier außerdem, dass Sie für Ihre Grillpartys bekannt waren?"

„Ja, das war ich. Ich war leidenschaftlicher Grillmeister und habe gerne zu gemütlichen Grillabenden eingeladen."

Plötzlich erscheinen hinter mir hunderte weiterer Tiere. „Diese Tiere sind Ihren gemütlichen Grillabenden zum Opfer gefallen", wirft mir Petrus vor. „Sie haben sie töten lassen, um sie an Ihre Freunde verfüttern zu können."

Langsam wird mir das zu bunt. „Also bei allem Respekt – Sie können mich hier doch nicht als Monster darstellen. Ich liebe doch Tiere. Ich hatte beispielsweise drei Katzen, die ich liebevoll behütet habe!"

Petrus seufzt. „Sie scheinen mir nicht zugehört zu haben. Katzen sind keine Geschöpfe des Herrn – es sind Raubtiere, die durch die Welt ziehen, um zu töten. Anstatt diese zu bekämpfen, haben Sie Geschöpfe des Herrn eingesperrt, gequält und getötet, um Ihre Katzen zu füttern. Sie haben Rinder für Ihre Katzen töten lassen. Die wären selbst nie in der Lage gewesen, dieses edle Geschöpf des Herrn zu bezwingen. Und Sie haben ihnen auch noch dabei geholfen. Schlimmer noch: Sie haben diese schmutzige Arbeit komplett für Ihre Katzen erledigt, während die faul auf dem Sofa lagen. Was soll daran gut sein?"

Wieder tauchen mehrere hundert Tiere hinter mir auf und starren mich an.

„Aber … aber meine Kinder, ich habe doch wundervolle Kinder großgezogen!"

Petrus schüttelt genervt den Kopf: „….. die Sie mit Fleisch gefüttert haben und denen Sie beigebracht haben, sie sollten möglichst viel Fleisch essen."

Hunderte weitere Tiere erscheinen.

„Aber was ist mit der Umwelt? Ich habe die erneuerbaren Energien vorangetrieben!"

Petrus schaut mich mit einem verwunderten Blick an. „Herr Müller, Sie haben mitgeholfen dass die Menschen weniger Umweltschäden anrichten. Das ist schön und gut, aber möchten Sie das ernsthaft in die Waagschale werfen im Vergleich zu tausenden grausam ermordeten Tieren? Außerdem wussten Sie auch von den

Umweltschäden durch die Fleischproduktion, die Sie billigend in Kauf genommen haben. Möchten Sie noch weitere Punkte einzubringen?"

Ich bin sprachlos. Mir fällt nichts mehr ein. „Nein. Ich bitte um ein faires Urteil und darum, dass meine kleine Sünde beim Essen nicht zu stark gewichtet wird".

Petrus blickt zu den Tieren. Es herrscht Stille. Es scheint, als würde der Apostel mit jedem der Tiere Blickkontakt aufnehmen. Nach einigen Minuten zieht Petrus das Resümee: „Herr Müller, Sie konnten kein einziges Tier davon überzeugen, Sie in den Himmel einzulassen. Die Tiere befinden Sie einstimmig für schuldig, und ich muss ihnen da voll zustimmen. Obgleich am Ende etwas Reue bei Ihnen zu erkennen war, sahen Sie Ihr Verbrechen an den hier versammelten Tieren weiterhin nur als eine kleine Sünde an. Auch kam Ihre Erkenntnis sehr spät. Sie werden entsprechend keinen Zutritt zum Himmel erlangen. Die Gerichtsdiener werden Sie in Kürze zum Abgang geleiten. Bitte warten Sie, bis Sie hier abgeholt werden. Die Verhandlung ist beendet."

Während ich wartete, wurden noch zwei weitere Fälle verhandelt. Als erstes über einen Menschen, der sich ab seinem 40ten Lebensjahr vegan ernährt hatte und sich in der Gesellschaft gegen die Ausbeutung von Tieren ausgesprochen hatte. Es war eine kurze Verhandlung. Die geschädigten Tiere, die in deutlich kleinerer Zahl vertreten waren als bei meinem Prozess, legten keine Gegenanträge vor. Sie hatten dem Antragsteller verziehen. Der Zugang zum Himmel wurde ihm gewährt.

Anschließend wurde noch über einen osteuropäischen Mann verhandelt, einen Rumänen, wie sich herausstellte. Er hatte 40 Jahre lang als Abstecher in einem Schlachthof gearbeitet. Es erschienen knapp 50 Millionen Schweine zum Prozess. Der Mann beteuerte, er hätte arbeiten müssen, um seine Familie ernähren zu können. Er habe keine andere Arbeit gefunden. Mit dem ersten Tier, welches er habe töten müssen, habe er aufgehört Fleisch zu essen. Er habe sich immer angestrengt, den Tieren bei der Tötung möglichst wenig Leid zuzufügen und jeden Abend für die Schweine gebetet, die er töten musste.

Keines der Schweine konnte eine nennenswerte Schuld bei dem Rumänen feststellen. Andere hätten ihn schließlich zu seiner Handlungsweise gezwungen. Ihm wurde deshalb der Zugang zum Himmel gewährt.

Zwei Engel erscheinen und packen mich. Sie bringen mich zu einem Loch in der großen Wolkendecke. Ich springe freiwillig. Während meines Sturzflugs sehe ich noch einmal mein Leben an mir vorüberziehen und im Anschluss das Leben aller Tiere, deren Tod ich zu verantworten hatte. Von deren Geburt über ungezählte Tage in dunklen Ställen bis hin zur blutigen Tötung. Der Sturzflug dauert eine Ewigkeit. Langsam wird mir bewusst, was ich getan habe. Als das letzte Tierleben, das eines Schweines, vor meinen Augen abläuft, sehe ich einen roten Fleck in der Ferne. Er wird immer größer und größer. Ein Flammenmeer, meine neue Heimat. Zumindest werde ich dort viele meiner Freunde treffen.

Der Nachteil des Himmels besteht darin, dass man die gewohnte Gesellschaft vermissen wird.

Mark Twain (1835 - 1910)
Amerikanischer Schriftsteller

DIE AUTOBAHN

Ich sitze zusammen mit einem Kollegen im Mietwagen. Wir sind auf dem Weg von München nach Hamburg, um dort einem Kunden ein neues Produkt vorzustellen. Das Meeting ist morgen Vormittag, wir haben in Hamburg jeweils ein Doppelzimmer in einem guten Hotel in der Innenstadt gebucht.

Wir haben bereits die halbe Strecke geschafft, als wir eine Pause machen. Eine Zigarette, eine Mahlzeit und einen Kaffee später geht es weiter auf der Autobahn. Mein Kollege liebt es schnell zu fahren, wir haben einen richtig guten Mietwagen erhalten, der hat einiges unter der Haube. Und so rasen wir mit gut 200 Sachen über die gut befahrene Straße.

„Du Henrik, wir sollten demnächst mal eine Ausfahrt nehmen und den Rest der Strecke über die Landstraße nehmen."

Henrik schüttelt nur den Kopf. „Nein, wir bleiben auf der Autobahn!", meint er nur.

„Aber Henrik, die Autobahn ist noch nicht fertig. Die Straße endet demnächst bei einer Baustelle für eine neue Brücke. Da geht es mindestens hundert Meter in die Tiefe. Da willst du doch nicht mit 200 km/h drauf zufahren."

„Ach, wer sagt das?", fragt Henrik nur genervt.

„Naja, das Navi. Und die ganzen Hinweisschilder hier. Ich habe das eben auch im Internet recherchiert, das steht dort auch überall. Wir müssen dringend von der Straße runter!"

„Du darfst nicht immer alles glauben, was andere Leute behaupten. Die wollen dich nur manipulieren. Ich sehe hier eine einwandfreie Straße. Und ganz ehrlich, es macht viel mehr Spaß, auf der Autobahn zu fahren als auf der Landstraße. Da sind wir viel schneller und angenehmer unterwegs", erwidert Henrik nur.

„Ja, aber das ist kein Witz. Mensch, da geht es um unser Überleben. Komm, lass uns von der Autobahn runter und sicher über die Landstraße fahren. Ich habe echt keine Lust zu sterben!"

„Jetzt sei mal nicht so. Sterben muss schließlich jeder irgendwann einmal. Und wer sagt, dass wir wirklich hier auf dieser Autobahn sterben? Man kann auf so viele Arten umkommen. Es könnte auch plötzlich ein Atomkrieg ausbrechen, dann wäre es ziemlich egal, ob wir auf der Landstraße oder der Autobahn unterwegs sind. Wir könnten vorher einen Unfall haben. Und außerdem: Mein Vater ist die Strecke früher auch immer gefahren, und der ist immer sicher in Hamburg angekommen!"

„Ja, aber Henrik, gerade weil dein Vater so oft die Strecke gefahren ist, ist sie jetzt kaputt. Deshalb können wir die Brücke jetzt nicht mehr benutzen. Wir müssen hier wirklich runter. Nur weil jederzeit ein Atomkrieg ausbrechen kann, müssen wir uns doch nicht selbst absichtlich ins Verderben stürzen."

„Mein Vater hat das schon immer so gemacht. Mein Großvater ist auch immer diese Strecke gefahren. Deshalb fahre ich auch diese Strecke. Ist mir egal, was Straßenschilder und Navigationsgeräte sagen. Für mich ist das hier der richtige Weg!"

Wir fahren mit 200 km/h an einer der letzten Ausfahrten vorbei. Verrückterweise ist die Straße nach wie vor gut befahren. Scheinbar denkt niemand daran, die Landstraße zu nehmen, trotz all der Warnschilder.

Henrik holt weiter aus: „Außerdem, die Landstraße ist viel langsamer, da darf ich nicht mit 200 km/h fahren, und es gibt dort auch nicht so viele Spuren. Und so weit ich das sehe, wird ja nur *empfohlen*, die Landstraße zu nehmen, es ist nicht explizit verboten, auf der Autobahn zu bleiben. Willst du mir etwa verbieten, die Autobahn zu nutzen? Ein wenig Toleranz wäre hier schon angebracht. Ich finde, jeder sollte so fahren dürfen, wie er möchte. Und die anderen fahren hier doch auch. Soll ich jetzt der einzige Idiot sein, der nicht hier fahren darf?"

„Mensch Henrik, das ist doch nicht lustig. Hier geht es um unser Überleben. Wir können entweder jetzt die nächste Ausfahrt nehmen und die Sache gerade noch mal überleben, oder wir fahren in unser Verderben. Sei vernünftig, lass uns rausfahren!"

Henrik lacht nur. Er fährt an der Ausfahrt vorbei, wie unzählige andere Autofahrer auch. Obwohl überall die Warnschilder aufgestellt sind, dass man die Autobahn wegen des Abgrunds an der Baustelle verlassen sollte. Aber das scheint niemanden zu interessieren.

„Der Menschheit ist eh nicht mehr zu helfen. Der ganze Müll, den wir produzieren, die Armut auf der Welt, der Klimawandel, die steigenden Meeresspiegel, die Überbevölkerung, die Atomkraft... Wir werden uns so oder so selbst auslöschen. Auch wenn wir jetzt abbiegen, ändert das doch nichts. Es ist eh schon egal!", meint Henrik, während er noch weiter beschleunigt.

In der Ferne sehe ich den Abgrund, dichter Rauch steigt aus dem Tal darunter auf. Die Autos rasen trotzdem ungebremst darauf zu. Es scheint allein einfach egal zu sein.

„Verdammt, tritt endlich auf die Bremse. Du siehst es doch klar vor dir, wir müssen sofort anhalten und umdrehen!", brülle ich, während wir auf den Abgrund zurasen.

Henrik lacht nur: „Ich habe letztens gelesen, dass unsere Vorfahren auch häufig bei Unfällen verunglückt sind. Ist also ganz natürlich, mach dir keine Sorgen. Und bevor ich die Landstraße nehme, genieße ich lieber noch die letzten Meter auf der Autobahn!"

Neben uns sind noch vereinzelt Menschen zur Vernunft gekommen und haben ihr Auto gestoppt, aber die meisten fahren einfach weiter. In hohem Bogen schießen wir über den Rand der Autobahn, zusammen mit unzähligen anderen Autos. Im Tal unten liegen unzählige brennende Karosserien. Ich versuche mich während des Absturzes noch irgendwo im Auto festzuhalten. Henrik schaut jetzt auch etwas entsetzt, scheinbar hatte er nicht damit gerechnet, tatsächlich in den Abgrund zu fallen. „Aber zumindest konnten wir das letzte Stück noch auf der Autobahn fahren", meint er, während wir in die Tiefe stürzen. Ich höre noch einen lauten Aufprall und spüre, wie meine Beine zerquetscht werden.

Selbst im Hirn des weisesten Mannes gibt es einen törichten Winkel.

Aristoteles (384 v. Chr. – 322 v. Chr.)
Griechischer Philosoph

AUF SPURENSUCHE

Ich liebe den Wald, ich liebe die Tiere. Nahezu jede freie Minute verbringe ich dort. Mit dem Fahrrad radle ich bis an den Waldrand, ab dann geht es immer zu Fuß weiter. Es ist Frühling und etwas frisch, weshalb ich mich dick eingepackt habe. Ich liebe den Duft im Wald, und ich liebe die Geräusche, die er von sich gibt.

Nach wenigen Minuten erblicke ich einen abgetrennten und verkohlten Baum. Merkwürdig, gestern war er noch ganz. Dann erinnere ich mich an das abendliche Gewitter – ein Blitz hat wohl diesen mächtigen Baum zerschlagen. Neben dem Baum sehe ich ein paar Abdrücke auf dem Waldboden. Durch den vielen Regen ist die Erde noch ganz feucht, dadurch sieht man alle Fußabdrücke eindeutig.

Als Experten ist mir sofort klar: hier war ein Hase unterwegs. Ich folge der Spur, gemessen an der Größe des Abdrucks muss es ein ganz junger Hase sein. Ich marschiere einige Minuten durch den Wald, bis ich in der Ferne den kleinen Hasen entdecke. Er bewegt sich mit kleinen Sprüngen fort. Als er mich bemerkt, verschwindet er unter einem Gebüsch. Ich lächle. Ich würde dir doch niemals etwas tun, kleiner Hase! Als ich umkehre, sehe ich neben den Fußabdrücken des Hasen jetzt auch meine Spur auf dem Boden. Ich entscheide mich noch tiefer in den Wald zu gehen und stoße auf weitere Abdrücke. Mein geschultes Auge erkennt sofort die Abdrücke eines Rehs, eines Spatzen und die eines Fuchses. Betrachtet man den Waldboden genauer, ist er voller kleiner Abdrücke.

Neugierig folge ich den Spuren des Rehs. Aus südlicher Richtung höre ich einen Kuckuck. In Gedanken versunken folge ich der Spur, bis ich plötzlich beinahe abgestürzt wäre. Direkt vor mir erstreckt sich eine gigantische Schlucht, es geht mehrere Meter weit in die Tiefe, am Grund ist nur Ödland ohne jeden Bewuchs zu sehen. Am Horizont kann ich das Ende der Schlucht erahnen. Wahnsinn, das habe ich ja noch nie gesehen. Diese Schlucht war doch vergangene Woche noch nicht hier, denke ich mir. Hier war alles voller Bäume, Sträucher und Tiere. Ich werfe einen Blick in mein Pfadfinderbuch, und nach wenigen Seiten wird mir alles klar: Ich habe tatsächlich den Fußabdruck eines Fleischessers gefunden. Ich mache einige Fotos von meinem Fund, dann mache ich mich auf den Rückweg zu meinem Fahrrad. Nicht, dass ich hier auch noch zertrampelt werde.

Gut geht, wer ohne Spuren geht.

Laotse (604 v. Chr. – 531 v. Chr.)
Chinesischer Philosoph

FRISCHE LUFT

Ich hole tief Luft. Es gibt nichts Schöneres als saubere, frische Luft. Leider ist das bereits der letzte Tag meines Urlaubs. Ich nehme noch einen kräftigen Zug von der frischen Luft und steige ins Flugzeug. Während meine Maschine in den Himmel steigt, wird die kleine Insel, auf der ich meinen Jahresurlaub verbracht habe, immer kleiner. Zwei Stunden später lande ich am Flughafen München. Als ich das Flugzeug verlasse, dringt ein fürchterlicher Gestank in meine Nase. Ich muss mich fast übergeben.

Eine Stunde später, geplagt vom unerträglichen Gestank, komme ich endlich in meiner Wohnung an. Auf dem Feld vor meinem Schlafzimmer verteilt gerade ein Landwirt eine frische Ladung Fäkalien auf der Wiese.

Ja, die Menschen wollen unbedingt dieses leckere Fleisch verspeisen, aber zu welchem Preis? Das Fleisch mag ja gut schmecken, aber mit der ganzen Scheiße verpesten wir unsere Umwelt. Wir kontaminieren unser Trinkwasser, und ganz nebenbei stinkt es einfach überall zum Himmel. Wenn ich die Wahl habe, hätte ich lieber frische Luft und kein Fleisch anstatt Fleisch und diesen widerwärtigen ständigen Gestank.

Beim Einschlafen kullert mir eine Träne beim Gedanken an die frische Urlaubsluft die Wange hinunter. Leider dauert es jetzt wieder ein Jahr, bis ich diesem Gestank erneut entkommen kann.

> ## Über Gestank klagt überhaupt heutzutage kein gebildeter Mensch mehr.
>
> *Heinrich Hoffmann (1809 –1894)*
> *Deutscher Psychiater*

HOFFNUNGSLOS

Na toll – ich habe vergessen, meine Gesichtscreme in einen Plastikbeutel zu packen. Die Security am Flughafen kassiert diese entsprechend, und die 40 Euro teure Creme wandert in den Müll. Es werden einem dort auch keine Plastiktüten überteuert verkauft, falls man eine vergessen hat, nein, es muss alles weggeworfen werden. Traurig schaue ich meiner Gesichtscreme hinterher, als diese im Abfall verschwindet. Aber da muss man durch – das sind schließlich wichtige Maßnahmen zur Bekämpfung von Terrorismus, da werde ich mich nicht in den Weg stellen.

Die geschätzte Flugzeit nach Kanada beträgt neun Stunden. Mein Arbeitgeber möchte dort eine Firma kaufen und ich soll mir vor Ort ein Bild über deren Wert machen. Das wird voraussichtlich die ganze Woche dauern. Die Flugbegleiterin bringt mir einen Kaffee, und ich arbeite etwas an meinem Computer, kaum dass wir in der Luft sind. Das Flugzeug ist relativ leer, scheinbar ist es keine beliebte Zeit so früh zu fliegen, es ist jetzt schließlich gerade erst 6 Uhr morgens.

Ich wache auf – alles wackelt. Während der Arbeit bin ich wohl eingeschlafen. Das Flugzeug befindet sich wohl im Landeanflug. Ich werfe einen Blick auf die Uhr – das ist viel zu früh. Aus dem Cockpit steigt Rauch auf, beim Blick aus dem Fenster sehe ich ein brennendes Triebwerk. Geistesgegenwärtig greife ich nach einer Sauerstoffmaske, entledige mich meines unbequemen Sakkos und ziehe bereits die Schwimmweste an. Während das Flugzeug immer mehr an Höhe verliert, lese ich mir noch einmal die Anweisungen für die Notausgänge durch. Die Menschen um mich herum schreien nur, keiner hat seine Schwimmweste angezogen.

Dann ging alles ganz schnell – irgendwie bin ich aus dem Flugzeug rausgekommen, und irgendwie habe ich es geschafft, meine Schwimmweste aufzublasen. Nun treibe ich hier im eiskalten Atlantik. Ich muss mich zusammenreißen, ich muss nachdenken. Ich schaue mich um, aber ich kann sonst nirgendwo einen Überlebenden sehen. Nicht weit von mir entfernt schwimmt ein Trümmerteil im Meer. Das ist meine Chance. Entschlossen schwimme ich zu dem Wrackteil, welches vielleicht 3 x 2 Meter groß ist, und klettere darauf. Zu meinem Glück geht es durch mein Gewicht nicht unter. Hauptsache ich bin erst einmal aus dem eiskalten Wasser heraus.

Ich ziehe meine Hose aus und lege sie zum Trocknen neben mich auf das Wrackteil. Zum Glück scheint die Sonne, und ich wärme mich zügig wieder auf. An meiner Warnweste ist eine blinkende LED-Lampe angebracht, diese wird mich für die Suchtrupps sichtbar machen. Ich sehe mich weiter um, aber ich kann weit und breit keinen anderen Überlebenden finden.

Es wird langsam dunkel, noch immer ist Hilfe nicht in Sicht. Aber die Rettung kommt bestimmt, rede ich mir ein. Nachts blitzt die LED meiner Warnweste durch die Dunkelheit. Ansonsten ist nichts, aber auch gar nichts zu sehen. Es ist stockdunkel. Ich mache kein Auge zu, aus Angst im Schlaf von meinem Wrackteil zu fallen.

Am nächsten Morgen dasselbe Bild. Ich bin mittlerweile furchtbar durstig, und mein Magen knurrt wie verrückt. Ich schaue ins Wasser, aber die Wahrscheinlichkeit, einen Fisch mit der Hand zu fangen, dürfte gegen Null gehen. Mein Überlebenswille sinkt langsam, meine Kräfte schwinden. Erschöpft liege ich auf meinem Schrottteil, als dieses plötzlich stark ruckelt. Es ist von etwas angestoßen worden, und beinahe bin ich dabei über Bord gegangen. Ich schaue mich um und schrecke auf – eine Rückenflosse kreist um mein Rettungsboot. Mein Puls geht durch die Decke, und ich hyperventiliere. Plötzlich springt der Hai aus dem Wasser – und mein Puls normalisiert sich schlagartig wieder. Es ist nur ein Delphin.

Ich lege mich wieder hin, doch der Delphin stößt weiter gegen mein Schwimmbrett. Er schaut aus dem Wasser, schaut mich an und schnattert dabei lautstark. So geht das knapp eine Stunde, bis ich schließlich aufgebe. Ich habe keine Lust mehr, und der Delphin nervt, deshalb springe ich ins Wasser, um all dem ein Ende zu bereiten.

Doch der Delphin lässt mich nicht untergehen, er schwimmt vor mir her und schnattert mich an, dreht sich um, wartet, um sich dann wieder umzudrehen und mich erneut an zu schnattern. Vielleicht will er mir ja helfen. Nun ja, einen Versuch ist es wert. Ich halte mich an seiner Flosse fest, ein lautes Schnattern ertönt, und der Delphin beginnt zu schwimmen. Als ich zurückblicke, wird mein Trümmerteil immer kleiner. Wenn der Delphin mich abschüttelt, bin ich verloren. Ich versuche mich festzuhalten, doch nach einer Weile rutsche ich ab. Doch der Delphin kommt sofort zurück und ich kann mich erneut an ihm festhalten.

So vergehen Stunden, bis ich in der Ferne plötzlich Land sehe. Es ist eine kleine Insel, mehr nicht, aber es ist Land. Und tatsächlich, als wir näher kommen sehe ich eine Villa am Strand mit einem Bootssteg. Allerdings ist dort kein Boot im Hafen. Der Delphin schwimmt zielsicher zum Steg, wo ich mich ans Festland rette. Welch ein Gefühl, wieder festen Boden unter den Füßen zu spüren.

Entkräftet eile ich zu der Villa, doch alle Türen sind verschlossen. Mit einem Stein schlage ich ein Fenster ein und begebe mich ins Innere. In der Küche finde ich Trinkwasser, ich trinke bestimmt einen ganzen Liter auf einmal. Dann sehe ich mich weiter um.

Bei der Villa scheint es sich um das Ferienanwesen eines Millionärs zu handeln. Auf der Insel gibt es ansonsten nichts. Ich schaue mich weiter um. Es gibt Gasflaschen für Warmwasser und für den Herd, sogar einen Generator für die Stromversorgung sowie einen Fernseher mit SAT-Empfang. Ich untersuche die Speisekammer, dort gibt es einige Konserven, darunter Mais, Bohnen und Tomaten, ich finde Pasta und Reis sowie mehrere Gläser mit Erdnussbutter. Im Garten der Villa wachsen zahlreiche Sorten Obst und Gemüse. Ich bin gerettet. Im Flur finde ich schließlich einen Reinigungsplan. Daraus kann ich entnehmen, dass scheinbar einmal im Monat jemand kommt, die Wohnung reinigt und sich um den Garten kümmert. Ich gleiche das Datum ab und stelle fest, dass meine Rettung spätestens in drei Wochen hier eintreffen wird.

In der Bucht sehe ich den Delphin, meinen Lebensretter, schwimmen. Ich gehe wieder zum Bootssteg und springe ins Wasser. Der Delphin kommt freundlich auf mich zu geschwommen. Ich streichle über seinen Kopf, er schnattert zufrieden. Dann ramme ich ihm ein Küchenmesser in den Schädel und ziehe den Kadaver an Land.

Abends genieße ich mein saftiges Delphin-Steak zusammen mit Gemüse und Reis, während ich einen Spielfilm sehe und auf meine Rettung warte. Etwas Mitleid hatte ich schon mit dem Delphin, aber was hätte ich denn machen sollen? Es gab in der ganzen Villa kein Fleisch, nicht einmal widerliches Konserven-Fleisch. Ein Veganer hätte es hier wohl gut ausgehalten, aber ich? Ich kann doch nicht drei Wochen ohne Fleisch leben, nein, das kann ich wirklich nicht. Deshalb habe ich die einzig mögliche Entscheidung getroffen, um hier auf menschenwürdige Art überleben zu können. Eine sehr schmackhafte Entscheidung, wohl gemerkt!

Der eigene Vorteil verfälscht das Urteil vollständig.

Arthur Schopenhauer (1788 – 1860)
Deutscher Philosoph

DAS PRAKTIKUM

Im Rahmen meines betriebswirtschaftlichen Studiums habe ich im Zeitraum vom 15.03. bis zum 31.07. ein Praktikum bei der Firma Good Animal Products AG (GAP AG) absolviert.

Die Good Animal Products AG ist führender Hersteller von tierischen Produkten in Deutschland. Die Firma wurde als Familienunternehmen im Jahr 1949 in Rosenheim gegründet. Hier hat sie auch heute noch ihren Hauptsitz. Im Jahr 1990 wurde das ehemalige Familienunternehmen in eine Aktiengesellschaft umgewandelt. Heute ist die GAP AG der größte Hersteller von tierischen Produkten in Deutschland mit mehreren hundert Einrichtungen in der ganzen Republik. Insgesamt beschäftigt die Firma 700 Arbeitnehmer und erzielt allein durch Fleischprodukte einen Jahresumsatz von 7,3 Milliarden Euro. Damit hält die GAP AG einen Anteil von 20% am deutschen Fleischmarkt. Mit einem Wachstum von 8% jährlich und einer Umsatzrendite von 14% ist das Unternehmen einer der erfolgreichsten Erzeuger von Tierprodukten in Europa.

Ziel meines Praktikums war es, sämtliche Unternehmensbereiche zu durchlaufen und somit einen Einblick und ein tieferes Verständnis der unternehmerischen Prozesse zu erlangen.

Für die Firma GAP AG habe ich mich entschieden, da ich persönlich Fleisch und Käse über alles liebe und mehr über deren Produktion erfahren wollte. Als langjähriger Kunde hat mich der Rosenheimer Konzern besonders interessiert. Da ich selbst außerdem in Rosenheim wohne, hat sich diese Firma natürlich besonders angeboten.

An meinem ersten Arbeitstag wurde ich in der Firmenzentrale herzlich begrüßt. Insgesamt werden dort 110 Mitarbeiter beschäftigt, die sich um Einkauf, Vertrieb, Verwaltung, Marketing und Personalwesen kümmern. Mein Ausbildungsleiter, Herr Müller, führte mich durch die Firmenzentrale und stellte mir die wichtigsten Mitarbeiter vor. Anschließend erklärte er mir meinen Praktikumsplan. Dieser sah vor, dass ich in den ersten Wochen die Produktionsbereiche des Unternehmens besichtigen und bei den jeweiligen Prozessen selbst mitarbeiten dürfe. Dies hielt ich für besonders wichtig, da ich dann später im Büro würde verstehen können, was die Mitarbeiter leisten und wie die Prozesse funktionieren. Nur mit diesem Hintergrundwissen kann man später im Management auch die korrekten Entscheidungen treffen.

In meiner ersten Woche sollte ich den Prozess rund um die Geflügelproduktion kennen lernen. Entsprechend traf ich am Folgetag in der firmeneigenen Brüterei ein. Im Wareneingang kommen die bereits befruchteten Eier aus einem der Hühnerställe an. Diese werden dann in einer gigantischen Maschine eingelagert, die immer für die korrekte Temperatur und Beleuchtung der Eier sorgt. Dieser Prozess erfolgt weitestgehend automatisch, ich durfte eine Stunde bei einem Techniker mitarbeiten. Er zeigte mir, in welchen Intervallen welche Maschinenteile gewartet werden müssen. Außerdem konnte ich mir im Kontrollraum die Maschinensteuerung ansehen. Hier sah man auf mehreren Monitoren die aktuellen Brutfortschritte grafisch dargestellt. Anschließend brachte mich der Techniker zur Produktion.

Am Ende der Brutmaschine kamen die „fertigen" Eier heraus, aus denen bereits die ersten Küken zu schlüpfen begannen. Hier waren zwei Mitarbeiter eingesetzt, die die geschlüpften Küken auf ein Förderband legten und anschließend die Schalenreste in einen großen Müllschlucker warfen. Nach einer kurzen Einweisung durfte ich dann auch loslegen. Während ich anfangs noch etwas zögerlich war und die Küken sehr vorsichtig und langsam anfasste, wurde ich von Minute zu Minute schneller. Eigentlich muss man die Küken nur irgendwo anpacken und auf das Förderband werfen, man kann nichts falsch machen. Nach einer Stunde hatte ich bereits fast das Arbeitstempo der erfahrenen Arbeiter erreicht. Plötzlich ertönte ein lauter Gong. Die Mitarbeiter erklärten mir, dass es jetzt einen Chargenwechsel gäbe. Bisher hatten wir nur Küken für die Mast prozessiert, ab jetzt würden wir Küken für die Eierproduktion bearbeiten. Der ältere der beiden Mitarbeiter schaltete ein weiteres Fließband direkt neben dem ersten Band an.

Da bei Legehennen nur weibliche Küken verwendet werden können, ist hier ein zusätzlicher Arbeitsschritt erforderlich. Es muss bei jedem Küken das Geschlecht überprüft werden. Handelt es sich um ein weibliches Küken, wird es auf das normale Förderband gelegt, männliche Küken dagegen werden auf das jetzt neu zugeschaltete Förderband geworfen. Durch einen gezielten Blick zwischen die Beine der Tiere erkennt man, ob es sich um ein männliches oder weibliches Küken handelt. Auch nach einer Stunde konnte ich nicht ansatzweise mit dem Tempo der erfahrenen Arbeiter mithalten. Die Sortierung von Legehennen macht allerdings deutlich mehr Spaß als die Sortierung von Masthähnchen, da der zusätzliche Arbeitsschritt anspruchsvoller ist und die Arbeit dadurch nicht ganz so monoton ausfällt.

Nach weiteren zwei Stunden erfolgte abermals ein Gong. Pause, erklärten mir die Kollegen. Und mit der Sortierung war ich jetzt auch fertig! In der Kantine gab es Rührei mit Chicken Nuggets. Selbstverständlich aus firmeneigener Herstellung. Es war köstlich.

Nach der Mittagspause wurde ich direkt einem weiteren Kollegen übergeben, der mich zur Abfüllung mitnahm. Wir begaben uns an das Ende des Förderbands, hier waren Rollcontainer mit Kisten aufgestellt. Erst muss man sich dort ein Küken schnappen und es gegen den so genannten Schnabelkürzer halten. Dabei wird die Schnabelspitze der Küken abgeschnitten. Dies geschieht zu ihrem Schutz, damit sie sich später nicht gegenseitig verletzten können. Anschließend muss man die Kisten einfach mit Küken voll stopfen und auf den Rollcontainer stellen. Das laute Piepen der unzähligen Küken ist auf Dauer ganz schön nervig. Der Abfüller bot mir Ohropax an, die ich dankend annahm. Dadurch war es nicht mehr so laut und deutlich erträglicher. Die vollen Rollcontainer werden letztendlich auf die bereitstehenden LKWs verladen.

Am Ende der Schicht zeigte mir der Abfüller noch das zweite Förderband für die männlichen Küken. Das Band endet an einem großen Trichter, in den die Küken hineinfallen. Der Abfüller gab mir noch eine Schutzbrille in die Hand. In dem Trichter sammeln sich die männlichen Küken, jede Minute ertönt ein lautes Geräusch und die darunter befindlichen Sägeblätter beginnen ihre Arbeit und zerschreddern die Küken. Dabei können immer mal wieder Teile der Küken durch die Luft fliegen, weshalb man den Prozess nur mit einer Schutzbrille beobachten darf. Der Abfüller erklärte mir noch, dass die männlichen Küken nicht für die Mast geeignet sind und deshalb zu Spezialfutter, beispielsweise für Reptilien, verarbeitet werden.

Besonders beeindruckt haben mich bei der Brüterei der hohe Grad der Automatisierung sowie die sinnvolle Weiterverwertung von Produktionsresten.

In der darauf folgenden Woche startete ich pünktlich zu Schichtbeginn um 6 Uhr im Legebetrieb der GAP AG. In dem Areal der Niederlassung gibt es unterschiedliche Ställe, durch die mich der Standortleiter nacheinander führte. Zum einfacheren Verständnis zeigte er mir die Ställe entsprechend dem jeweiligen Prozessfortschritt. Wir starteten also bei einem leeren Stall, welcher gerade mit frischen Küken beliefert wurde. Ich durfte direkt mit anpacken beim Entladen. In einen Stall werden jeweils 3.000 Hennen gehalten, er umfasst insgesamt 500 m². Die Küken kommen in den Rollcontainern an, in die ich sie in der Brüterei gepackt hatte. Man nimmt einfach eine Kiste und kippt sie um, damit alle Küken auf dem Boden landen. Nach einer Stunde hatten wir sämtliche Küken entladen. Mit leeren Kisten liefen wir dann noch mal durch den Stall und sammelten die Küken auf, die den Transport nicht überlebt hatten. Der Schichtleiter erklärte mir, dass keine genauere Prüfung erforderlich sei; wenn ein Küken regungslos auf dem Boden liege solle ich es einfach einpacken. Diese Küken warfen wir dann in eine große Mülltonne vor dem Stall.

Die Fütterung im Stall erfolgt vollautomatisch, ebenso die Wasserversorgung. Der Standortleiter erklärte mir, dass die Küken die nächsten 20 Wochen zum Wachsen benötigten, bevor sie die ersten Eier legten. Stolz zeigte er mir die Futtermittelzufuhr. Das Futter wird fertig mit allen erforderlichen Nährstoffen angeliefert, lediglich Medikamente wie Antibiotika müssen noch beigemischt werden, bevor das Futter an die Tiere verfüttert werden kann.

Wir gingen weiter zum nächsten Stall, wo die Hühner bereits älter waren und schon Eier legten. Mit großen Kisten gingen wir durch den Stall und sammelten die Eier ein. Die Hühner wirkten immer etwas beleidigt, wenn man ihnen die Eier wegnahm. Der Standortleiter erklärte mir, dass die Ställe auch automatisch beleuchtet werden. So wird beispielsweise kurz bevor die Hühner anfangen Eier zu legen Tag und Nacht das Licht angelassen und die Hallen werden zusätzlich beheizt. Das erweckt bei den Hühnern eine Art Frühlingsgefühl, wodurch sie mehr Eier legen. Die Ställe haben generell keine Fenster, das erhöht ebenfalls die Produktionsleistung und senkt Heizkosten.

Im nächsten Stall waren schon ältere Hühner, sie waren circa 1 Jahr alt. Ein Huhn kann in freier Wildbahn theoretisch bis zu 20 Jahre alt werden, durch die hohe Belastung in der Produktion ist aber in der Regel bereits nach 1,5 Jahren Schluss. Beim Einsammeln der Eier fiel auf, dass hier pro Huhn deutlich weniger Eier gelegt werden als im vorherigen Stall. Immer wieder fanden wir Hühner, die den hohen Anforderungen in der Eierindustrie nicht gewachsen waren. Diese packten wir dann ein und entsorgen sie in den großen Tonnen vor den Ställen.

Der Schichtleiter erklärte mir, dass nach 1,5 Jahren die Legeleistung so stark zurückgehe, dass es ab diesem Zeitpunkt günstiger sei ein neues Huhn großzuziehen als das alte, unproduktive Huhn weiter zu füttern.

Im letzten Stall durfte ich dann noch bei einer Ausstallung mithelfen. In diesem Stall waren nur Hühner, die bereits 1,5 Jahre lang im Betrieb waren. Sie wurden dort in große Kisten gepackt und wieder auf Rollcontainer verfrachtet. Von dort gelangten sie dann in den nächstgelegenen Schlachthof. Dieser Prozess hat mir bei den Hühnerställen am meisten Spaß gemacht. Es ist kein eintöniger, monotoner Prozess, sondern man jagt den Hühnern, die versuchen zu entkommen, regelrecht hinterher.

Anschließend durfte ich auch Ställe für Masthühner besuchen. Das war jedoch nicht ganz so spektakulär. In einem der ersten Ställe waren ganz junge Küken. Auch hier war kein Tageslicht vorhanden, da es schlichtweg am günstigsten ist, die Hallen ohne Fenster zu bauen.

Im zweiten Stall, die Hühner hielten sich dort schon ganze 30 Tage auf, war es richtig eng. Man konnte gar nicht mehr richtig durch den Stall gehen, so eng standen die Tiere beieinander. Manche der Hühner hatten keine Federn mehr. Das liegt einfach daran, dass die aggressiven Tiere sich häufig gegenseitig angreifen und sich die Federn gegenseitig ausreißen.

In diesem Stall durfte ich dann ebenfalls bei der Ausstallung mithelfen. Dadurch, dass die Tiere sich durch ihr hohes Gewicht nicht mehr richtig bewegen konnten und häufig von alleine umfielen, war es nicht ganz so lustig wie bei den Legehennen. Die Masthühner waren einfach zu fett um zu fliehen.

In der nächsten Woche meines Praktikums durfte ich der Schweineproduktion beiwohnen. zu diesem Zweck traf ich in einem Ferkelbetrieb der GAP AG ein. Hier werden die Ferkel für die spätere Aufzucht hergestellt, erklärte mir der Betriebsleiter. Auch hier konnte ich gleich in die Praxis mit einsteigen. Rein in den Arbeitsanzug und ab in die Produktion. Mich empfing ein Mitarbeiter, der für die Besamung der Sauen zuständig ist. Die weiblichen Tiere stehen eng beieinander, in kleinen Einzelzellen. Sie haben nicht die Möglichkeit sich umzudrehen, was den Prozess deutlich vereinfacht. Man kann sich der Sau somit problemlos von hinten nähern, und diese kann sich nicht wehren. Insgesamt gibt es in diesem Betrieb 2.000 Zuchtsauen und 25 Eber.

Wir begannen bei der ersten Sau. Der Mitarbeiter holte einen kleinen, dünnen Schlauch, den er der ersten Sau zwischen ihren Beinen einführte. Dann wurde darauf ein kleiner Beutel gesteckt, welcher mit Sperma gefüllt war. Somit konnte das Sperma ungehindert in die Sau hineinlaufen.

Beim nächsten Exemplar durfte ich dann selbst die Besamung vornehmen. Ich nahm einen Plastikschlauch und stecke ihn vorsichtig in das Geschlecht des Tiers. Da ich die Sau nicht verletzen wollte, ging ich äußerst vorsichtig vor. Der Mitarbeiter schüttelt nur den Kopf. Er erklärte mir, dass man bei diesem Arbeitsschritt nichts falsch machen könne, einfach nur reindrücken. Danach steckte ich das Sperma auf den Schlauch. Nummer Eins wäre geschafft – die Sau war befruchtet. Insgesamt weitere 53 Schweine durfte ich an diesem Arbeitstag noch besamen.

Am darauf folgenden Tag durfte ich bei der Spermagewinnung mitarbeiten. Das ist eigentlich ein ganz einfacher Prozess. Die Eber werden ebenfalls in engen Einzelbuchten gehalten. Vor ihnen werden für die Samengewinnung ein paar Säue vorbeigeführt. Man lässt sie einfach vor der Bucht auf und ab spazieren. Dies führt dazu, dass der Eber erregt wird. Nun kann man mit einer künstlichen Vagina den Eber befriedigen, bis dieser zum Samenerguss kommt. Das gesammelte Sperma wird dann direkt in kleine Beutelchen umgefüllt, von denen die Säue später besamt werden. Ein richtig schönes Leben, was die Eber dort genießen dürfen. Ein solches Tier ist Vater von mehreren tausend Schweinen, erklärte mir einer der Mitarbeiter. Auch wenn die meisten davon bereits längst nicht mehr am Leben sind.

Die Säue, die kurz vor dem Ferkelwurf stehen, werden in den so genannten Abferkelbereich gebracht. Hier werden sie durch zusätzliche Metallstangen so fixiert, dass sie sich überhaupt nicht mehr bewegen können. Dies ist erforderlich, damit die kleinen Ferkel nicht von den Säuen erdrückt werden. Ein sorgsamer Umgang mit den kleinen Schweinen ist hier gang und gebe, und Sicherheit ist oberstes Gebot. Deshalb sind solche Maßnahmen zwingend erforderlich. In der ersten Bucht waren gerade Ferkel zur Welt gekommen. Insgesamt 16 Stück hatte die stolze Muttersau auf die Welt gebracht.

Im nächsten Schritt muss man die Ferkel genauer untersuchen. Wichtig ist, dass eine Sau nicht mehr Ferkel hat, als sie selbst versorgen kann. Hier ist der begrenzende Faktor die Anzahl der Zitzen. In der Regel hat eine Sau 14 davon. Ein Mitarbeiter erklärte mir, dass wir die zwei schwächsten Ferkel auswählen müssten, um eine erfolgreiche Aufzucht der restlichen zu gewährleisten.

Der Mitarbeiter wählte das erste Ferkel aus, ich durfte das zweite aussuchen. Um ein Neugeborenes zu entsorgen, packt man es an den Hinterbeinen und holt kräftig aus. Dann schlägt man es mit aller Wucht auf den Boden. Dabei empfindet das Ferkel keinerlei

Schmerzen, es ist tot bevor es merkt, was mit ihm geschieht. Während der Mitarbeiter das Totschlagen am ersten Ferkel demonstrierte, durfte ich direkt bei dem zweiten Ferkel mein Glück versuchen. Da ich anfangs noch etwas zaghaft war, benötigte ich drei Schläge um das Schweinchen vollständig zu töten. Die toten Ferkel werden dann in eine große Tonne vor der Halle geworfen. Bei den nächsten elf habe ich mich schon deutlich geschickter angestellt. Bei fünf von ihnen waren noch je zwei Schläge erforderlich, die restlichen hatte ich dann alle bereits auf den ersten Schlag erledigt.

Der darauf folgende Arbeitsschritt hat mir besonders gefallen. Da ich ursprünglich Medizin studieren wollte, hatte ich schon immer großes Interesse an medizinischen Eingriffen. Damit die Ferkel sich nicht gegenseitig verletzen, wird ihnen im nächsten Schritt nämlich der Schwanz kupiert. Da der kleine Ringelschwanz keinen besonderen Zweck erfüllt, ist die Amputation entsprechend unbedenklich. Man nimmt hierzu einfach eine spitze Zange und knipst ihn ab. Nachdem ich einige Mal bei der Prozedur zugesehen hatte, durfte ich auch schon selbst mitarbeiten. Mit der Zange in der Hand schnappte ich mir wahllos Ferkel und knipste deren Schwänze ab. Die schreienden Tiere wirft man dann einfach zurück in den Stall. Ein Mitarbeiter erklärte mir, dass Schweine Schmerzen gar nicht so empfinden könnten wie wir Menschen. Man müsse sich das wie das Quietschen einer Maschine vorstellen. Und eine Maschine empfinde schließlich auch keinen Schmerz.

Danach ging es nahtlos weiter mit der Kastration. Nachdem man den kleinen Ferkeln ihre Schwänze abgeschnitten hat, geht es ihnen im nächsten Arbeitsschritt im wahrsten Sinne des Wortes an die Eier. Da das Fleisch von nicht-kastrierten Schweinen gelegentlich einen etwas eigenen Geschmack annimmt, werden alle männlichen Schweine vorsorglich kastriert. Hierfür nimmt man einfach ein kleines Skalpell, schneidet den Hodensack damit längs auf und reißt dann mit den Fingern die Hoden heraus. Da die Tiere in dem noch jungen

Lebensalter kaum Schmerzen empfinden, kann man diesen Eingriff ebenfalls ohne Betäubung durchführen. Der Abteilungsleiter war wahrlich begeistert von meiner Leistung: Nach nur einer Stunde hatte ich die Produktivität eines durchschnittlichen Mitarbeiters erreicht.

Relativ unspektakulär war die Arbeit hingegen an den restlichen Tagen. Ich durfte noch etwas Antibiotika unter das Tierfutter mischen und es mit wichtigen Nährstoffen anreichern, wie z.B. Vitamin D, Vitamin B12 und Eisen. Außerdem mussten ein paar Schweine für die Schlachtung auf einen LKW verladen werden. Hierbei ist darauf zu achten, dass man die Schweine immer wieder mit einem Stock antreibt, da sie ansonsten nicht oder nicht schnell genug in den LKW verladen werden können.

In der folgenden Arbeitswoche durfte ich die Herstellung von Milchprodukten miterleben. Wie bei der Schweinezucht durfte ich als erstes bei der Zeugung neuer Kühe mithelfen. Die Gewinnung des Bullenspermas und die anschließende Befruchtung der Kühe unterschied sich kaum von den Prozessschritten bei den Schweinen, weshalb ich hier nicht weiter ins Detail gehe.

Anders verhielt es sich dagegen bei der Geburt der Kälber. Während man die Ferkel der Schweine bei der Mutter belässt, ist es hier wichtig, der Mutter ihr Neugeborenes schnellstmöglich zu entreißen. Der Milchbauer erklärte mir, dass dieser Prozessschritt zwingend erforderlich sei, um rentabel wirtschaften zu können. Denn jeden Liter Milch, den das Kalb trinkt, ist ein Liter weniger für den menschlichen Verzehr – und ein Liter weniger, der Umsatz bringen kann. Entsprechend werden die Kälber direkt nach der Geburt von ihren Müttern getrennt. Die Tiere schreien dabei zwar wie am Spieß und versuchen sich zu wehren, aber diese Maßnahme ist leider alternativlos, wenn man im europäischen Markt wettbewerbsfähig bleiben möchte.

Anschließend kommt es zur Aussortierung: Die männlichen Kälber werden in kleine Einzelzellen verbracht. Der Milchbauer erklärte mir, dass es sehr wichtig sei, dass die männlichen Kälber sich so gut wie nicht bewegten. Dadurch werde das Kalbfleisch besonders zart. Allerdings müsse man bei der Herstellung von Kälbern auch auf optische Merkmale achten, denn das Auge esse schließlich mit. Kalbfleisch müsse schließlich richtig schön weiß sein. Für optimale Ergebnisse, erklärte mir der Milchbauer, sei zwingend darauf zu achten, dass die Kälber nahezu kein Eisen über das Futter erhielten. Ein akuter Eisenmangel sei der beste Garant für perfektes weißes Kalbfleisch.

Die weiblichen Kälber werden zu Milchkühen großgezogen. Allerdings nicht alle. Eine Milchkuh bringt im Laufe ihrer Produktionsphase insgesamt vier Kälber auf die Welt. Wenn diese Kuh nach vier Jahren aufgrund von nachlassender Produktionsleistung ersetzt werden muss, braucht man natürlich dann nur eine neue Milchkuh als Ersatz. Bei vier Kälbern sind im Schnitt zwei männliche Kälber, die in die Kalbfleischproduktion gehen, und zwei weibliche Kälber. Von den weiblichen Kälbern wird nur eines als Milchkuh benötigt, das andere geht ebenfalls in die Kalbfleischproduktion.

Im Kuhstall selbst war die Arbeit eigentlich relativ unspektakulär. Hier geschieht mittlerweile nahezu alles automatisch. Damit die Tiere sich nicht gegenseitig verletzten können, sind sie fest angebunden. Je seltener und geringfügiger die Verletzungen, desto geringer die Arztkosten, desto geringer die Herstellungskosten, desto größer die Gewinnspanne.

Diejenigen Kühe, deren Milchleistung nachlässt, werden in die Rindfleischproduktion weitergegeben. Der Milchbauer erklärte mir, dass die EDV im Betrieb mittlerweile alles erfasse. Die Milchleistung jeder Kuh werde im Detail gemessen und analysiert. Hinter den

Programmen steckten komplexe Berechnungen, die darauf programmiert seien, die Gewinne zu maximieren. Ab welchem Zeitpunkt braucht die Kuh mehr Futter, als sie an Milch wieder abwirft? Wann ist es günstiger, den Platz im Stall mit einer neuen Kuh zu besetzen? Am Ende entscheidet der Computer, welche Kuh wann ins Schlachthaus kommt.

Am nächsten Tag durfte ich noch die firmeneigene Milchabfüllung besuchen. Auch hier: alles High-Tech. Die LKWs liefern die Milch von den Bauern an. Diese wird dann direkt von den LKWs abgepumpt und in die Produktion gebracht. Zu Beginn muss die Milch erhitzt werden – dies ist erforderlich, um Bakterien und Keime abzutöten. Der Standortleiter erklärte mir, dass die Milchkühe häufig entzündete Euter hätten. Dadurch gelangten auch beachtliche Mengen Eiter und Blut mit in die Milch. Da man nicht in der Lage sei, diese herauszufiltern, müsse die Milch entsprechend abgekocht werden. Im Endprodukt sei in der Regel circa ein Tropfen Eiter pro Glas Milch enthalten, was den deutschen Qualitätsvorschriften genüge.

Anschließend wird die Milch in ihre Einzelbestandteile zerlegt, wie etwa Laktose, Milcheiweiß, Fett und Wasser. Daraufhin werden je nach gewünschtem Endprodukt die Zutaten wieder zusammengemischt – zum Beispiel für Milch mit dem jeweils gewünschten Fettanteil. Aber auch der Markt für Milchpulver ist gigantisch. Mittlerweile wird quasi überall Milchpulver zugemischt, erklärte mir der Standortleiter. Salami mit Laktose? Der Marktwirtschaft sind keine Grenzen gesetzt.

In der darauf folgenden Woche durfte ich noch den firmeneigenen Schlachthof besuchen. Die Sicherheitskontrollen sind scharf – es dürfen keinerlei elektronische Geräte mit in den Betrieb genommen werden. Der Produktionsleiter erklärte mir, dass man große Angst vor Industriespionage habe, weshalb Aufnahmen aus dem Betrieb nicht nach draußen gelangen dürften.

In Schutzkleidung begann ich meine Arbeit im Schlachthof. Ich startete bei der Warenannahme. Hier werden die Tiere von den einzelnen Produktionsstätten angeliefert. Es gibt drei Anlieferzonen: für Geflügel, für Schweine und für Rinder.

Meine Arbeit begann beim Geflügel. Die Tiere werden in den Rollcontainern angeliefert, in die ich sie ja bereits bei der Geflügelzucht verladen habe. Die Container werden ins Gebäude gerollt und dort in den Pufferbereich gestellt. Mithelfen durfte ich bereits im nächsten Schritt, bei dem immer der Container bearbeitet wird, der bereits am längsten wartet. FIFO nannte das ein Mitarbeiter. Man schnappt sich eine Kiste, packt die Tiere und hängt sie kopfüber an ein Förderband. Die Vögel schlagen wie wild mit den Flügeln, aber mit etwas Übung schaffte ich es, sie schnell aufzuhängen.

Der Vorarbeiter erklärte mir, dass ich nicht vorsichtig mit den Tieren umgehen müsse. Die würden schließlich gleich getötet. Wenn ich ihnen vorher noch einen Flügel breche, ist das egal. Hauptsache die Tiere hängen schnell am Förderband. Nach zwei Stunden Hühnchen aufhängen ging es weiter im Betrieb: zum Nachstecher. Die Hühner werden über das Förderband mit dem Kopf in ein Becken getaucht. Das Wasser darin ist elektrisch geladen, wodurch die Tiere betäubt werden. Danach zappeln sie nicht mehr so wild herum. Dann werden die reglosen Vögel am Förderband weiter bewegt zu einer kleinen Kreissäge. Dort wird ihnen der Hals aufgeschnitten, damit sie ausbluten können.

Die Säge ist nach Mekka ausgerichtet. Dadurch kann die GAP AG auch die islamische Kundschaft bedienen. Neben der Säge hängt ein Blatt Papier: „Im Namen Gottes – Gott ist groß!". Manche Tiere flattern leider so wild, dass sie, während sie eigentlich unter Wasser getaucht werden sollten, gerade ihren Kopf anheben. Das führt dazu, dass sie unbetäubt zur Kreissäge gelangen. Auch kommt es vor, dass die

Stromladung für einzelne Tiere nicht ausreicht. Die meisten unbetäubten Vögel werden dann durch die Kreissäge getötet, aber einige schaffen es auch, dieser Säge zu entgehen. Dann ist der Nachstecher gefragt. Kommt ein lebendiges Huhn aus der Förderanlage, so gilt es diesem den Hals aufzuschneiden, damit es wie die restlichen Hühner ausbluten kann. Dieser Arbeitsschritt ist relativ langweilig, da man dabei nicht wirklich ausgelastet ist. Man steht am Band und wartet. Alle zwei bis drei Minuten kommt ein noch lebendiges Hühnchen vorbei, man nimmt das Messer und schneidet ihm die Kehle durch. Danach wartet man wieder. Ich war froh, als ich nach einer Stunde die Abteilung wechseln durfte.

Weiter ging es bei den Schweinen. Die Arbeit begann wieder bei der Warenannahme. Die vollen LKWs mit den Schweinen standen schon Schlange. Teilweise kommen sie aus Biohaltung, teilweise aus konventioneller, erklärte mir der Vorarbeiter. Wenn die Tiere nicht laufen wollen, hilft man mit einer Metallstange etwas nach. Im Schlachthof angekommen, stehen die Tiere in einer Schlange. Dadurch dass man von hinten immer neue nachrücken lässt, werden die Schweine automatisch weiter nach vorne gedrückt.

Ich wechselte zum Betäuben. Hier steht man am Ende der schmalen Gasse, in die die Schweine getrieben werden. Mit einer Art Zange werden die Tiere dann betäubt. Man muss das Werkzeug einfach an den Kopf eines Schweins halten, dann fällt es um. Anschließend befestigt man ein Hinterbein an einer Metallkette, die an einer Förderanlage angebracht ist. An dieser wird das Schwein hochgezogen und abtransportiert. Weiter geht es mit dem nächsten Exemplar. Manchmal zucken einzelne Schweine noch, aber darum kümmert sich dann der Stecher im nächsten Arbeitsschritt. Für eine zweite Betäubung ist keine Zeit. Circa jedes zehnte Schwein wird von dem Elektroschock nicht richtig betäubt, erklärte mir der Vorarbeiter.

Im Hintergrund lief Panflötenmusik. Das beruhigt die Tiere, so die Kollegen.

Einige hundert Schweine später wechselte ich zum nächsten Produktionsschritt: dem Abstechen. Hierher werden die betäubten Schweine durch die Förderanlage transportiert. Während die Tiere langsam am Arbeitsplatz des Stechers vorbei fahren, rammt dieser jedem Schwein ein Messer in den Hals. Ich schaute kurz zu und durfte dann gleich selbst die Arbeit übernehmen. Das Blut spritzte natürlich wie verrückt, aber dafür trug ich ja eine Schutzausrüstung. Meine normalen Klamotten wären wohl ruiniert gewesen. Pro Stunde muss ein Mitarbeiter hier mehr als 700 Schweine erstechen. Das entspricht maximal 5 Sekunden pro Schwein. In einer 10-Stunden-Schicht tötet ein durchschnittlicher Mitarbeiter täglich nicht weniger als 7.000 Schweine.

Der Vorarbeiter erklärte mir, dass durch den hohen Zeitdruck natürlich auch mal Fehler passieren. Wenn man kurz nicht aufpasst, kommt es vor, dass ein Schwein ungestochen weitertransportiert wird. Auch sitzen die Stiche nicht immer ganz richtig, was dazu führt dass das Schwein nicht richtig ausblutet. Das ist allerdings gar nicht so schlimm, erklärte mir der Vorarbeiter. Im nächsten Arbeitsschritt landen die Schweine nämlich im so genannten Brühbad – das überlebt „keine Sau", so mein Kollege. Die Schweine werden dort nämlich in brühend heißes Wasser getaucht. Spätestens dann würde das letzte noch lebende Schwein ertrinken.

Ich wechselte zur Rinderschlachtung. Auch hier werden die Tiere auf LKWs angeliefert. Wie bei den Schweinen, muss man die Tiere etwas antreiben, damit sie freiwillig in den Schlachthof gehen. Ich begann wieder bei der Betäubung. Anstelle des Elektroschockers gibt es hier ein großes Bolzenschussgerät. Man setzt bei diesem Vorgang einfach das Gerät auf den Kopf des Tieres und drückt ab. Dadurch fällt das Rind um und kann zur weiteren Verarbeitung transportiert werden.

Auch dort durfte ich wieder eifrig mitarbeiten. Die Rinder werden kopfüber aufgehängt, und dann beginnt die Bearbeitung. Erst erfolgt ein Schnitt in den Hals, wie bereits aus der Schweineschlachtung bekannt. Anschließend beginnt man damit, die Tiere zu zerlegen. Manchmal wacht noch ein Rind im Todeskampf auf, das passiert wenn die Betäubung nicht richtig funktioniert hat. In diesem Fall muss man etwas warten, bis das Tier endgültig das Bewusstsein verloren hat. Das ist während meiner zweistündigen Mitarbeit allerdings nur dreimal vorgekommen.

Während man die Tiere auseinander schneidet, beginnt man bereits mit der Sortierung der Organe. Für jeden Körperteil gibt es einen eigenen Behälter. Häufig kommen trächtige Kühe in den Schlachthof. Dann findet man beim Zerlegen noch den lebendigen Fötus im Bauch der Kuh. Häufig sind diese Kälber eigentlich schon geburtsreif. Das Fleisch von Föten darf in Deutschland jedoch nicht verkauft werden, entsprechend werden die lebenden Ungeborenen, die aus dem Leib ihrer toten Mutter entnommen werden, zur Entsorgung auf einen großen Abfallhaufen geworfen. Da Lebewesen in dieser Lebensphase noch keinerlei Schmerz empfinden können, ist eine Tötung der Föten nicht erforderlich, erklärte mir der Vorarbeiter. Außerdem wäre dies nur ein unnötiger, zusätzlicher Arbeitsschritt. Man müsse schließlich darauf achten, dass das Produktionsziel erreicht wird. „Die Sterben schon von allein, keine Sorge", meinte mein Einweiser.

Nach dem Ende des Arbeitstags gab ich meine Schutzkleidung in die Reinigung und verließ den Schlachthof. Leider war dies bereits mein letzter Praktikumstag im Produktionsbereich.

Am nächsten Morgen traf ich im Bürokomplex der GAP AG ein. Auch hier hatte ich das Glück, alle Abteilungen durchlaufen zu dürfen. So begann ich in der Einkaufsabteilung.

Im Einkauf ist es wichtig, immer möglichst günstige Waren zu bekommen. Ein wichtiger Faktor sind hierfür immer die Kaufmengen, weshalb durch das stetige Firmenwachstum auch hohe Rabatte bei den Zulieferern gefordert werden können. Hauptsächlich beschäftigt sich die Einkaufsabteilung mit der Beschaffung von Futtermitteln und mit der Beauftragung von Logistikunternehmen.

Das Futtermittel wird zum Großteil aus Südamerika und aus Entwicklungsländern importiert. Die dort wachsenden Sojabohnen und Getreidesorten haben einen sehr hohen Proteingehalt und sind auch sonst sehr nährstoffreich. Durch die fortschreitende Genmanipulation der Bohnen können diese auch immer günstiger hergestellt werden. Neben den Sojabohnen wird aber auch sehr viel Getreide zugekauft. Außerdem werden Nahrungsergänzungen bei Pharmaunternehmen beschafft. Von Vitaminen bis Spurenelementen wird alles beigefügt, was die Fütterung der Tiere optimiert. Auch Medikamente müssen in großen Mengen beschafft werden. Auch in diesem Bereich hat die GAP AG durch ihre Größe eine starke Verhandlungsposition gegenüber Zulieferern. Zusätzlich kümmert sich eine eigene Arbeitsgruppe beim Einkauf um die logistische Abwicklung. In Zusammenarbeit mit mehreren Speditionsunternehmen werden dort die unzähligen täglichen Tiertransporte koordiniert.

Ich wechselte in die Personalabteilung. Der Personalleiter erklärte mir, dass die GAP AG ihren Mitarbeiterbestand in den letzten Jahren massiv reduzieren musste. Dies war erforderlich, um im europäischen Wettbewerb mithalten zu können. Hohe Krankenquoten hatten dem Unternehmen zuvor zu schaffen gemacht. Der Personalleiter vermutete, dass Mitarbeiter häufig psychisch krank würden, wenn sie sich ihre Arbeit zu sehr zu Herzen nähmen. Aber auch wegen des hohen Leistungsdrucks hatten viele Mitarbeiter in jüngerer Zeit ein Burnout erlitten.

Seit der letzten Umstrukturierung war dieses Problem zum Glück komplett gelöst worden. Outsourcing ist eben auch in dieser Branche die Zukunft. Der Personalleiter erklärte mir, dass mittlerweile nahezu sämtliche Arbeitstätigkeiten durch externe Firmen durchgeführt würden. Die GAP AG bezahlt jeden der Arbeitsschritte einzeln. Beispielsweise gibt man in Auftrag, 30.000 Hühner aus einem Stall in LKWs zu verladen. Dafür wird eine Pauschale je Huhn veranschlagt. Diesen Auftrag bieten wir mehreren Firmen an. Wer die Arbeit am günstigsten anbietet, erhält natürlich den Zuschlag. Zu 99% handelt es sich hierbei um osteuropäische Firmen. Das Problem mit der Personalbeschaffung, mit Krankheit und nachlassender Arbeitsleistung – alles Probleme von gestern. Ob die Fremdfirma zwei Stunden oder fünf Stunden für die Ausstallung benötigt, kann uns in diesem Fall absolut egal sein – wir zahlen einen fixen Betrag. Für die GAP AG bedeutet das eine gigantische Risikominimierung. Außerdem profitiert die GAP AG von den niedrigen Löhnen in den osteuropäischen Ländern. Dies kommt am Ende auch den Kunden zu Gute, die entsprechend weniger für das Endprodukt zahlen müssen.

Abschließend besuche ich noch die Marketingabteilung. Hier geht es hauptsächlich um eines: das Produkt den Verbrauchern schmackhaft machen. Mit Photoshop bearbeitet man dort die Werbeabbildungen. Für ein Schweinerückenfilet durfte ich die Verpackung sogar selbst gestalten. Groß mittig auf der Packung stand „Freilandglück" als Markenname. Ein Kollege half mir bei der Erstellung des Bildes. Er öffnete ein Foto aus einem der Ställe, einige Schweine, die dicht gedrängt in ihrer Bucht stehen. Innerhalb von fünf Minuten bearbeitete der Kollege das Foto so, dass nur noch ein Schwein zu sehen war, die restlichen waren verschwunden. Außerdem war das verbleibende Schwein plötzlich sauber, an den Beinen war kein Kot mehr zu sehen. Schließlich änderte der Kollege die Umgebung in eine große Wiese mit den Alpen im Hintergrund. Dem Schwein wurde noch ein kleines Lächeln angemalt und ein Ball wurde eingefügt, mit dem es auf der Wiese spielte. Der Kollege erklärte mir, dass Werbung so funktioniere. Kein Burger bei McDonalds sehe in Wirklichkeit so aus wie in der Fernsehwerbung. Man müsse einfach etwas nachhelfen, denn das Auge esse schließlich mit. Das sei gängige Praxis im Marketing.

Anschließend suchte ich mir noch aus den verfügbaren Verkaufsaufklebern einige passende aus. Auf der Verpackung stand schließlich noch zusätzlich „Beste Qualität", „von glücklichen Schweinen", „aus traditioneller Herstellung" und „aus artgerechter Haltung". Fertig.

Das Praktikum bei der GAP AG hat mir richtig Spaß gemacht. Ich liebe Tiere über alles und bin gerne mit ihnen zusammen. Hier konnte ich meine Tierliebe mit der Arbeit verbinden. Nach meinem Studium würde ich gerne bei der GAP AG in der Verwaltung anfangen.

An meinem letzten Praktikumstag hatte ich noch ein Mittagessen für alle Kollegen im Büro spendiert. Es gab Weißwürste, Hot Dogs, Schnitzelsemmeln, Chicken Nuggets und eine große Käseplatte. Selbstverständlich ausschließlich Produkte der GAP AG. Hier weiß ich jetzt schließlich, wo das Fleisch herkommt!

Die größte Krankheit der Seele
– das ist die Kälte.

Dr. George Benjamin Clémenceau (1841 – 1929)
Französischer Journalist

GEFANGEN

Ich weiß nicht mehr, was passiert ist – ich war doch eben noch in der Stadt mit meinen Freundinnen shoppen. Und plötzlich bin ich hier. In einem dunklen Raum. Es gibt keine Fenster. Ich kann nur schwer etwas erkennen. Es ist so dunkel. Ich bin eingesperrt. Jemand muss mich entführt haben. Aber wie? Ich kann mich nicht mehr erinnern.

Ich versuche mich in dem Raum zu bewegen, aber es geht nicht – ich wurde angekettet wie ein Hund. Um meinen Hals herum ist eine dicke Eisenkette, die wiederum an der Wand befestigt ist. Ich kann mich gerade mal einen Meter weit bewegen. Länger ist die Kette nicht. Und ich bin nackt. Jemand hat mir meine Klamotten geklaut, selbst meine Unterwäsche. Auf dem Boden unter mir liegt eine alte, versiffte Matratze, daneben sind ein paar Rillen im Boden. Was wohl darunter ist? Ich kann nichts erkennen. Auf der anderen Seite sind zwei Knöpfe in der Wand, darunter zwei Schüsseln. Ich drücke auf den ersten Knopf. Es ertönt ein leises Rattern. Dann fällt ein großer Haufen Brei in die erste Schüssel. Ich teste den zweiten Knopf. Es läuft Wasser in die zweite Schüssel. Daneben ist in die Mauer eine Schublade eingebaut. Ich ziehe sie auf – sie ist leer. Was soll das? Warum bin ich hier?

Ich bekomme Panik. Wurde ich vergewaltigt? Ich taste meinen Körper ab, kann aber keine Verletzungen feststellen. Was zum Teufel soll das? Ich trinke etwas aus der Schüssel. Das Wasser schmeckt widerlich. Ich esse etwas von dem Brei, besser gesagt: ich würge etwas davon hinunter. Absolut widerlich. Ich setze mich auf die Matratze und warte. Nichts passiert. Ich muss aufs Klo, Aber es gibt keine Toilette. Es hilft nichts, ich kann es nicht halten. Ich erledige meine Notdurft über den Rillen im Boden. Es gibt natürlich kein

Toilettenpapier. Und es stinkt. Furchtbar sogar. Was ist nur passiert? Ich schlafe auf der Matratze ein.

Als ich aufwache, spüre ich ein Knie auf meinem Rücken. Ich versuche aufzuspringen, aber das Knie drückt mich hinunter. „Wer sind Sie? Lassen Sie mich los! Hilfe!" rufe ich. Der Mann antwortet nicht. Er drückt mich nur weiter runter. Nun merke ich, wie er etwas zwischen meinen Beinen einführt. Etwas Kaltes, Dünnes. Ich schreie auf, versuche um mich zu schlagen. Aber er ist viel stärker als ich. Ich spüre, wie etwas in mich hineinläuft. Ich kann mich nicht dagegen wehren. Der Mann zieht das dünne Etwas, wahrscheinlich einen Schlauch, wieder heraus und steht auf. Ich springe auf, versuche ihn zu schlagen, aber er hat sich bereits ein Stück entfernt und dreht mir den Rücken zu. Ich kann sein Gesicht nicht erkennen. Er bewegt sich ans andere Ende des Raumes und verschwindet.

Was war das? Ich bekomme Panik. Was will dieser Mann von mir? Ich lege mich auf die Matratze und versuche zu schlafen. Mehr kann ich hier eh nicht tun.

Die Tage vergehen. Es passiert nichts. Ich bin eingesperrt und versuche mich durch Essen und Trinken am Leben zu halten, wobei mir der Fraß hier von Tag zu Tag erträglicher erscheint. Ich glaube nicht, dass es besser geworden ist, wahrscheinlich sind nur meine Geschmacksnerven abgestumpft. Ich kann hier nichts machen. Und ich bin allein.

Die Tage vergehen. Es passiert nicht das Geringste. Noch immer verstehe ich nicht, warum ich hier eingesperrt bin. Der Brei scheint eine ganz schöne Kalorienbombe zu sein, ich werde immer dicker und dicker. Aber ich habe Hunger. Also esse ich weiter.

Eines Tages spüre ich plötzlich einen Tritt. Oh Gott, der Tritt kam von innen. Ich bin schwanger. Der Mann muss mich befruchtet haben. Oh mein Gott. Warum? Was will er von mir? Warum soll ich ein Kind austragen?

Weiter vergehen die Tage. Ich beginne mein Kind lieb zu gewinnen – auch wenn es noch nicht geboren ist und ich es eigentlich auch nicht wollte. Trotzdem ist es mein Kind, was da in mir heranwächst. Ich mache mir Gedanken über dieses kleine Wesen. Wie es wohl aussehen wird? Ich überlege mir Namen. Wenn es ein Junge wird, soll es Stefan heißen, falls es ein Mädchen wird, Susanne.

Die Tage vergehen, und ich bekomme meine Wehen. Meine Fruchtblase ist geplatzt. Ich sitze plötzlich in einer riesigen Pfütze. Ich schreie. Der Mann ist plötzlich wieder da. Ich schreie weiter. Ich kann mich nicht mehr genau erinnern, aber plötzlich ist das Baby dann da. Es schreit, und der Mann hält es auf seinen Armen. Vollkommen erschöpft, frage ich ihn „Junge oder Mädchen?". Er antwortet nicht, dreht sich um und geht. Mit dem Baby. Ich rufe verzweifelt: „Das ist mein Baby! Gib mir mein Baby zurück!". Ich höre die Schreie des Kindes langsam leiser werden. Ich schreie noch heftiger. Die Geräusche meines Kindes werden immer leiser, bis sie überhaupt nicht mehr zu hören sind. Schluchzend breche ich auf meiner Matratze zusammen. Er hat mir mein Baby weggenommen. „Ich will mein Baby wieder haben!" stoße ich noch zwischen Tränen hervor. Aber es scheint mich niemand zu hören.

Am nächsten Morgen wache ich auf. Ich bin durstig. Ich drücke auf den Knopf, aber es kommt kein Wasser. Ich drücke auf den anderen Knopf, aber es kommt kein Brei. Ich verfalle in Panik und sehe mich um, kann allerdings nichts erkennen. Ich gehe zu der Schublade. Darin befinden sich eine Milchpumpe und ein Fläschchen. Da kommt es mir plötzlich: Mein Baby braucht meine Milch! Ich beginne mit der Milchpumpe meine Muttermilch in das Fläschchen abzufüllen. Als ich fertig bin, lege ich es gefüllt in die Schublade zurück und schließe sie. Ich höre ein leises Quietschen und renne zur Schublade: Sie ist leer.

Scheinbar lässt sie sich von der anderen Seite der Mauer entleeren. Ich hoffe, mein Baby bekommt jetzt meine Milch. Ich drücke wieder auf den Knopf für das Wasser. Jetzt läuft welches in die Schüssel. Als es Zeit für das Mittagessen wird, funktionieren die Knöpfe wieder nicht. Eine neue Milchflasche liegt in der Schublade. Ich mache sie voll. Danach funktionieren die Knöpfe wieder. Abends dasselbe.

Die Tage vergehen. Dreimal täglich gebe ich meine Milch ab für mein kleines Baby. Wo es wohl ist? Ich will es unbedingt wieder sehen. Ich denke ununterbrochen an mein Kind. Ich wünschte, es wäre hier bei mir.

Die Tage vergehen. Ich gebe immer weniger Milch. Es wird von Woche zu Woche weniger. Warum darf ich mein Kind nicht sehen? Ich will mein Kind sehen! Wo ist es?

Die Tage vergehen. Ich wache plötzlich wieder auf und spüre ein Knie im Rücken. Und einen Schlauch zwischen meinen Beinen. Der Horror beginnt von vorne.

Wir erschrecken über unsere eigenen Sünden, wenn wir sie an anderen erblicken.

Johann Wolfgang von Goethe (1749 – 1832)
Deutscher Dichter

VOM GLÜCKLICHEN TIER

Erschreckend, was den Tieren in der Massentierhaltung tagtäglich angetan wird. Ich bin schon vor Jahren ausgestiegen – mit dieser Quälerei will ich nichts mehr zu tun haben. Ganz aufs Fleisch wollte ich allerdings auch nicht verzichten. Deshalb kaufe ich mein Fleisch bei einem guten Bekannten, der die Tiere selbst hält. Er hat sich auf artgerechte Tierhaltung spezialisiert, und glückliche Tiere sind ihm besonders wichtig. Das Fleisch hat seinen Preis, aber es ist vorzüglich.

Und wahrlich, ich war schon mehrfach auf seinem Hof, wo er ein paar Schweine hält. Bio-Tiere, Bio-Futter, jede Menge Auslauf. Und das wichtigste: Bestes Bier nach deutschem Reinheitsgebot. Das ist gutes Fleisch, das kann man essen.

Mein Freund stellt unterschiedliche Sorten Schinken her. Seinen klassischen Bierschinken macht er mit Hacker Pschorr. Es gibt aber auch einen Paulaner-Schinken und Erdinger-Weißbier-Würste. In jedem seiner Ställe bekommen die Schweine eine andere Biersorte zu trinken.

Das ist ein Leben – den ganzen Tag nur Bier trinken. Davon träumen viele Männer nachts. Vor der Schlachtung macht mein Freund die Tiere immer so besoffen, dass die davon überhaupt nichts mehr mitbekommen. Seinen Bierschinken verkauft er mittlerweile weltweit – Die Herstellung hat er sich patentieren lassen. Und wahrlich, es ist wirklich der beste Bierschinken, den ich je gegessen habe – und ganz nebenbei von glücklichen Tieren!

Im Leben ist oft das Beste nur ein Rausch.

Lord George Gordon Noel Byron (1788 –1824)
Englischer Dichter

MEIN NEUER FREUND

Urlaub – herrlich! Nachdem wir am Flughafen gelandet sind, geht es mit dem Auto direkt weiter zu unserem Ferienhaus. Es liegt abgeschieden vom Rest der großen Ferienunterkünfte auf einem kleinen Hügel. Saubere, frische Luft und ein atemberaubender Meerblick. Während meine Eltern noch gemütlich ein Glas Wein auf der Terrasse trinken, muss ich leider schon ins Bett.

Am nächsten Tag mache ich eine ganz besondere Entdeckung: Bei einem großen Gebüsch, nicht weit von unserem Ferienhaus, treffe ich auf ein Streifenhörnchen. Als es mich sieht, schrickt es auf und versteckt sich. Ich eile zurück zum Haus und besorge mir ein paar Sonnenblumenkerne. Mit diesen gehe ich wieder zu dem Gebüsch zurück, raschle etwas mit der Tüte, und tatsächlich: das Streifenhörnchen blickt aus seinem Versteck heraus. Ich nehme ein paar Sonnenblumenkerne in die Hand und locke Kenny, wie ich das Tier eben getauft habe, zu mir her.

Es ist anfangs etwas verunsichert, ich werfe also erst einmal einen Kern in seine Richtung. Es springt herbei, greift sich den Kern und rennt damit wieder zurück in sein Versteck. Dort knabbert es an seiner Beute herum. Als es fertig ist, werfe ich einen weiteren Kern zu ihm hin. Auch diesen verspeist es, diesmal ohne auf Abstand zu gehen.

Ich strecke meine Hand aus, auf der Handfläche liegt ein weiterer Kern. Langsam nähert sich Kenny, bleibt immer wieder stehen, mustert mich und pirscht sich dann weiter in meine Richtung. Dort angekommen, schnüffelt das Tier erst misstrauisch an meiner Hand, bevor es sich auf die Hinterbeine stellt und mit seiner kleinen Pfote nach dem Sonnenblumenkern greift. Ich hole weitere Kerne heraus, und Kenny isst diese genüsslich.

Nachdem er ausreichend gefuttert hat, lässt sich mein neuer Freund sogar streicheln. 20 Minuten später höre ich meine Mutter vom Ferienhaus aus nach mir rufen. Kenny erschrickt und springt wieder in sein Gebüsch.

Ich eile zu meiner Mutter. Diese hatte sich bereits Sorgen um mich gemacht. Ich soll nicht einfach so vom Haus weggehen, muss ich mir anhören. Zusammen mit meinen Eltern sitze ich anschließend auf der Terrasse und genieße Kaffee, Kuchen und Sonnenschein.

Ich erzähle, dass ich ein Streifenhörnchen gesehen habe und zeige in die Richtung des Gebüschs. Ich lasse durchblicken, dass ich unbedingt ein solches Hörnchen haben möchte.

Während mein Vater für das Abendessen den Grill anwirft, helfe ich meiner Mutter bei der Zubereitung der Salate. Nachdem wir allerdings damit deutlich schneller fertig sind als mein Vater mit dem Grillen, decken wir noch den Tisch, und anschließend setze ich mich mit meiner Mutter auf das große Sofa im Wohnzimmer. Ich quengle ein wenig, ich weiß schließlich, wie ich meine Mutter rumbekomme.

Also holt sie den Laptop, und wir suchen im Internet nach Streifenhörnchen. Es gibt sogar Internetseiten, die sich auf die kleinen Nager spezialisiert haben. Schließlich bestellen wir einen Käfig für mein neues Haustier sowie ein Rad und eine Wasserflasche für das künftige Zuhause meines kleinen Freundes. Wir wollten gerade schauen, ob man auch Streifenhörnchen mit in ein Flugzeug nehmen kann, dann würde ich nämlich am liebsten direkt Kenny mitnehmen. Aber da ruft mein Vater aus dem Garten, dass das Essen fertig ist.

Also gehe ich mit meiner Mutter raus auf die Terrasse. Wir schütten Getränke ein und verteilen den Salat auf den Tellern. Schließlich kommt mein Vater mit einer großen Platte voll Grillgut. Auf seinen Teller legt er ein paar Würstchen, meine Mutter bekommt ein Steak, und auf meinem Teller ...ich schreie auf. Ich brülle meinen Vater an und laufe weinend auf mein Zimmer.

Kurz darauf klopft meine Mutter an meiner Zimmertür und kommt rein. Ich weine, während sie mich in den Armen hält. Dann erklärt sie mir, dass das alles ein großes Missverständnis war. Ich habe schließlich auf der Terrasse, kurz vor dem Essen gesagt dass ich unbedingt ein Streifenhörnchen möchte und habe in die Richtung gezeigt, wo ich eines gesehen hatte. Dass ich es als Haustier haben möchte, habe ich nur meiner Mutter in der Küche erzählt, mein Vater konnte das nicht wissen. Entsprechend ist er losgezogen, hat Kenny gefangen, ihn totgeschlagen, ihm die Haut abgezogen und ihn auf einen Grillspieß gesteckt. Er wollte mir damit eine Freude machen, und das Missverständnis tut ihm furchtbar leid.

Mein Schluchzen wird leiser. Sie hat Recht, mein Vater konnte das nicht wissen. Ich gehe zusammen mit meiner Mutter wieder runter auf die Terrasse und nehme meinem Vater in den Arm. Er bittet mich um Entschuldigung, aber ich sage ihm, dass es schon okay sei. Es sei schließlich nur ein Missverständnis gewesen, und er habe es nicht besser wissen können. Wir einigen uns darauf, dass wir zuhause einfach ein neues Streifenhörnchen kaufen. Nachdem Kenny nun tot ist, hilft es auch nichts, ihn wegzuwerfen. Er ist zwar mittlerweile etwas kalt geworden, aber ich muss ehrlich sagen, dass er trotzdem sehr gut geschmeckt hat!

> Wenn man die Menschen lehrt wie sie denken sollen und nicht ewig hin, was sie denken sollen: so wird auch dem Missverständnis vorgebeugt.
>
> *Georg Christoph Lichtenberg (1742 – 1799)*
> *Deutscher Physiker*

DER UMWELTAKTIVIST

Im Morgengrauen verlasse ich mein Haus, steige in mein Auto und fahre los zum Baumarkt. Dort kaufe ich mir, wie jeden Morgen, einen kleinen Hamster. Diesen lege ich auf die Rückbank meines Autos und fahre anschließend weiter in die Arbeit. Im Büro angekommen, mache ich mir einen Kaffee und kippe einen Schuss Sojamilch in den Becher. Seit zwei Jahren bin ich nun Veganer, aus gesundheitlichen Gründen. Ich will meinen Körper schützen, deshalb achte ich darauf, was ich esse.

In der Mittagspause gibt es in der Kantine für die meisten einen Schweinebraten, ich knabbere an meinem Salat. Die Kollegen lästern, wie immer. Sie nennen mich einen Öko-Heini. Jeden Tag dasselbe. So ein Quatsch, ich bin eigentlich gar kein Öko-Heini, ich mache das aus rein gesundheitlichen Gründen.

Nach der Arbeit fahre ich, wie jeden Tag, in ein kleines Waldstück, das ich mir gekauft habe. Ich hole die Motorsäge aus meinem Kofferraum und fälle zwei Bäume, wie jeden Tag. Anschließend mache ich mich auf den Heimweg.

Zuhause angekommen, stelle ich mein Auto auf dem Parkplatz ab und klemme mir die Schachtel mit dem Hamster unter den Arm. Am Parkplatz liegt ein Zettel auf dem Boden. „Sie blödes Arschloch, hören Sie auf, unsere Umwelt zu verpesten!" Solche Zettel liegen hier mehrmals im Monat. Mein Auto wurde auch schon einige Male zerkratzt. Aber ich werde mich nicht einschüchtern lassen! Auch heute lasse ich, wie jeden Tag, den Motor meines Autos einfach laufen. Mein Auto läuft mittlerweile seit zwei Jahren durch.

Sobald ich die Wohnungstür hinter mir geschlossen habe, packe ich den Hamster, lege ihn in meinen Mixer, übergieße ihn mit etwas

Abflussreiniger und warte eine Stunde. Nachdem die Haut des Hamsters überall angeschwollen ist, lasse ich den Mixer auf höchster Stufe laufen. Schaut irgendwie immer aus wie Tomatensaft. Die Flüssigkeit entsorge ich über den Abfluss. Anschließend nehme ich noch ein paar Kilogramm Getreide, welches ich mir immer von einem Bauern um die Ecke besorge und werfe dieses originalverpackt in den Restmüll.

Dann, so sieht es mein Tagesablauf vor, gehe ich noch etwas im nahe gelegenen Wald spazieren. Dort kippe ich dann immer einen halben Liter Erdöl auf den Waldboden. Jeden Abend vor dem Schlafen gehe ich noch Duschen. Dabei erspare ich mir den Griff zum Wasserhahn, da meine Dusche generell rund um die Uhr läuft.

Warum ich das alles mache? Ich möchte einfach nicht als Öko-Heini bezeichnet werden – die Umwelt ist mir schließlich nicht so wichtig. Deshalb versuche ich, die positiven Effekte wieder auszugleichen, welche die vegane Ernährung mit sich bringt. Warum sollte nur ein Fleischesser das Recht haben, das Klima zu belasten? Warum darf nur ein Fleischesser das Grundwasser verschmutzen? Weshalb sollen Veganer nicht Wasser verschwenden dürfen? Wieso ist es dem Fleischesser vorbehalten, zum Vergnügen Tiere zu töten? Und warum darf ein Veganer eigentlich keine Lebensmittel sinnlos vernichten?

Ich will der Umwelt nicht vorsätzlich schaden, nein, so ein Mensch bin ich wirklich nicht. Dafür ist mir unsere Umwelt viel zu wichtig. Aber warum sollte ich verpflichtet sein, weniger Umweltschäden zu verursachen als ein Fleischesser, nur weil ich mich aus gesundheitlichen Gründen vegan ernähre? Wir sind schließlich ein freies Land, und auch wenn ich Veganer bin, habe ich trotzdem dieselben Rechte wie meine Fleisch essenden Mitmenschen!

Alle Übertreibung geht in der Absicht zu weit, damit man durch die Unwahrheit zur Wahrheit gelange.

Lucius Annaeus Seneca (4 v. Chr. – 65 n. Chr.)
Römischer Philosoph

EIN HOCH AUF DEN FORTSCHRITT

Ich habe meinen Freund Jürgen und seine Frau heute zum Abendessen eingeladen. Jürgen arbeitet seit 20 Jahren bei einem der größten deutschen Automobilhersteller in der Entwicklungsabteilung. Als Jürgen bei uns auf dem Hof vorfährt, staune ich nicht schlecht. Sein Auto sieht wirklich genial aus. Traumhaftes Design, keine Kanten, sehr futuristisch. Er steigt freudestrahlend aus. Samantha, seine Frau, umarmt mich zur Begrüßung. „Haste wieder 'n neuen?" frage ich ihn mit Blick auf sein Auto. „Jupp", lacht er. „Neuestes Modell, noch gar nicht auf dem Markt".

Jürgen bekommt alle 10.000 Kilometer ein neues Auto von seinem Arbeitgeber gestellt – die alten werden dann als Jahreswagen weiterverkauft. Entsprechend kreuzt Jürgen ständig mit einem neuen Wagen auf, immer mit sämtlichem Schnick-Schnack ausgestattet. „400 Kilogramm leichter als der Vorgänger", erzählt Jürgen voller Stolz. „Automatisches Einparken, integriertes Navi, automatische Notfallbremsen, Smart-Bordcomputer, neuestes Hifi-System" – Jürgen beginnt förmlich zu schwärmen. Wir gehen in mein Haus, meine Frau hat bereits Essen gekocht und begrüßt unsere Gäste ganz herzlich.

Als Vorspeise gibt es eine Kürbissuppe mit etwas Weißbrot, dazu ein Glas Wein. Jürgen erzählt weiter: „20% weniger Kosten pro Kilometer, und das bei 10% mehr Leistung". Wow, das Auto scheint es ihm echt angetan zu haben. „Das bekommen wir hin, weil wir die Karosserie mit einem neuartigen Material gebaut haben – dadurch wird der Wagen extrem leicht. Außerdem sind wir jetzt von Hybrid komplett auf Elektromotor umgestiegen. Damit gehören Schadstoffe quasi der Vergangenheit an".

Meine Frau räumt die Teller ab und bringt den Hauptgang: Gulasch. Da wir uns seit kurzem vegan ernähren, landet echtes Fleisch nicht mehr auf unserem Teller. Heute gibt es entsprechend Sojawürfel. Jürgen schaut ganz skeptisch, er ist schließlich eingefleischter Allesfresser. Wir lassen es uns schmecken, meine Frau hat ein hervorragendes Gulasch gezaubert. „Naja, kann man essen", meint Jürgen, „aber auf Fleisch könnte ich nicht verzichten!"

„Nun ja", hole ich aus, „erstens finde ich, dass es köstlich schmeckt. Vielleicht nicht 1:1 wie Fleisch, aber trotzdem sehr lecker…" Samantha nickt zustimmend. „Jetzt stell dir mal folgendes vor: Ich kaufe mir ein Auto, das günstiger ist als dein Auto, ein Auto das noch weniger Abgase produziert und noch leichter ist. Ein Auto, das mich noch sicherer von A nach B bringt als deines. Außerdem braucht es auch noch weniger Strom als dein Auto. Die Arbeitsbedingungen bei der Herstellung sind nebenbei auch noch besser. Würdest du dieses Auto auch haben wollen?"

Jürgen schaut mich verwirrt an. „Klar will ich das Auto haben, das hört sich ja hervorragend an!".

„Und genauso ist es beim Essen", fahre ich fort. „Eine vegane Ernährung ist gesünder als eine fleischlastige. Sie ist deutlich umweltfreundlicher, setzt keine Antibiotika ein, verursacht nur einen Bruchteil des CO_2-Ausstoßes und wird ganz nebenbei so hergestellt, dass dafür keine empfindungsfähigen Lebewesen umgebracht werden müssen." Ich hole Luft. „Außerdem werden nicht tausende Liter Wasser verschwendet und es werden auch keine pflanzlichen Lebensmittel in der Mast vernichtet. Wegen des Fleischhungers der Welt wird unser Regenwald gerodet – das muss aber gar nicht sein. Hinzu kommt, dass eine vegane Ernährung auch günstiger ist. Sobald die Nachfrage weiter steigt, wird sie noch deutlich günstiger werden. Man benötigt schließlich weniger Ressourcen dafür, was sich positiv auf den Preis auswirkt."

Jürgen ist sprachlos. „Man macht also etwas fürs Klima, für den Umweltschutz, für die Tiere, sowie für die hungernden Menschen auf diesem Planeten, und man schont unsere Ressourcen. Ganz nebenbei schmeckt es auch noch richtig gut", beende ich mein Plädoyer.

„Der Mensch hat doch schon immer Fleisch gegessen – ich sehe keinen Grund, daran etwas zu ändern", erwidert Jürgen. Auf diesen Kommentar hatte ich gewartet. „Siehst du Jürgen, wir Menschen fahren doch auch schon immer mit Drecksschleudern durch die Gegend. Das hat sich bewährt. Hör bitte auf, mich zu missionieren mit deinem Elektromotor. Mag ja sein, dass du mit dem gut klar kommst, aber auf den Geruch eines guten alten Benziners kann ich einfach nicht verzichten. Ob mich dein Elektroauto genauso von A nach B bringt, ist mir eigentlich egal, es riecht beim Anlassen nämlich etwas anders. Deshalb fahre ich ein Auto mit 20 Litern Verbrauch auf 100 km."

Samantha lächelt, Jürgen schaut verzweifelt. „Das kann man überhaupt nicht vergleichen", sagt Jürgen mit einem giftigen Ton und beendet damit das Thema. „Lass uns über etwas anderes reden: Was hältst du eigentlich vom Atomausstieg?", fragt mich Jürgen.

„Atomausstieg? Finde ich total dämlich. Die Menschheit lädt ihre Handys schließlich schon seit jeher mit Atomstrom. Ich finde das total unnatürlich, auf Sonnenenergie umzusteigen."

Die Frauen sind höchst amüsiert, aber Jürgen schaut jetzt richtig böse. Ich beende das Thema lieber, wir reden über Fußball. Man merkt, dass Jürgen das Thema etwas mitgenommen hat. Nach ein paar weiteren Gläsern Wein und einem Spielfilm verabschieden sich Jürgen und Samantha wieder und fahren mit ihrem nagelneuen umweltfreundlichen Elektroauto davon.

Ein gutes Beispiel ist die beste Predigt.

Benjamin Franklin (1706 - 1790)
Amerikanischer Erfinder

EIN BISSCHEN FLEISCH

Heute ist es wieder soweit, heute gibt es Fleisch. Es ist Monate her, dass ich das letzte Mal welches gegessen habe. Ich habe einfach zu großes Mitleid mit den Tieren, ich möchte nicht, dass Lebewesen für mich sterben müssen. Schließlich würde ich auch nicht meinen Hund essen, also warum sollte ich andere Tiere umbringen lassen?

Als mir das klar wurde, konnte ich es von einem Tag auf den anderen nicht mehr mit meinem Gewissen vereinbaren, dass Tiere für mich getötet werden. Seither ernähre ich mich vegan. Jedenfalls zu 99%. Ganz ohne Fleisch zu leben, halte ich allerdings nicht durch. Wie heißt es so schön? Der Geist ist willig, aber das Fleisch ist schwach.

Deshalb mache ich zwei bis drei Mal im Jahr eine Ausnahme und esse etwas Fleisch. Des guten Geschmacks wegen und immer nur ganz wenig, aber ganz ohne halte ich einfach nicht durch. Und heute ist es endlich wieder so weit. Mein Magen knurrt förmlich, es ist einfach zu lange her, seit ich das letzte mal Fleisch hatte.

Diesmal gönne ich mir etwas ganz besonderes, Bratkartoffeln mit etwas Speck. Die Kartoffeln habe ich bereits vorgekocht und in Scheiben geschnitten, die Zwiebeln sind gewürfelt, Pflanzenöl, Kümmel und frische Kräuter stehen bereit und warten darauf, verarbeitet zu werden.

Im Bad schaue ich mich im Spiegel an. Ich schaue mir selbst tief in die Augen. Will ich jetzt wirklich Fleisch essen? Mein Magen knurrt wieder vernehmlich. Dann soll es wohl so sein. Ich ziehe mich aus und setze mich in die Badewanne. Mein Puls geht in die Höhe. Mit dem Sparschäler, mit dem ich bereits die Kartoffeln geschält habe, setze ich an der Innenseite meines frisch rasierten Oberschenkels an und ziehe den Schäler mit einer schnellen, aber bestimmten Bewegung nach unten. Schnell setze ich direkt daneben an und ziehe ein zweites Mal mit dem Schälgerät von oben nach unten. Dann versorge ich die

Wunde mit dem vorher bereitgelegten Verbandsmaterial und sinke auf den blutverschmierten Boden der Badewanne.

Die Schmerzen sind höllisch, ich zittere am ganzen Körper. Zwar hatte ich vor der Prozedur bereits mehrere Tabletten Schmerzmittel eingeworfen, aber ich schlucke sogleich eine weitere hinunter. Nach 20 Minuten – allerdings eine gefühlte Ewigkeit – reiße ich mich wieder zusammen, nehme die beiden Scheiben Speck und gehe damit in die Küche. Dort wasche ich das Blut kurz unter der Spüle heraus, würfle die Scheiben auf einem Küchenbrett und werfe die Stücke anschließend in eine Pfanne mit heißem Fett.

Während der Speck vor sich hin brutzelt, kümmere ich mich um den Rest des Abendessens. Ich werfe die Zwiebeln und Kartoffeln in eine weitere Pfanne, schmecke alles mit Salz, Pfeffer, Kümmel sowie den Kräutern ab und gebe zum Abschluss die Speckwürfel mit hinein.

Die Wunden verheilen mit der Zeit, und es wächst neues Gewebe nach. Fleisch, das man später wieder ernten kann. Mein Körper sieht mittlerweile ziemlich mitgenommen und vernarbt aus, aber Geschmack geht schließlich vor. Mein größtes Highlight war bisher ein Bratwürstchen aus eigenem Fleisch. Als mir letztes Jahr der Blinddarm entfernt wurde, habe ich darauf bestanden, alle entfernten Körperteile behalten zu dürfen. Den Darm spülte ich aus und füllte ihn mit ein paar Fleischstückchen von mir, welche ich vorher durch den Fleischwolf gepresst hatte. Das war ein faszinierendes Gefühl, als ein Stück von meinem Darm vom Rest meines eigenen Darms verdaut wurde.

Als die Bratkartoffeln zusammen mit einem Glas Rotwein an meinem Tisch angerichtet sind, mache ich noch ein Foto und lade es auf Facebook hoch. Dann genieße ich, Bissen für Bissen, dieses wundervolle, tierleidfreie Gericht.

> ## Menschen sind empfindlich Fleisch und Blut.

William Shakespeare (1564 – 1616)
Englischer Dichter

DER KÖNIG

„Schön, ist es auf der Welt zu sein ….", singe ich lautstark unter der Dusche. Nachdem ich mich angezogen habe, lasse ich mir einen Kaffee aus meinem Kaffeevollautomaten. Es ist Montag, mittlerweile 10 Uhr, und ich bin richtig gut ausgeschlafen. Zum Frühstück gönne ich mir eine Steak-Semmel. Das ist so lecker. Ich liebe Fleisch einfach über alles.

Ich erinnere mich an den gestrigen Abend. Meine Frau und ich waren im Steakhaus, gemeinsam mit einem befreundeten Pärchen. Ich habe mir mein Steak richtig schön blutig bestellt, so habe ich es am liebsten. Ich musste laut auflachen, als unsere Freundin Steffi meinte, sie würde jetzt kein Fleisch mehr essen. „Dann geh Gras fressen!", habe ich nur gemeint. Sie wollte mir etwas über die brutale Tierhaltung erzählen. Blabla. Ich zeigte ihr einfach meine Zähne: „Siehst Du? Wir Menschen haben da spitze Zähne – wie Raubtiere eben auch. Das ist ganz natürlich!".

Aber Steffi wollte nicht Ruhe geben. Erzählte von Klimawandel und Umweltschäden. Ich wies sie darauf hin, dass sie schließlich auch ein Auto fahre. Wer im Glashaus sitzt, solle schließlich nicht mit Steinen werfen. Und dann fragte ich sie noch, ob sie den Löwen jetzt auch das Fleischessen verbieten wolle. Sie verneinte das, konnte mir aber auch nicht erklären, warum nun ein Löwe Fleisch essen darf, ich aber nicht. Sie fragte mich, ob ich denn mein restliches Leben auch wie ein Löwe lebe. Ich lachte auf. „Natürlich habe ich auch ein Mobiltelefon, das haben Löwen nicht. Aber alles, was mir Vorteile bringt, handhabe ich wie ein Löwe!". Sie fing gerade an etwas über Wahlmöglichkeiten des Menschen zu erzählen, da brachte die Bedienung endlich mein Steak. Ich hatte ein extra großes bestellt. Für Steffi hatte die Kellnerin einen Salat gebracht. Mit „Na, das nenne ich mal eine Wahl – Mahlzeit!" beendete ich die Diskussion.

Nachdem ich mein Frühstück verputzt habe, gehe ich in den Garten. Die Sonne scheint, ich lege mich auf die Sonnenliege. So muss es sein, so lässt es sich aushalten. Nach einer Weile sehe ich durch ein Fenster meine Nachbarin, die sich gerade anzieht. Ich schaue auf die Uhr. Meine Frau ist noch bei der Arbeit, so wie es sich für eine Frau gehört. Das nenne ich Arbeitsteilung! Ich klingle bei der Nachbarin. Stunden später verlasse ich das Nachbarhaus wieder bestens gelaunt. Zu Leben wie ein Löwe ist einfach toll, die Frauen machen die ganze Arbeit, und man selbst liegt nur faul in der Sonne, wenn man sich nicht gerade mit anderen Frauen vergnügt.

Ich spaziere etwas durch die Nachbarschaft, pinkle an ein paar Bäume. Es ist wichtig, regelmäßig sein Revier zu markieren. Ansonsten macht es einem vielleicht noch jemand streitig. Ich biege gerade um eine Kurve, als ich einen Umzugslastwagen sehe.

Ein junges Pärchen mit zwei kleinen Kindern. Ganz der Gentlelöwe gehe ich hin und begrüße die neuen Nachbarn. Sie erzählen, dass ihre Tochter morgen ihren vierten Geburtstag hat und der Junge schon sechs Jahre alt ist. Nach langem Suchen haben sie jetzt endlich ein schönes Haus gefunden, sie wirken richtig glücklich. Hach, wie nett. Während der Mann gerade eine Umzugskiste ins Haus schleppt, steche ich ihm mit einem Messer tief in den Rücken. „Mein Revier!", brülle ich dabei.

Der Mann geht blutend zu Boden. Die Frau packe ich an den Haaren und schleife sie mit ins Schlafzimmer. Man könnte behaupten dass dies brutal wäre, aber was soll ich sagen, Löwen machen das schließlich auch so.

> # Ein toter Löwe ist nicht so viel wert wie eine lebendige Mücke.
>
> *Voltaire (1694 – 1778)*
> *Französischer Philosoph*

POLIZEIEINSATZ

Wie jeden Sonntagmorgen gehe ich allein durch den Wald spazieren. Ich liebe die Ruhe hier, und während alle anderen Menschen noch in der Kirche sind oder schlafen, habe ich diese Naturidyll für mich ganz allein. Hier begegne ich höchstens mal einem Radfahrer, ansonsten ist dieses Fleckchen Erde, zumindest zu dieser Zeit, wie ausgestorben.

Als ich mich nach zwei Stunden – meine klassische Runde – wieder meinem Heimatort nähere, sehe ich aus der Ferne bereits Rauch aufsteigen. Ich beginne zu laufen, vielleicht benötigt jemand meine Hilfe.

Als ich ankomme, sehe ich, was die Quelle dieser Rauchentwicklung ist: die Bäckerei. Ich eile hinein und sehe den Qualm aus einem der Backöfen kommen. Nachdem ich den Stecker gezogen und die Tür des Backofens geöffnet habe, verzieht sich der Rauch rasch wieder.

Ich blicke mich um. Wo ist eigentlich der Bäcker? Die Kasse ist offen und voller Geld, ein paar Brötchen liegen in einer Tüte auf dem Verkaufstresen, eine Zeitung liegt am Boden. Was ist hier passiert? Warum hat niemand den Brand bemerkt? Ich greife zu meinem Mobiltelefon und rufe die Polizei an. Doch ich lande nur in einer Warteschleife. Nach fünf Minuten lege ich wieder auf. Als ich die Bäckerei verlasse, bietet sich mir ein verstörender Anblick. Ich bin offenbar so schnell in die Bäckerei geeilt, dass ich alles andere gar nicht wahrgenommen habe. Mitten auf der Straße stehen Autos mit laufenden Motoren, aber keine Menschen darin. Ein Fahrrad, das verlassen auf der Straße liegt. An allen Häusern sind die Türen geöffnet, aber es ist keine Seele weit und breit zu sehen.

„Halt, bleiben Sie stehen!", höre ich es hinter mir rufen. Ich drehe mich um, und alles geht plötzlich ganz schnell. Auf einmal knie ich mit Handschellen am Boden. Vor mir stehen zwei Gestalten in einer Ganzkörper-Uniform. Weder Gesicht noch Hände kann ich erkennen.

„Sie sind verhaftet!", meint einer der beiden nur, dann schleifen sie mich in einen merkwürdig aussehenden Transporter. Ich versuche mich zu wehren, aber die Gestalten sind einfach viel stärker.

Als wir kurz vor dem Ortsausgang halten, sehe ich aus dem Fenster des Fahrzeugs heraus ein riesiges Raumschiff auf einer Wiese stehen. Dort werden unzählige Menschen verladen, allesamt in Handschellen. Auch ich werde dorthin gebracht. Im Raumschiff sitzt bereits der Bäcker, auch viele andere meiner Mitbürger kann ich erkennen. Niemand weiß, was hier los ist, alle erzählen dieselbe Geschichte. Plötzlich standen diese Gestalten vor ihnen und haben sie verhaftet.

Als kurz darauf das Raumschiff startet, erscheint auf einem großen Monitor das Gesicht eines der Wesen, im Hintergrund der Aufnahme weht eine bunte Fahne. Die Gestalt auf dem Monitor beginnt zu sprechen:

„Vor 3.712 Jahren startete das erste intergalaktische Raumschiff vom Planeten Xenios seine Reise. Schnell fand man andere Spezies im Universum, und es bildete sich ein intergalaktischer Völkerbund. In unserer Gemeinschaft wird alles geteilt – dadurch konnten wir unsere Technologien immer schneller weiterentwickeln. Da wir auf unseren Erkundungsfahrten durch die Galaxie aber auch weniger wohlgesonnenen Spezies begegneten, formierte sich aus unserem Völkerbund der so genannte intergalaktische Rat. Dieser veröffentlichte bald darauf die intergalaktischen Speziesrechte. Um die Einhaltung dieser Mindestrechte für alle Lebewesen zu gewährleisten, wurde daraufhin auch die intergalaktische Polizei gegründet.

Der Raum des intergalaktischen Völkerbunds breitet sich immer weiter aus, und vor wenigen Monaten sind wir auch auf Ihren Planeten gestoßen. Anfangs waren wir beeindruckt von Ihrem technologischen Fortschritt, und wir hatten schon in Erwägung gezogen, Sie in unseren Völkerbund aufzunehmen. Doch als wir einen Blick hinter die Fassade warfen, erschraken wir.

Der Massenmord an Milliarden von Tieren jedes Jahr, die gefängnisartigen Haltungsbedingungen für diese Tiere – all das war für uns außergewöhnlich abstoßend, ein gravierender Verstoß gegen die Speziesrechte.

Vergangene Woche hat der intergalaktische Rat nun getagt und die Menschheit für schuldig befunden. Zur Rettung von Milliarden von Tieren wurde ein sofortiger Polizeieinsatz angeordnet. Während Sie hier sitzen, werden Tiere weltweit von unseren Einsatzkräften aus ihren Käfigen und Ställen befreit.

Sie werden nun auf den Planeten Renolos gebracht. Auf diesem wurden Gefängnisanlagen für acht Milliarden Menschen errichtet. Aufgrund der Schwere Ihrer Taten hat der intergalaktische Rat eine lebenslange Haftstrafe gegen Sie verhängt. Nutzen Sie die Gelegenheit, um noch einen letzten Blick auf Ihren Planeten werfen, Sie werden ihn nie wieder sehen. Die Erde wird den dort lebenden Tieren überlassen und zur intergalaktischen Gedenkstätte für die Opfer des Speziesismus erklärt."

Um mich herum ist es still, die Menschen sind bedrückt, schauen verzweifelt zu Boden oder aus den Fenstern. Ein Kind beginnt zu weinen. Als ich in den Weltraum hinausblicke, sehe ich unseren blauen Planeten leuchten. Um uns herum sind hunderte von Transportschiffen zu sehen, und von der Erde her kommend kann man unzählige weitere erkennen. Dann startete der Turboantrieb und im Bruchteil einer Sekunde ist die Erde außer Sichtweite.

> # Ich habe Angst um die menschliche Rasse, wenn ich daran denke, dass Gott gerecht ist.
>
> *Thomas Jefferson (1743 – 1826)*
> *3. Präsident der Vereinigten Staaten*

ES IST AUS!

Es ist aus! Der Tag, vor dem so genannte Ökospinner Jahrzehnte lang gewarnt haben, ist tatsächlich gekommen. Heute, am 17. Juni ist das passiert, was niemand für möglich gehalten hatte: Es ist ausgegangen. Es gibt kein Fleisch mehr.

Niemand hatte es sich vorstellen können, dass die nachwachsende Ressource Fleisch jemals ausgehen könnte. Aber es ist passiert. Durch eine Reform im Weltwirtschaftssystem verfügten plötzlich große Teile der Weltbevölkerung über die finanziellen Möglichkeiten, sich täglich Fleisch zu leisten. Was anfangs als großer Erfolg und als ein Zugewinn bei den Menschenrechten gefeiert wurde, erwies sich leider als der Beginn einer der größten Katastrophen der Menschheitsgeschichte.

Die Menschen in der Dritten Welt begannen nämlich plötzlich Fleisch zu kaufen. Und der Markt hat reagiert. Anfangs haben Bauern begonnen, ihre Bestände zu erhöhen. Trotz mangelnden Raums wurden aufgrund der gestiegenen Nachfrage immer mehr Tiere herangezüchtet. Die hart erfochtenen Tierschutzgesetze der letzten Jahrzehnte wurden von den Regierungen weltweit rückgängig gemacht: Aus 0,75 m² Platz für Schweine wurden z.B. plötzlich nur noch 0,3 m². Die Regierungen reagierten dabei auf die gestiegene Nachfrage und versuchten diese zu bedienen. Doch es hatte keinen Zweck.

Durch die gestiegene Nachfrage nach Fleisch mussten immer mehr pflanzliche Nahrungsmittel in die Mast umgeleitet werden. Während die Regierungen weltweit mit Subventionen für Futtermittel, Tierhaltung, Schlachtung und Transport den Fleischpreis stabil zu halten versuchten, geschah im Hintergrund etwas ganz anderes.

Da immer mehr Getreide an Tiere verfüttert wurde, kam es an den Lebensmittelbörsen zu einer dramatischen Preisexplosion bei Getreide zum menschlichen Verzehr. Die Preise für ein Kilo Getreide verfünffachten sich innerhalb nur einer Woche. Unsere Bundeskanzlerin meldete sich daraufhin in einer Rede an die Nation zu Wort und schlug vor, die Menschen sollten doch mehr Fleisch essen, wenn sie sich das Getreide nicht mehr leisten könnten.

Entsprechend ging die Nachfrage nach Fleisch noch weiter in die Höhe. Gigantische Mengen Fleisch wurden aus der westlichen Welt in die Entwicklungsländer exportiert. Leider reichten, wie man später feststellen musste, die Produktionskapazitäten der Fleischhersteller nicht aus, um der Nachfrage standhalten zu können. So kam es, wie es nun einmal in der Natur des Marktes liegt, zu plötzlichen Preissteigerungen bei Fleischprodukten. Die Regierungen weltweit reagierten allerdings schnell und setzten Höchstpreise für den Verkauf von Fleisch fest, um mögliche Hungerkatastrophen abzuwehren.

Und damit nahm das Schicksal seinen Lauf:

Der Fleischhunger konnte plötzlich weltweit nicht mehr gestillt werden. Die Nachfrage war da, das Angebot aber nicht mehr. Die Erzeuger konnten Fleisch nicht mehr schnell genug produzieren. Aufgrund der gesetzten Höchstpreise war der Markt auch nicht mehr in der Lage, die Problematik über Angebot und Nachfrage zu regulieren. Die Konsumenten standen weltweit plötzlich nur noch vor leeren Regalen. Neue Fleischlieferungen waren meist schon Wochen vor der geplanten Schlachtung ausverkauft.

Einen wichtigen Faktor hatte allerdings niemand einkalkuliert: den Schwarzmarkt. Denn der Markt lässt sich nicht zuverlässig über Höchstpreise regulieren. Im Nachhinein ist man immer schlauer. Jedenfalls stand dem durchschnittlichen Bewohner der westlichen Welt plötzlich weniger Fleisch zur Verfügung als vorher, da der Rest der Welt neuerdings auch mit am Tisch saß. Gerade die wohlhabenden Menschen konnten das allerdings in dieser Form nicht akzeptieren – Geschmack geht schließlich vor. Und so kam es dazu, dass auf dem Schwarzmarkt horrende Summen für Fleisch bezahlt wurden. Schweinemäster verkauften ihre Tiere bereits während der Zuchtphase. Das ging so weit, dass sogar Ferkelzüchter ihre Zuchtsauen wegen ihres Fleisches verkauften. Die Preise auf dem Schwarzmarkt waren derart in die Höhe geschossen, dass sich die Züchter von den Erträgen zur Ruhe setzen konnten. So gingen immer mehr Züchter und Fleischproduzenten aufgrund ihrer hohen Gewinne in den vorzeitigen Ruhestand. Da diese Verkäufe auf dem Schwarzmarkt abgewickelt wurden, dauerte es, bis die ersten Menschen langsam begriffen, was passiert war.

Da die meisten Tiere schon in der Produktionsphase rausgekauft wurden, kamen plötzlich in den Supermärkten keine neuen Fleischprodukte an. Die Bundesregierung setzte sofort eine Sonderkommission ein, um die Vorfälle aufzuklären, aber die konnten nur noch den Schaden feststellen:

Sämtliche Tiere waren über den Schwarzmarkt verkauft worden – die Fleischeslust der Menschen war einfach zu groß. Die Ermittler fanden nur noch die leeren Masthallen vor, von den Tieren keine Spur. Selbst die großen Zuchtanlagen waren leer. Es war einfach alles weg. In den Brütereien wurden keine neuen Eier mehr angeliefert. Die Legehennen waren weg, alle aufgegessen.

Sofort wurde ein weltweiter Krisenstab einberufen, aber es zeichnete sich in allen Ländern dasselbe Bild ab: Es waren alle Tiere aufgegessen. Die Regierungen begannen verzweifelt mit der Suche nach letzten verbliebenen Schweinen oder Hühnern, um neue Bestände zu züchten – allerdings vergeblich.

Ermittler versuchten der Spur zu folgen und landeten schließlich bei einem Kleinbauern in Indien. Dieser hatte das letzte lebendige Huhn der Welt für 250.000 US-Dollar an einen US-amerikanischen Filmstar verkauft. Dies war der letzte dokumentierte Kauf eines Tieres.

Das Szenario, mit dem niemand gerechnet hatte, ist tatsächlich eingetreten: Uns ist das Fleisch ausgegangen – versehentlich. Die Hoffnungen der Menschen richteten sich jetzt auf die Wissenschaft – vergeblich. Niemand war in der Lage, neue Schweine zu erschaffen. Die Tiere waren unwiederbringlich ausgestorben. In Zoo und Zirkus waren weder Huhn, Schwein noch Rind vertreten. Es war wohl nicht üblich gewesen, diese Tiere dort zu halten. Die Regierungen hatten sogar in Erwägung gezogen, anstelle von Hühnern, Schweinen und Rindern künftig auf Papageien, Nashörner und Giraffen auszuweichen. Die Idee kam allerdings zu spät: Die Massen hatten bereits die Zoos gestürmt und sich dort die letzten Stücke Fleisch unter den Nagel gerissen.

Als der Präsident der USA vor die Kameras trat und die Botschaft verkündete, brach eine weltweite Massenpanik aus. Innerhalb von 18 Tagen wurden bereits eine Milliarde Todesopfer gezählt: Zwar gab es weiterhin Lebensmittel in Hülle und Fülle, allerdings nur pflanzliche. Gezwungenermaßen mussten alle vegan leben. Der Großteil der Menschen war jedoch nicht in der Lage, die entsprechenden Lebensmittel zuzubereiten. Andere verweigerten die Nahrungsaufnahme. Sie gaben an, dass sie es zwar respektierten, wenn Andere sich vegan ernährten, sie selbst seien dazu jedoch außerstande. Außerdem ließen sie sich von niemandem eine vegane Ernährung aufzwingen. Entsprechend kam es zu unzähligen Hungertoten.

Der Großteil der verbliebenen Weltbevölkerung zieht seither zu Fuß in kleinen Gruppen durchs Land, kreidebleich und abgemagert, immer auf der Suche nach Fleisch. Es häufen sich die Meldungen, dass sogar schon Veganer von den kreidebleichen Wesen verspeist wurden. Wissenschaftler gehen davon aus, dass auf dieselbe Weise vor Jahrtausenden auch die Dinosaurier ausgestorben sind – sie wurden vom Menschen restlos aufgegessen.

> # So wie der Acker verdorben wird durch Unkraut, wird der Mensch verdorben durch seine Gier.
>
> *Buddha (560 v. Chr. – 480 v. Chr.)*
> *Stifter des Buddhismus*

FLEISCHESLUST

Ich trete eine Türe ein, gehe den Flur entlang und stehe in einer Küche. Zu spät – die Vorratsschränke sind bereits geplündert. Also ab ins nächste Haus. Nachdem ich 20 Häuser durchsucht habe, werde ich fündig: Ein paar Konserven liegen auf dem Boden. „Veganer Linseneintopf". Ich lache – den wollte wohl niemand mitnehmen. Ich packe ein, was ich finden kann und gehe wieder raus auf die Straße.

Da vorne kommen sie. Ich muss hier weg, sie dürfen mich nicht erwischen. Ich laufe los.

Wann das losging, kann ich nicht mehr genau sagen. Es dürfte ungefähr ein Jahr her sein, seit die Toten wieder aufstehen. Getrieben von der Lust auf Fleisch, ziehen sie durch die Straßen und fressen, was ihnen über den Weg läuft. Ob Hunde, Katzen oder Menschen. Wie Raubtiere streunen sie durch die Städte. Sie sind nicht dumm und langsam wie die Untoten in Zombie-Filmen, sondern schnell und clever. Nur scheint ihr Bewusstsein getrübt zu sein, denn sie sprechen unsere Sprache nicht mehr. Wie sie sich so schnell vermehren konnten, ist mir ein Rätsel. Sie essen doch ihre Opfer.

Ich stolpere über einen Draht und stürze. Einer der Untoten, der gerade einen anderen Menschen verspeist, ist durch den Sturz auf mich aufmerksam geworden. Er eilt zu mir, ich versuche aufzustehen, doch ich hänge am Draht fest. Er packt mein Bein, setzt zum Biss an. In seinen Augen funkelt etwas Fanatisches. Ich trete ihn weg, er stürzt, kratzt mich aber beim Fall mit dem Fingernagel an meinem Bein.

Ich schaffe es, mich zu befreien und laufe. Hinter einer Mülltonne verstecke ich mich, der Untote rennt an meinem Versteck vorbei. Ich atme tief durch. Das war knapp, beinahe hätte ich es nicht überlebt. Ich muss vorsichtiger werden. Wer weiß, ob ich beim nächsten Mal wieder solch ein Glück habe.

Klopf – Klopf – Klopfklopf. Unser Klopfzeichen. Meine Frau öffnet die Tür zu unserem Kellerversteck. Ich schleppe mich hinein, lade die Konserven aus. Meine kleine Tochter springt mich voller Freude an, sie ist mittlerweile 6 Jahre alt. Wir essen den köstlichen veganen Linseneintopf, anschließend lese ich meiner Tochter noch etwas vor und lege mich dann erschöpft ins Bett.

Als ich nachts aufwache, habe ich furchtbaren Hunger. Ich habe solche Lust auf Fleisch, ich brauche es. Für Fleisch würde ich jetzt alles tun. Beim Gedanken an ein rohes Steak läuft mir das Wasser im Mund zusammen. Ich sehe meine Frau neben mir im Bett liegen. Ich kann nicht anders, ich halte es nicht aus. Herzhaft beiße ich in ihren Oberschenkel. Sie wacht auf, beginnt um sich zu schlagen, brüllt irgendetwas, ich nehme das alles nur verschwommen wahr. Ich nehme einen weiteren Bissen von ihrem Schenkel. Es ist köstlich. Meine Frau versucht mich wegzutreten. Das geht zu weit. Ich schlage ihr mit der Nachttischlampe fest gegen den Kopf. Sie wird ohnmächtig, Blut läuft an ihrer Stirn hinab. Ich kann endlich in Ruhe weiter essen.

Wie konnte ich früher nur ohne dieses leckere Fleisch überleben? Es ist so köstlich. Ich bin so glücklich, wenn ich Fleisch esse. Es gibt nichts Wichtigeres. Als ich ein Stück Ohr meiner Frau verspeise, denke ich daran dass die Menschen doch schon immer Fleisch gegessen haben. Und dieser Geschmack ist jedes Opfer wert. Im Hintergrund schreit plötzlich meine kleine Tochter. Perfekt, der Nachtisch ist angerichtet.

So möcht' ich sterben, selig vor Lust.

Petronius Gajus Arbiter (10 – 66)
Römischer Dichter

DIE VISION

Mein Wecker klingelt, genervt haue ich auf die Schlummertaste. Ich will jetzt nicht aufstehen. Ich habe doch gerade noch so tief und fest geschlafen. Warum muss es schon wieder morgen sein? Nach dem dritten Alarm reicht es mir, dann stehe ich halt auf. Es hilft ja doch nichts.

Ich springe unter die Dusche, mache mir einen Kaffee und gönne mir ein leckeres, großes Müsli. Langsam steigt meine Laune wieder. Draußen scheint die Sonne, ich öffne das Küchenfenster und frische, angenehm kühle Luft strömt in die Wohnung. Von draußen höre ich das Zwitschern der Vögel.

Als ich das Haus verlasse, stolpere ich an der letzten Stufe und stürze. „Scheiße!", fluche ich, während ich auf meine blutverschmierte Hand blicke. Zum Glück gibt es in meinem Haus auch eine Arztpraxis, also gehe ich die Treppen gleich wieder hoch.

Dort angekommen, wird die Wunde sofort versorgt und ein Verband angelegt. Die Arzthelferin lächelt mich an: „Wieder wie neu! Vor 100 Jahren würden Sie jetzt noch blutend im Wartezimmer sitzen! Frohes 100-Jahre-Fest!" Ich bedanke mich und verlasse die Praxis. Stimmt, heute vor 100 Jahren trat das große Reformpaket in Kraft. Seither gibt es keine Zwei-Klassen-Gesellschaft mehr im Gesundheitswesen. Keine Krankenkassen für die Reichen mehr. Seither müssen auch Topverdiener mit sozial schwächeren Menschen solidarisch sein, nicht nur der Mittelstand. Seither zahlen alle in dieselbe Krankenkasse ein, und man wird beim Arzt auch nicht mehr nach seinem Jahreseinkommen behandelt. Mit den Rentenkassen hat man damals dasselbe gemacht. Früher war das wie bei den Krankenkassen: Wer richtig viel verdiente, hat einfach nicht mehr in den gemeinsamen Topf eingezahlt, sondern einfach einen eigenen Topf eröffnet. Seit 100 Jahren ist das endlich Geschichte.

Ich schlendere durch die Stadt, überall gibt es Aktionen zum 100-Jahre-Fest. Vor einem großen Bekleidungsgeschäft ist ein Infostand aufgebaut. Das Geschäft informiert dort darüber, welche Klamotten man vor 100 Jahren noch gekauft hat. Über die Bildschirme laufen Bilder von Hasen, denen das Fell abgezogen wird, von abgemagerten Rindern, denen die Schwänze gebrochen werden, von Robben, auf die Menschen einschlagen. Wie viele andere Passanten bleibe ich stehen und halte eine Gedenkminute ab.

Kurz darauf schlendere ich an einem Supermarkt vorbei. Auch hier gibt es Aktionen zum 100-Jahre-Fest. Es werden abgemagerte, hungernde Kinder gezeigt, und daneben Mastschweine. Ich lese ein wenig auf den Plakaten: Früher hat man tatsächlich lieber Tieren etwas zu Essen gegeben als hungernden Menschen. Auf Grafiken wird gezeigt, wie viele Menschen damals noch an Hunger litten. Knapp eine Milliarde. Das sind so unfassbar viele Menschen, das kann man sich gar nicht vorstellen. Als letztes Bild der Ausstellung ein Plakat, auf das einfach nur eine große Null gedruckt ist. Darunter steht klein gedruckt, dass heute niemand mehr hungern muss.

Nach hundert Metern erreiche ich endlich meinen Arbeitsplatz – eine Forschungseinrichtung. Auch in unserem Institut feiern wir das 100-Jahre-Fest. Es gibt Kuchen, Kaffee und auch hier wieder Infomaterial. Eine der größten Errungenschaften der großen Reformen war es wohl, unsere Gesellschaft von einer Konsum- in eine Wissensgesellschaft zu verwandeln. Statt immer mehr und mehr zu konsumieren, wollen die Menschen heute immer mehr und mehr Wissen. Statt den Konsum anzukurbeln, arbeiten heute alle nur noch der Wissenschaft zu. In der Kaffeeküche sind deshalb ein paar Infomaterialien ausgelegt: Es wird gezeigt, wie viel Plastik ein durchschnittlicher Bürger vor 100 Jahren verbraucht hat und wie viel Benzin verschwendet wurde. Daneben die Zahlen von heute – nur noch ein Bruchteil.

Nach ein paar Stunden verlasse ich das Büro – ich treffe mich mit einer Freundin zum Essen. Da sie in einem anderen Stadtteil wohnt, steige ich in die Bahn. An der Haltestelle sind ebenfalls Stände aufgebaut. „100 Jahre Ressourcenschonung" heißt es da. Ich schüttle den Kopf, nachdem ich alles gelesen habe. Vor 100 Jahren hatte tatsächlich fast jeder Mensch ein eigenes Auto. Was für eine Verschwendung von Ressourcen. Heute sind alle öffentlichen Verkehrsmittel kostenlos, Autofahren dagegen kostet wegen der hohen Steuern ein kleines Vermögen und ist nur noch über Carsharing möglich. Ein eigenes Auto kann man sich gar nicht mehr kaufen. Warum sollte man auch? Warum in aller Welt sollte jeder ein eigenes Auto vor der Wohnung haben, das den Großteil der Zeit nur herumsteht? Es hat doch schließlich auch nicht jeder eine Bohrmaschine zu Hause. Die braucht man schließlich höchstens fünfmal im Jahr, da reicht es doch vollkommen aus, wenn der Hausmeister eine hat und diese bei Bedarf verleiht. Bin ich froh, in der heutigen Zeit zu leben!

Nachdem ich alle Plakate gelesen habe, steige ich in die nächste Bahn. Alle fünf Minuten fährt eine, man muss quasi nie warten. Zehn Minuten später steige ich aus. Nach zwei Minuten Fußweg bin ich bei dem Schnellrestaurant angelangt. Tanja, meine Freundin, wartet bereits am Eingang. „Die machen auch was zur 100-Jahre-Feier!", sagt sie mir, und wir gehen hinein.

Gegessen haben wir dann allerdings nichts. Ich hatte zwar Hunger, aber es ging einfach nicht. Diese Bilder. Im Eingangsbereich standen zwei Monitore. Auf dem linken liefen Filme aus Schlachthäusern – das sind Gebäude, die man damals eigens dafür errichtet hatte, um rund um die Uhr Tiere umzubringen. Tiere, die verzweifelt um sich schlugen. Man sah auch Bilder aus so genannten Tierställen. Da wurden kleine Schweinchen einfach so totgeschlagen. Andere wurden ohne Betäubung kastriert oder verstümmelt. Dann auch Videos, in denen kleine Küken in tausend Teile zerstückelt wurden – Massenweise. Auf dem zweiten Bildschirm sah man Menschen, die fröhlich um einen Grill saßen und die Überreste dieser Tiere lachend verspeisten. Bilder von Leuten, die ganze Hühnchen gegessen haben. Es war furchtbar gruselig, eigentlich kaum zu glauben – aber so hat man früher wohl gegessen.

Während wir durch den Park schlendern und nebenbei einen Smoothie trinken, meint Tanja plötzlich: „In der regulären Spielzeit ließ sich kein Gewinner feststellen, weshalb das Spiel in die Verlängerung ging. Am Ende wurde das Finale mit 5:4 beim Elfmeterschießen entschieden. Die glücklichen Gewinner feierten die ganze Nacht."

Ich schaue Tanja verwundert an. „Was für ein Spiel? Warum redest du so komisch? Du interessierst dich doch gar nicht für Fußball. Alles gut mit dir?"

„Und nun zum Wetter", meint sie. „Von Süden kommen Regenwolken, aber am Vormittag gibt es regional die eine oder andere Sonnenstunde. Einen schönen Tag!"

„Geht's dir nicht gut? Hallo?", frage ich Tanja. Sie beginnt plötzlich zu singen...

Ich liege wieder in meinem Bett. Mein Radiowecker läutet lautstark. Scheinbar habe ich das alles nur geträumt. Ich stehe auf, springe unter die Dusche. Im Radio erzählt der Kommentator, dass das Münchner Oktoberfest heute wieder eröffnet wird. Man rechnet dieses Jahr damit, dass eine halbe Million Hühnchen dort verzehrt werden.

Ich gehe aus dem Haus. Vor meiner Haustür hat scheinbar gestern Nacht jemand seinen Döner wieder ausgekotzt. Ich höre den Straßenlärm, rieche den Smog. Bis zum 100-Jahres-Fest gibt es noch einiges zu tun, denke ich mir etwas enttäuscht, während ich mich auf den Weg zur Arbeit mache.

> **Für eine wahre Vision gäbe ich allen Reichtum der Welt hin und alle Taten der Großen.**
>
> *Henry David Thoreau (1817 – 1862)*
> *Amerikanischer Philosoph*

SCHLUSSWORT

Es sitzt tief, unglaublich tief. Wir wissen schließlich alle, dass für ein Stück Fleisch ein Tier sein Leben lassen musste. Jeder weiß, dass hinter dem Hamburger für einen Euro keine tollen Haltungsbedingungen stecken können. Dass der Konsum tierischer Produkte fatale Folgen für Klima und Umwelt hat, ist kein Geheimnis. Die Ressourcenverschwendung ist nicht zu bestreiten, und die medizinischen Konsequenzen durch den massiven Einsatz von Antibiotika lassen sich auch nicht leugnen.

Trotzdem wird all das wie ein großes Geheimnis behandelt. Es gibt nichts schlimmeres, als das große Tabu-Thema anzusprechen. Die Menschen leben, als wüssten sie von nichts, obwohl sie es alle ganz genau wissen.

Von den Eltern ist man schließlich zum Fleischesser erzogen worden. Niemand will sein eigenes Verhalten hinterfragen, niemand will die Konsequenzen des eigenen Handelns bedenken. Außerdem lehrt uns doch die Welt, dass man von allem immer noch mehr braucht. Im Sommer wird mittlerweile quasi jeden Tag gegrillt, man will schließlich das Maximale aus der schönen Jahreszeit mitnehmen. Es ist zum Hobby der Deutschen geworden, statt immer teurerer Autos immer edlere Grills zu kaufen. Solange alle anderen Fleisch essen, darf man das doch selbst auch. Eltern und Großeltern haben doch auch ihr ganzes Leben lang Fleisch gegessen – warum sollte bei uns jetzt Schluss sein?

Niemand würde eine Taube auf offener Straße umbringen. Kein Mensch würde in einem Zoo in ein Gehege springen und in ein Tier beißen. Unvorstellbar, dass jemand eine Katze totschlagen und sie verspeisen würde. Aber im Supermarkt abgepackte Überreste von gequälten Tieren kaufen, das ist normal. Es ist so undenkbar, einen Hund zu essen wie selbstverständlich, ein Schwein zu verspeisen.

Von humanem Schlachten sprechen alle, obgleich wir doch alle genau wissen, dass das nur ein Märchen ist. Man kann nicht human schlachten – wie man auch nicht human morden oder human auf andere Menschen einprügeln kann. Betrachtet man Aufnahmen aus einem Schlachthof, so bekommt man Angst davor, was manche Menschen als human bezeichnen.

Die größte Angst macht uns die Realität. Alle lieben ihr Schnitzel, aber haben panische Angst, einen Blick hinter die Kulissen zu werfen. Es gibt Unmengen an Filmmaterial im Internet, jeder kann einen Blick in einen Schweinestall und in ein Schlachthaus werfen – zumindest virtuell im Internet. In der Realität sind die Schlachthäuser hingegen abgeriegelt wie Hochsicherheitsgefängnisse.

Die Ausbeutung von Tieren ist extrem tief in unserer Gesellschaft verankert. Wer einmal den Blick hinter die Kulissen gewagt hat, wird aber meist nicht mehr weitermachen können wie bisher. Auch wenn sich die Menschen danach nur langsam ändern, die meisten ändern sich.

Für viele Menschen ist es nur eine Frage des Geschmacks, was auf dem Teller landet. Für die Tiere geht es hingegen um alles – es geht um ihr Leben. Jeder von uns hat jederzeit die Wahl, sich für eine friedliche Mahlzeit zu entscheiden. Wir müssen diese Wahl nur treffen. Wir haben es selbst in der Hand – beziehungsweise auf dem Teller.

> **Nichts ist mächtiger als eine Idee,**
>
> **deren Zeit gekommen ist.**
>
> *Victor Hugo (1802 – 1885)*
> *Französischer Schriftsteller*

DIE BASICS

Für alle, die sich mit dem Thema ‚pflanzliche Ernährung' noch nicht tiefgreifend beschäftigt haben, sollen die nachfolgenden Seiten die grundlegenden Beweggründe für eine pflanzliche Lebensweise erläutern.

VERGANGENHEIT

Wie genau das Leben auf der Erde vor mehreren Milliarden Jahren entstanden ist, wird wohl für immer ein Rätsel bleiben. Sehr wahrscheinlich ist, dass jegliches Leben auf diesem Planeten denselben Ursprung hat. Die grundlegenden anatomischen Gemeinsamkeiten zwischen allen Lebewesen sprechen klar dafür: Quasi alle haben ein Herz, ein Gehirn und zwei Augen.

Unsere tierischen Mitlebewesen sind uns entsprechend biologisch deutlich näher, als vielen lieb sein mag. Während die DNS-Basis von Schimpansen zu 98% mit der von Menschen übereinstimmt, sind es bei Schweinen immerhin noch 90%.

Zweifelsfrei haben Menschen früher Fleisch gegessen. Der Mensch ist allerdings kein Fleischesser (Carnivore), sondern ein Allesesser (Omnivore). Das bedeutet nicht, dass der Mensch alles essen *muss*, es bedeutet, dass der Mensch alles essen *kann*.

Während in der Natur alle Tiere ihre Beute roh verzehren, ist dies für den Menschen untypisch. Die Vorstellung, ein Stück rohes Fleisch aus einem Tier herauszubeißen löst bei vielen Menschen Ekel aus. Der Mensch nimmt Fleisch nahezu ausschließlich verarbeitet oder erhitzt zu sich, was beides generell eine unnatürliche Form der Nahrungsaufnahme ist, nimmt man sich andere Tierarten zum Vorbild.

Weibliche Säugetiere – und auch der Mensch zählt dazu – erzeugen Milch, um ihren Nachwuchs zu versorgen. Der Mensch ist das einzige Lebewesen, das artfremde Milch konsumiert. Ebenso ist der Mensch das einzige Lebewesen, welches im ausgewachsenen Zustand weiterhin Milch trinkt. Würde eine Mutter ihr erwachsenes Kind weiterhin stillen, wäre das für die meisten wohl ziemlich verstörend. Als erwachsener Mensch die Muttermilch einer fremden Art zu trinken, gilt hingegen als gänzlich normal.

In großen Teilen der Welt ist der Konsum von Tiermilch traditionell nicht so verbreitet wie in nördlichen Teilen Europas, weshalb der Großteil der Erdbevölkerung von einer Laktoseintoleranz betroffen ist.

Häufig wird als Argument für den Fleischkonsum angeführt, dass die Menschheit einerseits schon immer Fleisch konsumiert hat und dass andererseits der Fleischkonsum verantwortlich war für das Hirnwachstum des Menschen.

Dass Menschen schon sehr lange Fleisch gegessen haben, lässt sich zweifelsfrei rekonstruieren. Das ist allerdings kein Beweis dafür, dass *alle* Menschen dies taten. Auch lässt sich nicht sicher sagen, welche Menge an Fleisch früher gegessen wurde. Haben Menschen Tiere vielleicht nur überwiegend im Winter zu Nahrungszwecken getötet, als das Essensangebot stark beschränkt war?

Ob tatsächlich der Fleischkonsum ausschlaggebend dafür war, dass das menschliche Gehirn sich in seine heutige Form entwickelt hat, ist ebenfalls nicht sicher geklärt. Ebenso wird argumentiert, dass der Mensch durch die Beherrschung des Feuers in der Lage war, stärkehaltige Lebensmittel besser zu verdauen. Würde allein der Konsum von Fleisch die Gehirnleistung derart steigern, müssten reine Fleischesser wie Löwen uns eigentlich geistig weit überlegen sein.

Ganz unabhängig davon, was andere Menschen früher gemacht haben und wie der Mensch zu dem geworden ist, was er jetzt ist, sollte vielmehr die Frage gestellt werden, ob diese Verhaltensweisen heute weiterhin erforderlich sind. Der Mensch hat in der Geschichte schließlich viele Dinge getan, die heute als überholt gelten.

DIE GESUNDHEITLICHE FRAGE

Braucht der Mensch tierische Produkte überhaupt, um gesund zu leben? Die größte Organisation von Ernährungswissenschaftlern in den USA beantwortet diese Frage wie folgt:

"Die Academy of Nutrition and Dietetics ist der Ansicht, dass eine gut geplante vegetarische Ernährungsform, einschließlich komplett vegetarischer oder veganer Ernährungsformen, gesund sind, ernährungsphysiologisch bedarfsgerecht sind und gesundheitliche Vorteile in der Prävention und der Behandlung bestimmter Krankheiten bieten. Eine gut geplante vegetarische Ernährungsform ist für Menschen aller Altersstufen geeignet, einschließlich für Schwangere, Stillende, Kleinkinder, Kinder, Heranwachsende und Sportler."

Das heißt natürlich nicht, dass Pommes mit Ketchup eine gesunde vegane Ernährung darstellen. Aber eine solche ist möglich, wenn sie ausgewogen ist.

Eine Besonderheit stellt Vitamin B12 dar, welches bei einer pflanzlichen Ernährungsweise gesondert zugeführt werden muss. Das mag sich unnatürlich anhören, aber viele Dinge, die der Mensch heutzutage macht, sind nicht „natürlich". Auch vielen Tieren in der konventionellen Tierhaltung wird Vitamin B12 zugefüttert, beispielsweise Schweinen.

Viele Studien zeigen, dass Fleischkonsum bei zahlreichen Krankheiten eine nicht unbedeutende Rolle spielt. Verarbeitetes Fleisch gilt laut WHO als krebserregend, unverarbeitetes rotes Fleisch als wahrscheinlich krebserregend.

RESSOURCENBEDARF

Wir leben auf einem Planeten mit endlichen Ressourcen. Milliarden Menschen haben keinen regelmäßigen Zugang zu sauberem Trinkwasser. Knapp eine Milliarde Menschen hungern auf unserem Planeten. Mehr als 3 Millionen Kinder unter fünf Jahren sterben jährlich in Folge von Unterernährung.

Gleichzeitig schlachtet der Mensch jährlich mehr als 70 Milliarden Tiere. Der Großteil von ihnen wird vom Menschen gehalten und sowohl mit Wasser als auch mit Futter versorgt. Der überwiegende Teil der weltweiten Sojaernte wird an Tiere verfüttert, knapp die Hälfte der weltweiten Getreideernte landet in den Mägen der Tiere.

Auch wenn der Welthunger durch den Verzicht auf Fleisch wohl nicht sofort beendet werden würde, da dieser durch viele verschiedene Faktoren beeinflusst wird, so ist es doch entsetzlich, dass wir als Menschheit nicht in der Lage sind, alle Menschen ausreichend mit Nahrung zu versorgen, während wir gleichzeitig Unmengen davon an unsere so genannten Nutztiere verfüttern.

Um eine tierische Kalorie zu gewinnen, sind bis zu 21 pflanzliche Kalorien erforderlich. Es gehen also bis zu 20 Kalorien bei der Produktion des Lebensmittels Fleisch verloren. Würde der Fleischkonsum zurückgehen, wäre mehr Nahrung für Menschen verfügbar und es wäre weniger Land für den Futtermittelanbau erforderlich.

Tagtäglich wird Regenwald gerodet, um Platz für den Futteranbau zu schaffen. Dies ist sowohl für das Weltklima, als auch für die Artenvielfalt eine Katastrophe.

KLIMAWANDEL

Vor allem Rindfleisch hat eine ausgesprochen schlechte Klimabilanz, da Rinder unter anderem Methan ausstoßen – ein Klimagas, welches deutlich schädlicher ist als Kohlendioxid. Aber auch Schweine- und Geflügelfleisch haben eine deutlich schlechtere Klimabilanz als die meisten pflanzlichen Lebensmittel. Laut einer FAO-Studie aus dem Jahr 2006 sind 18% der weltweiten Klimagas-Emissionen auf unseren Fleischkonsum zurückzuführen. Eine Studie des Worldwatch-Instituts geht sogar von einem Anteil von 51% aus In beiden Studien hat der Fleischkonsum einen höheren Einfluss auf das Klima als der komplette weltweite Verkehrssektor.

Leider wird dieser Faktor von offizieller Seite oft gänzlich ignoriert. Während Benzin und Heizöl hoch versteuert werden und nach Wegen gesucht wird, um den Verbrauch zu reduzieren, gilt für tierische Produkte der reduzierte Mehrwertsteuersatz. Außerdem erfreuen sich die Produzenten an staatlichen Subventionen in Milliardenhöhe.

UMWELT

Bei der Produktion von tierischen Lebensmitteln fallen enorme Mengen an Ausscheidungen an, welche als Gülle auf unseren Feldern verteilt werden. Diese Gülle sorgt nicht nur für den regelmäßig unangenehmen Geruch in ländlichen Gegenden, sondern ist auch verantwortlich für die steigenden Nitratwerte im deutschen Grundwasser.

Gerade in Zeiten des Klimawandels und dadurch häufiger werdender Dürreperioden sollte der Schutz unseres Trinkwassers höchste Priorität haben.

Durch die massive Düngung ist in Deutschland bereits ein Drittel des Grundwassers aufgrund der hohen Nitratwerte nicht mehr nutzbar.

Ebenfalls problematisch ist der Einsatz von Antibiotika in der Tierhaltung. Durch deren Verwendung überleben nur solche Keime, welche eine Resistenz gegen die eingesetzten Medikamente entwickelt haben. 735 Tonnen Antibiotika werden in Deutschland jährlich in der Tierhaltung eingesetzt.

Antibiotikaresistente Keime finden sich in über der Hälfte der untersuchten Fleischprodukte. Die Keime gelangen über die Gülle auch auf die Felder, wodurch auch Obst und Gemüse belastet sein kann. Da sie durch Lüftungsanlagen in die Luft geblasen werden, lassen sich diese Keime ebenfalls im Umkreis von Mastanlagen nachweisen.

DIE TIERE

Der Mensch teilt Tiere in Haustiere, Wildtiere und Nutztiere auf. Haustiere gelten als Familienmitglieder, welche allerhöchsten Schutz verdienen. Wildtiere versuchen wir ebenfalls zu schützen und ihren Lebensraum zu erhalten. Nutztiere hingegen sollen, wie der Name schon sagt, in erster Linie dem Menschen nutzen.

Diese Klassifizierung in Haus-, Wild- und Nutztiere ist zwar willkürlich, wir haben Tiere aber schließlich schon immer so eingeteilt. Man könnte ebenso Hunde melken und Hühner als Haustiere halten. Oder man könnte Katzen schlachten und Hausschweine damit füttern.

Generell regeln Gesetze in Deutschland den Umgang mit Tieren:

<u>Art. 20a des Grundgesetzes:</u>

„Der Staat schützt [...] die natürlichen Lebensgrundlagen und die Tiere [...]"

<u>§1, Tierschutzgesetz:</u>

„Zweck dieses Gesetzes ist es, aus der Verantwortung des Menschen für das Tier als Mitgeschöpf dessen Leben und Wohlbefinden zu schützen. Niemand darf einem Tier ohne vernünftigen Grund Schmerzen, Leiden oder Schäden zufügen."

§2, Tierschutzgesetz:

„Wer ein Tier hält, betreut oder zu betreuen hat,

1. muss das Tier seiner Art und seinen Bedürfnissen entsprechend angemessen ernähren, pflegen und verhaltensgerecht unterbringen,

2. darf die Möglichkeit des Tieres zu artgemäßer Bewegung nicht so einschränken, dass ihm Schmerzen oder vermeidbare Leiden oder Schäden zugefügt werden [...]"

Was sich auf den ersten Blick vernünftig anhört, wirkt leider ziemlich schnell makaber. Wird im §1 noch beschrieben, dass es Sinn des Tierschutzgesetzes sei, das Leben von Tieren zu schützen, beschreibt §4 bereits, wie Tiere zu töten sind, und §7 erklärt, was bei Tierversuchen zu beachten ist.

In Deutschland wurden 2019 mehr als 763 Millionen Tiere geschlachtet. Die legalen Haltungsbedingungen, die sie erdulden müssen, sind erschreckend. Ein Schwein darf beispielsweise auf einer Fläche von 0.75 m² gehalten werden. Hühner werden zu zehntausenden in Ställen großgezogen, in denen sie sich kaum bewegen können. Kühe werden teilweise fest angebunden, Muttersäue in engen Käfigen eingesperrt, in denen sie sich nicht bewegen können.

Unsere heutigen Nutztiere sollen maximalen Ertrag bringen. Legehennen sind darauf gezüchtet, möglichst viele Eier zu legen. Milchkühe darauf, möglichst viel Milch zu geben. Schweine darauf, möglichst schnell Fleisch anzusetzen. Dies führt zu häufigen gesundheitlichen Problemen bei den Tieren, die Knochen sind oft nicht mehr in der Lage, das eigene Gewicht zu tragen.

Während ein Huhn 5-7 Jahre alt werden kann, landen die Tiere aus der Mast bereits nach etwa 30 Tagen im Schlachthaus. Legehennen werden in der Regel bereits nach 12-15 Monaten geschlachtet. Ein Schwein kann bis zu 10 Jahre alt werden, landet allerdings bereits nach einem halben Jahr im Schlachthaus. Rinder erreichen natürlicher Weise sogar ein Alter von bis zu 25 Jahren. Die Tiere aus der Fleisch-Mast werden aber bereits nach 1,5 Jahren geschlachtet, das Leben von Milchkühen endet meist nach 4 bis 5 Jahren.

Die massive Züchtung hat dazu geführt, dass männliche Küken aus Eier-Rassen als nutzlos gelten. Sie könnten zwar auch gemästet werden, sind aber weniger rentabel als Küken aus Fleisch-Rassen. Entsprechend werden erstere kurz nach der Geburt getötet, in der Regel geschreddert oder vergast. In Deutschland erleiden 45 Millionen Küken jährlich dieses Schicksal, weltweit werden täglich schätzungsweise 7 Millionen Küken bereits am Tag der Geburt unmittelbar wieder getötet.

Bei Schweinen kann es passieren, dass das Fleisch von männlichen Tieren einen unangenehmen Geruch entwickelt. Entsprechend ist es sowohl legal als auch üblich, männliche Ferkel ohne Betäubung zu kastrieren. Da Schweine in den engen Ställen häufig mangels Beschäftigung anfangen die Ringelschwänze von anderen Schweinen anzuknabbern, werden diese präventiv, ohne Betäubung, meist mit einer Zange abgeknipst.

Millionen Tiere überleben die Aufzucht in Deutschland nicht.

Nach engem und oft langem Transport landen die Tiere in Schlachthäusern, in denen ihrem Leben ein Ende bereitet wird. Millionen von Tieren überleben den Transport zum Schlachthaus nicht. Immer wieder kommt es in Schlachthäusern zu Fehlbetäubungen und damit zu sehr qualvollen Schlachtungen.

All diese Arbeiten müssen von Menschen verrichtet werden. Es gibt Menschen, die den ganzen Tag am Fließband stehen und männliche Küken in den Schredder werfen. Andere kastrieren hauptberuflich

Ferkel ohne Betäubung. Es gibt Menschen, die Tiere in LKWs verladen, und andere, die Tieren professionell ein Messer in den Hals rammen. Diese unbeliebten Berufe werden häufig zu Niedriglöhnen von Menschen aus „Billiglohnländern" durchgeführt.

Sehr empfehlenswert ist in diesem Zusammenhang die Dokumentation „Unser täglich Tier" aus der Sendereihe 37 Grad, welche im ZDF ausgestrahlt wurde und den alltäglichen Wahnsinn aufzeigt.

Dennoch werden die ohnehin überschaubaren gesetzlichen Regelungen in Deutschland oft nicht eingehalten. Dank der Arbeit von Vereinen können solche Fälle gelegentlich aufgedeckt werden. Siehe dazu beispielsweise www.soko-tierschutz.org.

SIE WOLLEN MEHR WISSEN?

Weitere Informationen sowie hilfreiche Tipps & Tricks rund um eine gesunde pflanzliche Ernährung finden sich auf den Internetseiten von diversen Tierrechtsorganisationen (bspw. ProVeg, Albert-Schweitzer-Stiftung, PETA).

ÜBER DEN AUTOR

V. C. Herz, 1987 geboren, wuchs als Sohn einer Autorin und eines Buch- und Naturkosthändlers zusammen mit vier Geschwistern in Bayern auf, und besitzt ein Diplom der Betriebswirtschaftslehre. Mit seiner Frau und den beiden Töchtern lebt er in der Nähe von München. Seit Anfang 2013 ernährt sich V. C. Herz rein pflanzlich.

2014 begann V. C. Herz während der täglichen Bahnfahrt zur Arbeit spontan mit dem Schreiben von Kurzgeschichten. 2015 veröffentlichte er sein erstes Werk. Das vorliegende Buch beinhaltet viele Geschichten aus seinen bisherigen Werken.

LIKE?

Für den Fall, dass Ihnen dieses Buch gefallen hat, würde ich mich sehr freuen, wenn Sie andere Menschen darauf aufmerksam machen, beispielsweise bei Facebook, Instagram oder in anderen sozialen Netzwerken. Über eine Rezension würde ich mich ebenfalls außerordentlich freuen.

Kontakt: green-mirror-project@gmail.com

Homepage: www.green-mirror.com

INHALTSVERZEICHNIS

Wartet nicht auf außergewöhnliche
Umstände, um Gutes zu tun.
Tut es unter normalen Umständen.

Jean Paul (1763 – 1825)
Deutscher Dichter